ハヤカワ文庫JA

〈JA1377〉

under the bridge《アンダー・ザ・ブリッジ》

堂場瞬一

早川書房

8351

目次

under the bridge《アンダー・ザ・ブリッジ》

登場人物

モーリス・ブラウン…………NY市警緊急出動部隊（ESU）の分隊ESS1の分隊長

濱崎《はまさき》……………………………元警視庁刑事の探偵

アレックス・ゴンザレス／エリザベス・ワン……ブラウンの部下

ショーン・ワッツ……………ブラウンの上司。ESUのナンバー2

ピーター・タッカー…………九分署の捜査部隊隊長

アン・ハーバード……………ガーデンシティ署の刑事

アントニオ・クレメンティ……ESU十一分隊長

マイケル・チェン……………クレメンティの部下

和田美里《わだみさと》……………………旅行代理店経営者

ジョー・ハインズ……………立てこもり犯

ハロルド・ハインズ…………ジョーの父親。ロングアイランドの不動産王。通称『ダブルH』

アール・ヒッグス……………投資アドバイザー

ジャック・O・グリーン………スポーツエージェント

ジョシュ・ウィンターズ………メッツの元スカウト

エヴァ・アンダース…………投資家

ジョージ・ヤマシタ…………エヴァと同じグループの投資家

大塚《おおつか》……………………………濱崎の警視庁時代の同期。刑事総務課勤務

石本《いしもと》……………………………濱崎が撃ったヤクザ

相本《あいもと》……………………………厳本組の若頭。美里の元パトロン

第一章　人質

「A班、配置済み」

「B班、配置完了」

「10《テン》－4《フォー》」

モーリス・ブラウンは無線に向かって囁《ささや》いた。

マンハッタン南部、スプリング・ストリート。ソーホーの一角、ウースター・ストリートとの角に近い場所で、ニューヨーク市警緊急出動部隊《ESU》の「ブラウン班」は突入のタイミングを待っていた。ターゲットは、通りの向かいにあるビル。褐色砂岩造りで、一階にはブティック、それに小さな旅行代理店が入っている。ウースター・ストリートとグリーン・ストリートの間は封鎖され、冷たい風が吹き渡るだけだった。待機している消防車の赤いランプが、暗くなり始めた通りに光を投げかける。悪いことに、雪がちらつき始めていた。今日は金曜日……ニューヨークでは雪が降るのは圧倒的に週末が多い、とどこかで読んだことがあった。確かに。週末に除雪が済んでしまうため、月曜日に交通網が麻痺した経験は、ブラウンにはほとんどない。

A班は建物の右側から、B班は左側から接近している。ブラウンは、建物の斜め左側に停めた指揮車の中で、タブレット端末に視線を落とした。建物一階の見取り図……一階の二店舗の間にはビルの入り口があり、その奥がエレベーターホールになっている。二階から上はコンドミニアムだが、既に下層階の避難誘導は済んでいた。上階の住人には、部屋から出ないように指示済み。手順に問題はなし、後は突入して人質を解放するだけだ。

犯人は……正体は未だに分からない。「スプリング・ストリートの旅行代理店に銃で武装した男が立てこもり」の一報を受け、ESUが出動した時には、まずテロが疑われた。しかし、過去に「立てこもる」形式のテロはほとんどなかったし、犯人が白人男性ということが分かった時点で、ドラッグによる犯行が予想された。トリップした人間に銃を持たせたらどうなるか——予想もできない行動が危惧されたものの、犯人は何の要求もせず、ただ人質の頭に銃を突きつけ続けているだけだった。

立てこもりの通報があってから、既に三十分。旅行代理店には、通りに面して大きな窓があり、中の様子は手に取るように分かる。受付のカウンターが通りに向いており、その奥に日本人女性が座っている。この店の経営者だ、ということはすぐに判明した。ミサト

・ワダ、四十三歳。グリーンカードを取得しており、この地で五年前から旅行代理店を開いているという。
犯人は女性の背後に立ち、右手に持った銃を女性の右側頭部に突きつけていた。黒いコートに、黒いウールのキャップという格好。キャップからはみ出た髪は、肩まで届くほど長い。落ち着きなく周囲を見回し、時折何か叫んでいた。その度に、人質の女性がびくりと体を震わせる。

「A班……盗聴用意完了」

「アル」ブラウンは無線に呼びかけた。「何か聞こえたら、すぐに連絡を」

「イエス、サー。そちらに回線を開きます」

いつもながらのアレックス・ゴンザレスだと、ブラウンは苦笑した。海兵隊上がりで、未だに軍隊時代の規律と堅苦しさを脱ぎ捨てていない。もう少し気楽にしてくれてもいいのだが。

ブラウンは、盗聴マイクからの音声を拾うイヤフォンを耳に押しこんだ。ホワイトノイズが聞こえるだけで、人の声はまったくない。不気味な、冷たい沈黙。盗聴器の設置に失敗したのではと一瞬疑ったが、アレックスがそんなヘマをするはずがない。「失敗」という言葉と同じ文脈で名前を使ってはいけない男だ。

鼻先に、コーヒーの香りが漂う。見ると、部下のエリザベス・ワンがカップを差し出していた。

「ボス」

「リズ」

カップを受け取り、うなずきかける。自分の分隊で唯一の女性隊員で、他のメンバーよりは頭一つ小さい。それでも体力勝負になりがちなESUに配属されたのは、その並はずれた運動神経の賜物である。全米学生選手権の女子八百メートルで何度も表彰台に立ち、怪我さえなければオリンピックに出場していたかもしれない。膝を故障して往時のスピードは失われたものの、今でも本気で走れば大抵の隊員を置き去りにする。

「ドラッグでしょうね」

「そうだろうな」

「突入ですか？」彼女自身、それを強く望んでいるような口ぶりだった。

「いや、そこは状況次第で」

ブラウンは体を捻って彼女の顔を見た。少年のように短く刈り揃えた黒い髪。きゅっと細くなった顎が、性格のきつさを感じさせた。

「ボス、日本に行ってから、少し変わったんじゃないですか」

「そうかな」ブラウンはコーヒーを一啜《ひとすす》りした。今夜は長くなるのだろうか、と心配になる。

「昔だったら、突入前提で計画を進めていたじゃないですか」

「それがニューヨーク市警の伝統だな」

「今は――」

「もしも犯人を無傷で捕まえられれば、話が聴ける。事情が分かれば、再発防止になるかもしれない」

「甘いですね……それが日本風のやり方なんですか」

「ああ。日本の警察は、基本的に犯人を無傷で捕まえる前提で動いている。そのためには時間もかける」

「時間の無駄です」リズが肩をすくめる。彼女は、他の男性隊員に比べても強攻派なのだ。

「誰も怪我しないで済むなら、それに越したことはない」

「狙撃すべきだと思います。それならすぐに終わります。現在、人質の女性は危急の状態にあるんですよ」

リズがウィンドウの前で屈みこんだ。外から車の中は見えないが、こちらからは外がよく見える。目を細めているのは、外が急速に暗くなっているからだ。犯人を刺激しないよう、投光器なども使われていないので、肉眼では既に見にくい。

窓から離れると、車内に用意されているレミントンM700に視線を向けた。極めて信頼性の高い、ESU標準装備の狙撃銃。立てこもり事件などに対処するESUは、当然狙撃の上級者揃いである。しかもこの車から犯人までは、直線距離にしてわずか二十メートルほど。隊員たちの腕前なら、外す方が難しい。

「ガラス越しだぞ」

「まず、最初の一撃でガラスを崩壊させて、そこから狙えば――」

「強化ガラスだったら一発で大穴は開かない。今時、ニューヨークで強化ガラスじゃない店なんかないだろう」

「では、一斉射撃で――」

「無理だ」ブラウンは首を横に振った。犯人を下手に刺激するだけだ。しかも犯人の銃は、人質の頭に突きつけられている。ほんの少し、指先に力が入っただけで、人質の頭は吹っ飛ぶだろう。

「弱気じゃないですか」

リズになじられ、ブラウンは思わず薄い笑みを浮かべた。自分はこの分隊で、絶対君主として君臨しているつもりなのだが、作戦行動時にも、部下は平気で批判の言葉を口にする。しかし、最終的には自分の作戦に従うのだ。言うだけは言っても、指示には絶対に服従――扱いやすいのか扱いにくいのか、よく分からない連中だった。

ブラウンは、暗視ゴーグルを装着した。窓に押しつけ、店内の様子を観察する。斜めからなので、全体が見えるわけではないが、辛《かろ》うじて人質の姿は目に入った。立派なものだと思う。ひどく緊張した表情を浮かべているものの、パニックに陥ることもなく、ぴんと背筋を伸ばして座っている。ブラウンの知る日本人たちには、ストレスに極度に強い人間がいる。禅の心などと言うつもりはない——今時、日本人でも禅を知る人間などほとんどいない——が、我慢強いのは間違いない。

カウンターの上方の壁には、ヤンキース、メッツ、ニックス、ネッツ、ジャイアンツ、ジェッツ、レンジャーズ、アイランダーズ——ニューヨーク近辺を本拠にする四つのプロスポーツチーム全てのユニフォームがかかっている。スポーツ観戦に特化した旅行代理店なのだ。それも主に、日本人観光客向け。野球ならともかく、アメフトやバスケットボールを観戦したがる日本人がどれほどいるか、ブラウンには想像もつかなかった。

犯人の口が大きく開く。同時にブラウンの耳には「金だ！」と叫ぶ声が飛びこんできた。盗聴器のチューニングは完璧で、耳元で怒鳴られたも同然である。犯人は続いて、「金を用意しろ」と言った。暗視ゴーグルの中の動きを確認すると、女性に向かって言っているようである。強盗なのか……女性がわずかに唇を開いて何か言う様子が見えたが、声は拾えない。

「持って来させろ！　警察に電話しろ！」

ややこしいことを……ブラウンは唇を歪めた。本気で、警察が身代金を持って来るとでも思っているのだろうか。犯人は腕を振り回し、銃口が一瞬、人質の頭から離れた。チャンスだったか――と思ったが、ブラウンは敢えて「落ち着け」と自分に向かって言った。これは、日本流のやり方を試すいい機会ではないか。

電話が鳴った。ブルックリン南部のフロイド・ベネット・フィールドにあるESU本部から――進捗状況を確認する電話だろう。ブラウンは舌打ちして、スマートフォンを耳に押し当てた。

「モーリス」ESUナンバー2のショーン・ワッツだった。ニューヨーク市警では少数派のドイツ系。

「現在、偵察作戦中です」

「犯人は一人だな？」

「ええ」

「踏みこめ」ワッツがあっさりと命令した。

「もう少し待って下さい。犯人が金を要求しました」

「馬鹿馬鹿しい」ワッツが吐き捨てた。「どうせヤク中だろうが。真面目に相手にする必要はない。緊急時だ。人質の安全最優先で突入しろ」

「もう少し時間を下さい」ワッツはESUの最強攻派である。以前からブラウンとは方針がぶつかることが多かったのだが、最近は特にひどい。それはワッツのせいではなく、リズが指摘する通り、日本から戻って来て自分が変わったせいだとブラウンは意識していた。

「モーリス……」ワッツが溜息をつく。「弱気になったか？」

「人質が、ちょうど盾になっています」これは嘘ではない。「現状、正面突破は危険です。とにかく、もう少し様子を見させて下さい」

「たかがヤク中だろうが。遠慮することはない」

「今はまだ危険です。犯人がヤク中だとしたら、集中力は続かないはずですから、待ちましょう」

「ヤク中は、いきなり切れることがあるぞ」

「今のところ、そういう兆候はありません」

「作戦行動に人数が足りないなら、ＥＳＳ２から応援を出す。実際、待機中だ」

ＥＳＳ２はアッパーマンハッタンを管轄する分隊で、ブラウン率いるＥＳＳ１――ロワーマンハッタンの担当だ――とは補完関係にある。ワッツは、ＥＳＵの作戦行動を軍事行動に重ね合わせている節があり、しばしば話を大袈裟《おおげさ》にしてしまう。

「ビルのサイズから言って、大量の動員は必要ありません。突入要員は二人か三人で十分です」

「モーリス、こういう作戦行動では効率を考える必要はない。一点集中、大量動員で一気にカタをつけるんだ」

「ドアが一か所なんですが」

「雪がひどくなる前に、何とかしろ」いきなり電話が切れた。

ブラウンは舌打ちして、終話ボタンを押した。

「ミスタ・ワッツですか」リズが訊ねた。

「お祭しの通り」ブラウンは肩をすくめた。「現場を見ないで勝手なことを言うのは楽だな」

いずれにせよ、現場で最終決断を下すのは自分だ。このレベル——セキュリティの甘いビルでの立てこもり、人質は一人——では、大袈裟に騒ぎたてる必要はない。

その後、犯人からは具体的な要求がなかった。雪は次第にひどくなり、乏しい灯りの下で白い粒がはっきりと見えるようになる。ブラウンはイヤフォンを耳に突っこんだまま、ビル一階の見取り図を再確認した。古いビルで確かにセキュリティは甘い。電子的にロックされているのは、建物中央の通路から通じる店のエントランスだけだ。しかも犯人は、そこをロックしていない様子である。そこまで気が回らないのか……ここから突入するのは簡単である。突入するだけなら。

ただし、一方向からの攻撃で、犯人と正面から対峙するのはまずい。ブラウンは、窓を使う方法を考えた。強化ガラスなので一発では打ち抜けないにしても、何発か銃弾を打ちこめば、犯人の気を引くことはできるだろう。その隙に催涙ガスを使って犯人の抵抗力を奪う——いや、それも危険だ。代理店の店内は狭く、視界が奪われる催涙ガスでは、こちらにも被害が出る恐れがある。当てずっぽうで引き金を引かれたら、何が起きるか分からない。

ブラウンは、店の裏側に注目した。接客用のカウンターの背後に、小さなドアがある。その奥は、代理店そのものよりも少し狭い部屋。ストックヤードか休憩室だろう。ここに裏口がある……ウースター・ストリートに面した方だ。

「リズ、偵察を頼む」

リズがすぐにヘルメットを手にした。ブラウンの肩越しにタブレット端末を覗きこむ。

ブラウンは、建物の裏側を指先で示した。

「こちら側からも侵入できるかもしれない。早急に確認してくれ」

「了解」

ヘルメットをかぶったリズが飛び出して行く。一瞬、体を凍りつかせそうな寒気が車内に吹きこんだ。五分後、リズから無線で連絡が入る。

「裏は空き地です。ビルが取り壊されたようですね」

「ドアは？」

「あります。鍵はかかっていますが」

「ピッキング可能か？」

「試します」

一度通話を終え、待つこと二分。リズからまた連絡が入った。

「解錠、完了」

「リズ、早過ぎないか？　また腕を上げたのか」

「古いタイプの鍵でした」素っ気ない口調でリズが報告する。「入りますか？」

「待て。今、A班をそちらに回す。合流して、十分安全を確認してから中に入ってくれ。灯りはつけずに、暗視ゴーグルを使用」

「10-4」

ブラウンはすぐに、アレックスに指示を飛ばした。Aチームのキャップに指名したアレックスは黙って指示を聞いていたが、最後は「イエス、サー」で通話を終えた。何をやるか、分かっているのか……分かっているだろう。アレックスは機械のように正確な男なのに、何故か人の心を読む術《すべ》に長《た》けている。もっとも、この男が自分のチームに来て長いせいもあるだろう。何度も一緒に修羅場をくぐり抜けてきたから、こちらが何を考えているか、分かるはずだ。

裏口から侵入した隊員たちの報告を受け、ブラウンは作戦行動を決定した。本当は説得して無傷のまま逮捕したいところだが、人質を長くプレッシャーの下に置いておくわけにはいかない。事件発生から既に一時間、緊張感は頂点に達して、そろそろ神経が参ってくるはずだ。

無線で指示を飛ばす。一通り連絡を終えた後、アレックスの無線が再度反応した。

「正面にもう一人、必要ないですか」

「単なる囮《おとり》だ」それは自分が引き受けるつもりだった。一番楽な仕事……申し訳ない気持ちもあったが、指揮官が真っ先に危ない場所に飛びこむわけにもいかない。

「もう一人、いた方が」アレックスが珍しく抵抗する。普段は、どんな命令でも「イエス、サー」で話を終えるのに。

「心配するな、アル。この人数でやれるぎりぎりの作戦だ」

「では、応援を貰えば……」

「必要ない」ブラウンは断言した。ワッツに急《せ》かされたせいではないが、やはり時間はないのだ。今から十分、二十分の遅れが致命傷になることもある。「五分後に突入」

「イエス、サー」

結局アレックスは引き下がった。ブラウンはほっと一息つき、自分の装備を確認した。問題なし――この辺のことは、呼吸するのと同レベルの気楽さでできるのだ。最後に銃を確認し、時計を確かめる。デジタルのタイメックスは、作戦開始四分二十秒前を告げていた。

ブラウンは指揮車を降りた。気温はほぼ氷点下……右手を何度も握っては開き、感覚を保持しようと努めた。狙撃ではなく囮だからそれほど気にする必要はないのだが、それでもいざという時に指先が自由を失っていたら困る。

建物の脇に立ち、旅行代理店の方へじわじわと近づいた。一分前に無線に向かって呼びかける。

「一分前。以降、発信停止」

「10－4」の復唱を聞きながら、ブラウンは意識を集中させた。手を伸ばせば代理店の窓に触れられる位置だ。全面ガラス張りなので、一瞬犯人の前に完全に姿を晒《さら》すことになる。ただし、こちらはほぼ完全な闇の中にいるので、犯人からははっきりとは見えないかもしれない。ESUの装備は黒で統一されているし、アフリカ系アメリカ人である自分の黒い顔は、こういう作戦行動には役立つはずだ。

タイメックスのカウントを見つめる。三十秒前……安全装置を外し、銃を両手で持った。十秒前……頭の中でカウントダウンを始める。こういう時、体内時計と実際の時計が完全に一致することを、ブラウンは経験から知っていた。

ゼロ。

最後の一歩を大股に踏み出す。その瞬間、路肩に薄く積もった雪で、足がわずかに滑った。顔から血の気が引く。まずい……しかしすぐに姿勢を立て直し、正面のガラスに向けて発砲した。

読みは間違っていた。

強化ガラスではなかった。銃撃のショックで窓が大きく崩れ落ち、犯人と自分の間を隔てるものが何もなくなった。犯人が呆然《ぼうぜん》と口を開けたが、動きは阻害されなかった。銃口を人質の頭から離し、ブラウンに向ける。ブラウンは二発目を狙った。しかし……クソ、やはり人質が邪魔になる。犯人の顔は店内の照明に照らし出されてはっきり見えていたが、それでも的としては小さい。確実に頭を撃ち抜けるか――次の瞬間、背後のドアが開いた。横のドアも開き、隊員たちが雪崩《なだれ》こんでくる。しかし犯人はそれに気づかない様子で、いきなりブラウンに向けて発砲した。

痛み。

ブラウンは一瞬、どこを撃たれたのか分からなかった。しかし次の瞬間には道路に転倒してしまい、足に銃弾が当たったのだと分かった。クソ、あんな当てずっぽうの射撃で、こんな目に遭うとは……何とか立ち上がろうとしたが、左足が言うことを聞かない。撃たれたのは腿のようで、力が入らないのだ。

銃声が立て続けに響く。そして静けさ――終わった、とブラウンは確信した。作戦行動としてはそれほど難易度は高くなく、隊員たちが失敗するとは思えない。

となると、失敗したのは自分だけか――人質の安全な確保が第一、犯人射殺ないし確保が二番目に大事なことだが、「無事に帰る」のは優先順位で三番目にくる。先の二つに比べればだいぶ低いのだが、怪我しないことはＥＳＵの隊員がまず真っ先に叩きこまれることの一つだ。

冷たいオイルとゴミの臭い——嗅ぎ慣れたマンハッタンの臭いに、自分の血の臭いが混じる。クソ、かなりの出血じゃないか？ まだ歩道が血で黒く染まるほどではないが、ブラウンは足に痺《しび》れを感じた。動脈を外れていればいいが……。

アレックスが店内から出て来た。倒れたブラウンを見つけると、すぐに駆け寄って来て、ナイフでズボンを切り裂き、傷口を見て顔をしかめる。銃弾は貫通したようだが、出血がひどい。アレックスは無線を取り上げ、押し殺した声で救急車の出動を要請した。

「またワッツに文句を言われそうだな」

「何か文句を言ってきたら、自分が殴りつけておきます、サー」

「そうだな……クソ、支給品のズボンを一本ダメにした」

アレックスがまじまじとブラウンを見つめた。ラテン系の浅黒いハンサムな顔で、地肌が透けるほど短く髪を刈り上げているので、精悍な印象もあった。

「冗談だ」

「冗談を言っている場合ではないと思います、サー」

「サーはやめろ」

「分かりました、サー」

ルーティーンのやり取りに、ブラウンは思わず笑ってしまった。途端に痛みを意識して、顔をしかめてしまう。

角を曲がって、救急車がやって来た。

「早いな」

「近くで、緊急時に備えて待機していたはずです」

ブラウンはアレックスの肩を借りて立ち上がった。倒れたまま担架に乗せられるような屈辱は味わいたくない。

「人質は」

「無事です。怪我もないようです」

よし、第一の仕事は無事に終えた。

「犯人は」

「射殺しました」

「了解」

大きく溜息をつく。今でも、生きて逮捕できなかったのかとは思うが……仕方ないだろう。自分に向けて発砲してきたのだから、明らかに緊急事態だったのだ。

リズが、人質の女性の肩を抱いて出て来た。リズも小柄だが、それよりもさらに背が低い。背中を丸めるようにして、しゃくりあげている。緊張が一気に解けたのだろう。足取りは危なっかしく、すぐにもう一人の隊員が脇についてサポートした。

「俺より先に、彼女を救急車に乗せろ」リズに声をかけた。

「怪我はないですが……ボスは大丈夫ですか？」

「俺は大したことはない。人質優先だ」

「イエス、サー」

アレックスが立ち上がり、スプリング・ストリートに入ってきた救急車に駆け寄っていった。その途中で、リズに短く声をかける。うなずいたリズは、もう一人の隊員と協力して、人質女性をゆっくりと方向転換させて救急車に向かった。その背中に向かって、ブラウンは「コートを忘れるな！」と怒鳴った。氷点下の気温である。今夜、これからどうなるか分からないのだから、コートは絶対に必要だ。

人質は無事……しかし、やはり悔いは残る。たとえ、ヤク中でまともなことが言えない犯人でも、話は聴いてみたかった。どうしてこんなことをしたのか――この強攻策以外に何か手はなかったのか、とブラウンは唇を噛み締めた。

銃弾は、ブラウンの腿を貫通していなかった。摘出に簡単な手術が必要になり、術後も数日間の入院を言い渡された。

「これぐらいなら、普通は出て行けと言われるはずですが」ブラウンは、インド系の医師――名前は発音できない――に文句を言ったが、医師は首を縦に振らなかった。

「念のため。念のためは大事です」医師が人差し指を立てる。「あなたの上司からも、厳しく言い渡されているので」

「何と？」

「きちんと縛りつけておかないと、勝手に走り出して怪我が悪化する。あなたは自分を律することができない人だ、と」

そんなことを言うのはワッツだろうか、とむっとした。気を遣っているのか、本気で自分にそんな低評価を下しているのかは分からない。しかし医師に逆らえるわけもなく、ブラウンは入院の数日間を休暇だと考えることにした。

局所麻酔で手術を終えたので、意識はしっかりしている。麻酔がまだ残っていて足には痛みを感じないが、しばらくすると眠れないほどの痛みに襲われるだろう。鎮痛剤をもらって、ブラウンはベッドに潜りこんだ。サイドテーブルの鏡を取り上げ、顔を見る。夜なので、もう髭が伸び始めており、みっともないことこの上ない。掌で顎に触れると、ざらりとした感触が不快だった。

一眠りするか……ＥＳＵとしては、人質救出の仕事を終えたのだから、この件についてはもう手を引くことになる。ワッツからは報告書の提出を求められるだろうが、それはリズが上手く処理してくれるだろう。彼女は事務処理能力も高い。

ドアがノックされた。リズが顔を出す。出動服から平服——母校のロゴ入りトレーナーにダウンジャケットだった——に着替えており、その気楽な格好を見ただけでは、ぎりぎりの線で仕事をしているESUの隊員には見えない。

「軽傷ですね」

いきなり言われて、ブラウンは思わず苦笑してしまった。それはそうなのだが……リズが病室に入って来て、椅子を引いて腰を下ろす。

「説明は聞きました」

「あの医者か……名前は覚えたか？」

リズが首を横に振る。「腕は確かなようですから」と言ったが、その根拠がブラウンには分からない。

「こちらの処理は大体終わりました」

「人質は無傷だな？」

「極度の緊張で、軽いパニック状態に陥っています。念のため、今夜は入院することになりましたが、明日には退院できると思います」

「家族は？」安堵《あんど》の息を吐きながらブラウンは訊ねた。

「独身ですね。家族は……」リズが手帳をめくった。「両親ともに亡くなっているという話です。連絡する相手はいないと本人は言っています」

「本人の意思を尊重しよう」

「そうですね」

「犯人は?」

「所持品から身元が確認できています」リズがさらに手帳をめくる。「ジョー・ハインズ、三十歳。住所はロングアイランドですね。経歴は現在、調査中です」

「従軍経験は?」

「それもまだ分かりません」

ブラウンは無言でうなずいた。年齢的には、アフガニスタン、あるいは中東での戦いに参加していてもおかしくはない。そして彼の地での戦いは、兵士たちに嫌な傷跡を残した。ベトナム戦争とは違う、もっと冷たい傷というべきか。七〇年代以降、ベトナム帰還兵による犯罪が大きな問題になったのと同じように、これからは中東帰りの兵士たちの行動をケアしなければいけないかもしれない。

「ドラッグは?」

「簡易検査で、血液からコカインの成分が発見されました」

転落の歴史は、何となく想像できる。やはり軍人だったのではないだろうか。アフガニスタンから帰って、戦争の傷跡に苦しめられ——あるいは戦地の高揚感が忘れられず、地道に仕事ができなくなった。やがてドラッグに手を出して脳を冒され、どこからか「やっちまえ」と声が聞こえ始める——怪我人が出なかったのは幸いだ、とブラウンは胸を撫でおろした。この際、自分は怪我人の中に入らない。

「人質との関係は……」

「人質の方では、知らない人間だと言っています」

「ということは、行き当たりばったりで、適当に押し入ったわけか」

「そうなりますね」

「金の要求以外には？」

「訳の分からないことをつぶやいていたそうで……何か反応したら殺されるかもしれないと思って、ずっと黙っていたそうです」

「賢明な判断だ」ブラウンはうなずいた。

「ボス、彼女とお話しになりますか？」

「どうして」

「日本語が通じる相手と話せば、向こうも少しは気が楽になるかと思いますが」

「どうかな」

ブラウンは幼い頃、父親の仕事の関係で日本で暮らした。その経験を活かそうと、その後も日本語の勉強は続けてきたから、日常会話には不自由しない。いや、実際には仕事ができるぐらいの日本語はこなせる。それは、日本へ視察——実際には別の目的があったのだが——で行った時に、はっきり証明された。視察先の警視庁の人間とも、通訳なしで問題なく話せたのだ。しかも、相当ややこしい話を。

「言葉は大事かと思いますが」

「彼女は、グリーンカードを持っている。今は、英語が母国語じゃないかな」

「分かりました」

「ニューヨークで、誰か連絡する相手はいないのか？」

「特にいない、と聞いています」

ブラウンは首を捻った。あの旅行代理店は、一人で切り盛りしているのか？ それはないだろう。スタッフが何人もいなければ、顧客のわがままをさばき切れないはずだ。せめて部下には連絡しておく必要があるのではないか……。

「分かった」

「いずれにせよ、もううちが手を突っこむ段階は過ぎていますので」

「その通りだな……報告書、頼めるか」

「明日の朝までに、こちらに届けます」リズが立ち上がった。「ボスに読んでいただけるなら、今晩中にお届けするのも可能ですが」

「そこまで無理しなくていい」ブラウンは首を横に振った。ワッツは性急な男だが、明日の朝、デスクに報告書が載っていないと激怒するほどには、切羽詰まってはいないだろう。人質が無事だったのだから、作戦行動は成功だったのだ。人質に何かあったら、ブラウンも怪我を押してまだ仕事をしなければならなかっただろうが。

「何か、必要なものは？　コーヒーでもお持ちしましょうか？」

「いや、結構だ」ブラウンはリズにうなずきかけた。「二、三日で退院できるから問題ないと思うが、留守中、分隊をよろしく頼む」

うなずき返して、リズが病室を出て行った。急に一人になり、ブラウンは胸の中を風が吹くように感じた。胸騒ぎがしたわけではない。これは極めて単純な事件なのだ。背景を探るまでもないだろうし、そもそもそんなことは、ＥＳＵの仕事でもない。

しかし、犯人と話してみたかった、という気持ちに変わりはない。

人は容易に、社会の枠からはみ出す。そうなった人間を容赦なく始末するだけではなく、何故そうなったのか、少しでも理由を聴いてみたかった。もしかしたら、犯罪者を減らすことにつながるかもしれないし。

安全社会、か。それはＥＳＵが必要ない社会ということでもある。自分の仕事を減らすために仕事をする――何だか矛盾した感じもするが、仕方がない。

誰も傷つかないのが理想なのだ。

何で和田美里《わだみさと》が――彼女がここにいるんだ？

濱崎《はまさき》は思わず首を捻った。ニューヨーク・タイムズの片隅に載った記事。マンハッタンにある旅行代理店に賊が押し入り、経営者の女性を人質にとって立てこもった。一時間後にＥＳＵが突入して解放されたのだが、その人質が旧知の人間だったのである。旧知というか、かつて目をつけていた人間。

和田美里は十年ほど前、暴力団幹部の情婦ではないかとして警察にマークされていた。暴力団関係者の情報を探るのに、最適な人物である。当時警視庁の刑事だった濱崎は何度か美里にアプローチして、それなりに話ができるようになったのだが、彼女は自分が暴力団幹部と関係があるとは、絶対に認めなかった。幾晩も張り込みしてみたが、やはり決定的な証拠は押さえられなかった。

その後――七、八年前だろうか――日本を出て、アメリカに渡ったという話は聞いていた。暴力団のアメリカ進出の片棒を担ぐつもりでは、とも思ったが、アメリカに行ってしまった人間を追跡するのは至難の業であり、結局糸は切れていた。

それが、ニューヨークにいるとは。

濱崎は、ようやく英語に慣れてきたところだった。話す方は、日常会話程度なら何とか問題なし。ただ、読む方がいまひとつだった。もちろん、日本にいた時から、文字を読むのはあまり好きではなかった――自分が書いた報告書でも、だ――せいもある。しかしこの記事は、舐《な》めるように読んでしまった。

美里は、いつの間にかニューヨークで旅行代理店を開いていたようだ。英語が得意という話は聞いたことがなかったが、隠れた才能だったのだろうか。日本人が経営しているなら、日本人向けなのだろうと想像がつく。実際に自分でニューヨークに住んでみて、この街にどれだけ日本人が多いか、濱崎は思い知っていた。ビジネスもそうだが、とにかくニューヨークは遊ぶ材料には事欠かない街なのだ。スポーツ観戦、美術館巡り、劇場のはしご……金があれば、ショッピングもいい。自分には縁のない世界だったが、嬉々として金をばらまく日本人を、濱崎は何人も見ていた。

しかし……風に煽《あお》られる新聞を畳み、濱崎は肘を膝に置いた。この辺では日本人を見かけることはほとんどない。ブルックリンとマンハッタンを結ぶ、ブルックリン・ブリッジのたもと。濱崎はこの近くに、比較的安くコンドミニアムを借りていた。毎朝ニューヨーク・タイムズを買って、ブルックリン・ブリッジ・パークでゆっくりと読むのが日課である。イーストリバーを挟んで、マンハッタンは手が届きそうなほど近くにあるのに、この辺りだと一気に物価も安くなる。「最近はマンハッタンよりブルックリン」と言う人もいるが、それはメーンストリート沿いの話で、一歩裏へ入ると、マンハッタンとは別種の静かな雰囲気が漂っている。

この景色は飽きないな、と思う。ブルックリン・ブリッジ・パークはイーストリバー沿いに細長く広がっており、川面のすぐ近くに長いベンチがいくつも置いてある。フェンスから身を乗り出して手を伸ばせば触れられそうなほど、川面は近い。ロワーマンハッタンの高層ビル街は、水に浮かんでいるようだった。

ブルックリン・ブリッジを渡れば、そのすぐ先にはニューヨーク市警本部がある。濱崎と何かと因縁のある、モーリス・ブラウンの勤務先。

濱崎は煙草《たばこ》をくわえ、素早く火を点けた。アメリカでは喫煙者は犯罪者のように扱われるのかと思っていたのだが、場所を選べば特に文句を言われることはない。マンハッタン北部のワシントン・ハイツ、ラテン系の人たちが多く住む場所へ行けば、くわえ煙草もごく普通に見られる光景だ。

ただし濱崎は、そろそろ煙草をやめようかと考えていた。とにかく高いのだ。マルボロが十ドルもするのだから、懐《ふところ》が痛まないわけがない。州によって煙草にかかる税金が違うので、メリーランド州などではニューヨークよりも三割程度安いと聞いたことがあるが、わざわざ遠出してまで買うものではないだろう。日本へ戻った時に、持ち出せるぎりぎりの量の煙草を買いこみ、それをちびちびもたせている。

とはいえ、もう日本へ戻ることはないだろう。貯金を取り崩しながら生活しているうちに、こちらでもちょろちょろと金を稼ぐ機会が増えてきた。使いっ走りのようなものだが……ニューヨークには日本人が多く、彼らがトラブルに巻きこまれることも少なくない。そういう時にちょっと手を貸して――という機会は案外多いのだ。東京で探偵の真似事をしていた時の延長のようなものであり、要は便利屋だ。死ぬまでこんなことを続けていけるかどうかは分からないし、ずっとここにいるつもりならグリーンカードも必要になってくるだろうが……取り敢えず先のことはあまり考えないようにしていた。

濱崎は、あるトラブルに巻きこまれて日本を出て来た。警察——かつて自分が身を置いた組織——に追われることになるだろうと警戒してのことである。しかし実際には、そんなことはなかった。何回か日本に帰った時、入管で引っかかることはなかったし……どうも警視庁は、自分を見逃すことにしたようだ。

まあ、人生は決めた通りに動くものではない。だったらそこ——目標を決めること——に無駄な努力を払うべきではないだろう。日々流されるような生活でも、何とか生きていける。特にここはニューヨークだ。東京以上にしたたかになれるし、そういう緊張感に満ちた生活は嫌いではない。

ベンチに背中を預け、ゆっくりと煙草を灰にする。フィルターぎりぎりまで吸ってから、もう一度新聞を広げた。

どうでもいいニュースかもしれない。たまたま知り合いがニューヨークで事件に巻きこまれたからといって、気にする必要もないではないか。この街には八百万人の人が住んでいる。それぞれの人にはそれぞれの生活があり、他人のことを気にしている暇などないのだ。

だが——濱崎はまだ、自分には刑事の勘が残っていると信じている。美里は被害者だが……そうではない可能性を感じるのだ。というより、怪しい。何かがぷんぷんと臭う。

「合理的嫌がらせ」。刑事時代、こういう行動をそのように呼ぶ先輩がいた。特に用もないのに、相手に会いに行く。ちくちくと嫌がらせの台詞《せりふ》を吐いて、「警察はいつでも監視している」と思い知らせるのだ。

ただ、刑事でも何でもない――公的な肩書きのない自分がそんなことをしても、効果はないだろう。顔見知りの美里なら、また別に考えるかもしれないが……彼女が完全に暴力団と縁を切り、今はビジネスに精を出しているだけ、という可能性もあるかもしれない。しかし濱崎は、何かが怪しいと感じていた。ヤクザと関わり合いになった人間は、簡単には手を切れないのだ。たとえアメリカに逃げても。もしかしたら、ヤバい薬の中継地点になっているかもしれない。果たしてブラウンは、そのあたりまで見抜いただろうか――いや、それはない。あいつの仕事、ESUはあまり警察らしくないものなのだ。特殊火器戦《SW》術《AT》部隊と同様の特殊部隊であると同時に、人命救助も担当する。いわば消防署的な仕事も割り振られているわけで、基本的に捜査はしない。今回の件も、突入して犯人を射殺、人質を解放して終わり、のはずだ。今頃は分署で、日々の訓練に戻っているだろう。

現場はマンハッタン南部、いわゆるソーホーのど真ん中である。もっとも、ソーホーが賑やかなのはブロードウェイ、キャナル・ストリートなどの大通りに面した部分で、奥へ入ると意外に静かな一角が広がっている。それにしても、気楽なショッピング街であり、人出は多い。こんなところで立てこもり事件を起こす犯人は間違いなくヤク中で――新聞ではぼかした書き方しかしていなかった――美里も運が悪いとしか言いようがない。

本当に？

舗装が波打つ歩道に立って問題の旅行代理店――「ニューヨーク・スポーツ」の看板が見えた――を見ているうちに、濱崎は疑念に囚われた。美里が、何か後ろめたい立場に立っているなら、偶発的ではないトラブルに巻きこまれた可能性がある。

それにしても、既に普通に営業しているのか。事件の翌日だというのに……正面のガラス窓は修理中で――突入の際に破られたのだろう――客は入っていないが、カウンターの向こうに美里、それに店内を掃除している他のスタッフが二人見える。そういえばタフな女だったと思い出し、濱崎は唇を歪めた。こちらのねちねちした質問にも平然と答えを繰り返し、表情一つ変えない……ヤクザの情婦というのは肝が据わっているものだと、妙に感心した。

濱崎は一つ、くしゃみをした。昨夜の雪が少し残っており、今日も最低気温は氷点下。今も指先が凍えるほどの寒さなのだ。慌ててダウンジャケット――近くのユニクロで買った――のポケットに両手を突っこんだ瞬間、顔を上げた美里と目が合った。おっと、まずい……と思ったが、美里がすぐに立ち上がるのが見えた。まさか、俺を覚えている？　やりあったのは何年も前なのに。

美里が店から出て来た。タイトスカートに明るい青のブレザーという格好なので、寒さには耐えられないようで、両手で自分の上半身を抱くようにしている。左右を見てから道路を渡り、濱崎の前に立つと、「こんなところで何してるんですか」と怪訝《けげん》そうな表情で訊ねた。

「ああ……お見舞いかな」

「そういう意味じゃなくて、どうしてニューヨークにいるのか」

「ここに住んでるから」濱崎は右手の人差し指を下に向けた。

ますます疑わしげに、美里が目を細める。どこから説明していいか分からず、濱崎も口を閉じたままにしていた。一から話していたら、一時間ぐらいはかかってしまいそうだ。

「いつから？」

「あなたは？」濱崎は自分のことは話さず、聞き返した。

「かれこれ六年」

「ここで自分の商売をしているということは、グリーンカードを取った？」

「何とかね」

「新聞を読んだ」

「それで、慌てて飛んで来たわけ？」美里が、今度は大きく目を見開く。

「ああ。知った人の名前をニューヨーク・タイムズで見ることになるとは思わなかった」

「私も、自分の名前を新聞で読むとは思ってもいなかったわ」

二人の間に微妙な空気が流れた。刑事と犯罪者——ではないが、それに近かったかつての関係。しかし今は、二人とも日本を捨てている。何年も前のぴりぴりとした緊張関係を思い出すべきではないのでは、と濱崎は一瞬考えた。何かが怪しいと思ったからこそ、自分はここにいるのだが。

「お見舞いに来たのは本当だ。店の被害は？」

「窓がね……あれの修理が終わらないと、お客さんに来ていただけないわ」

「あれじゃ、外で話をするのと同じだな」

「中も片づけないと」

「警察は？　しつこく話を聴きたがるんじゃないか」

「日本の警察——あなたほどはしつこくないわよ。今朝まで病院にいたんだけど、そこで話を聴かれて、一応終わり。また来るかもしれないけど、私が話せることなんて、そんなにないわ」

「被害者だからな」

「被害者よ」美里がうなずく。「それにしても、あなたがニューヨークねえ……」

濱崎はまた肩をすくめた。この女性は、自分のことをどこまで知っているのだろう。警察を辞めざるを得なかったのも、ヤクザ絡みの問題からである。その頃彼女はもう、アメリカにいたのか……それでも情報は入ってきていた可能性がある。美里がまだ、ヤクザとつながっていたら。彼らの情報網は馬鹿にできない。時に警察を凌《しの》ぐことさえあるのだ。

「さて、お見舞いらしいことをさせてもらおうか」

「何？」

「せめてお茶でも奢《おご》ろう」

「そう？」美里が唇を歪めるようにして笑った。ちらりと左手首に視線を落とし、時間を確認する。「確かに、お茶にしてもいい時間ね」

ずいぶん簡単に誘いに乗ってきた——コートを取りに店に戻った美里の背中を追いながら、濱崎はまたも疑念に囚われていた。何なのだろう。彼女にとって、もはや自分はかつての敵ではないのか？　世界で一番せっかちな街に住む日本人の仲間と見ている？

そんなことはあり得ない。それに、事件の翌日だというのにあの落ち着きようは何だ。頭に銃口を突きつけられたまま一時間も過ごせば、簡単には立ち直れない。昨日の今日だから、まだショックが実感できていないのか……何日も経ってから、フラッシュバックに襲われる人もいる。

あるいは彼女の場合、人並はずれて気持ちが強いのかもしれないが。少なくとも昔はそうだった。

歳月が、あるいは場所が人を変えることもあるが……しかし、東京からニューヨークと場所が変わったことで彼女が変化したとすれば、より強くなったとしか考えられない。この街は、普通に暮らしているだけでも人をタフにするのだ。

濱崎は、ソーホーにほとんど縁がなかった。たまに通りかかることもあるが、濱崎が冷やかして面白い店などほとんどない。冬に入る前、ダウンを安く手に入れるためにユニクロに来たのが、この街に金を落とした唯一の経済行為と言えるだろう。

今日が二回目。ウェスト・ブロードウェイ沿いのカフェに入って、カフェラテが二杯で八ドル……何かと物価の高いニューヨークで、これは安い方だ。煙草が吸えるので、濱崎としては外のベンチに腰かけて話をしてもよかったが、今日の気温だとそれは自殺行為である。自殺の手段として「凍死」を選ぶ人がどれだけいるかは知らないが。

外を向いたベンチに座り、ウェスト・ブロードウェイの喧騒を眺めながらカフェラテを飲む。クソ寒いのに、歩いている人が多いこと……ニューヨーカーは、寒さをあまり感じないのかもしれない。緯度は青森並みだから、今日ぐらいの寒さは珍しくもないのだ。

「……で？」

「でって、何が」美里がラテを啜ってから、不思議そうな口調で訊ねた。

「何であんなことになったんだ」

「それは、犯人に聞いて」

「残念ながら、死んでる」

「ああ……そうか」

ちらりと見ると、カップを持つ手が震えている。やはりショックを受けていないわけがない。目の前で犯人が射殺されたのだ。もしかしたら、返り血ぐらい浴びたかもしれない。しかし美里は、カップをきつく握り締めることで、震えを抑えこんだ。大した精神力だ、と感心してしまう。

美里は、ほとんど年を取っていなかった。日本でよく会っていた頃は三十代の半ば……今は四十歳を超えているのに、少なくとも外見の変化はほとんどない。変わったとしたら、化粧だろうか。日本にいた頃の美里は、六本木で店を一軒任されていた。雇われママだが、着るものや化粧には金を使い、いかにも夜の商売の人間らしく装っていたものである。今は化粧はもっとナチュラルで、口紅も引いているかどうか分からない。むしろこちらの方がいいな、と濱崎は思った。小さな鼻、控えめな唇、そして大きな目という外見上の特徴は、今の方がよほど強調されている。飽食地獄であるアメリカで何年も暮らしているのに、体型が崩れていないのも立派だった。ジャケットを着ているのではっきりとは分からないが、少なくともウェストはほっそりしていて、バスケットボール選手なら、両手をぐるりと回して摑めば、指先が触れてしまうかもしれない。

それに対して自分は、すっかり年を取ってしまった。警察を辞め、さらには日本にもいられなくなり——放浪の生活は、人の顔に皺《しわ》を刻む。

「昨日は、開店中に？」

「閉めた直後。店の女の子たちを帰した後でよかったわ」

「何人使ってるんだ？」

「私の他に二人。あとは、臨時で仕事をお願いする人が何人かいるけど」

濱崎は黙ってうなずき、カフェラテに口をつけた。上唇に泡の髭ができた感覚がある。これは好きではない……エスプレッソにしておけばよかったと悔いる。

「他にもスタッフがいたら、用心して入って来なかったんじゃないかな？」

「関係ないと思うわよ」美里が鼻を鳴らした。「もう、入って来た時から、完全におかしいって分かったから。何言ってるか、滅茶苦茶だったし。それで、まずいと思ってカウンターの下にある警備会社への通報ボタンを押して」

「すぐに警察も来た」

「その時には私はもう、頭に銃を突きつけられてたけど」他人事のように美里が言った。

「度胸が据わってるな」

「何でかは、あなたも知ってるでしょう？」

「今更、昔の話を持ち出すつもりか？」

「昔の話は昔の話じゃない……今はもう、関係ないわよ。でも、いろいろあったから。度胸が据わるのも当然だと思うわ」

「そいつはどうも……」クソ、煙草が吸いたい。この女と話していると、どうにも落ち着かないのだ。根本的な部分は、日本にいた頃から変わっていないのだろう。「しかし、いい迷惑だったな」

「後で聞いたんだけど、やっぱりドラッグを使っていたみたいね」美里が眉間に皺を寄せる。「それがあるから、アメリカは怖いわ。日本だったら、さすがにそこまでのことはないでしょう」

「最近は、脱法ドラッグが問題になってるみたいだぜ」

「何、それ」

「ハーブ……合成麻薬だよ。言葉はともかく、ドラッグなのは間違いない」

「日本もアメリカ並みになってきたっていうこと？」

「銃がないだけましだけど」

美里が一瞬だけ身を震わせた。「銃」が恐怖の記憶を引き出すキーワードになったのかもしれない。

「悪いな、嫌なことを思い出させて」

「何とかするけどね……」美里が髪をかき上げた。「強くないと、この街では生きていけないから」

「だいたい、何でアメリカに来たんだ？　何か問題でもあったのか」

「ないけど、気分転換って感じかな」

「ずいぶん極端な気分転換だ」

「父親が亡くなってね。母親は私が高校生の頃にとっくに亡くなったんだけど……兄弟もいないから、一人きりになっちゃって。それで、環境を変えるのもいいかもしれないと思って、日本を飛び出した」

「なるほど」

「あなたは？　ここにいるっていうことは、警察は辞めたんでしょう？」

「辞めた」

「ニューヨークに縁があるような感じでもないけど」

「そうだよなあ」濱崎は唇を歪めるようにして笑った。「自分でも不思議だよ。何でここにいるのか、よく分からない」

「今、何してるの？」

「便利屋みたいなものだ」

濱崎は尻ポケットから財布を引き抜き、名刺を取り出した。携帯電話の番号とメールアドレスしかない、素っ気ないもの。

「何かあったら……何もないことを祈るけど」

「そんなに何度も、こんなことがあったら困るわよ」苦笑しながら、美里が名刺を受け取る。さらに自分の名刺を差し出してきた。普通のビジネスマン同士のやり取り。

「ありがたく」濱崎は手刀を切って名刺を受け取った。「しかし、どうしてここで旅行代理店を？　ここっていうのは、ソーホーでっていう意味だけど」

「リサーチの結果よ。この辺、日本人も多いし、交通の便も悪くないいし。ソーホーに、日本食材のスーパーマーケットがあるの、知ってる？」

「いや」

「結構便利よ。大抵の物はそこで揃うし」

「家もソーホーなのか？」

「ちょっと離れてるけど、まあ、ソーホーみたいなものね。あなたは？」

「ブルックリン。橋のたもとなんだ」

「ブルックリン・ブリッジ？」

「そう」濱崎はうなずいた。「橋の下で暮らしてるみたいなものだね。ま、悪くないよ……マンハッタンほどざわざわしていないし」

「そうでしょうね」

「しかし、まあ、怪我がなくてよかった。アメリカで怪我したりすると、金がかかってしょうがないからな」

「私は無事だけど、警察の人が撃たれて怪我して……申し訳なかったわ」

「ほう」かすかに鼓動が跳ね上がる。「ドジした奴がいたわけだ」

「そういうこと、言わないの」美里が険《けわ》しい表情を作る。「私を助け出すために怪我したんだから。後でお見舞いに行かないと」

「どんな奴だった?」

「それがあなたに何の関係があるの?」

「知り合いかもしれないから」

アフリカ系アメリカ人の大男。現場では「ボス」と呼ばれていた——それだけで十分だった。ブラウン。

美里と別れた後も、濱崎は妙な胸騒ぎを抱えたままだった。ブラウンとは、彼が日本へ視察に来ていた時に、あれこれあった仲である。彼は最後には自分を「相棒」と呼んだが……自分には特にそういう意識はない。しかし何故か、気になるのだった。

ブラウンが撃たれた……美里が見た限り、命に別状はないようだったが、気にはなる。見舞いにでも行くべきだろうか。ただ、ニューヨークに来て以来、一度もブラウンには会っていない。向こうがどう考えているか、本音は分からないが、自分から見ればブラウンは「警察官」である。上手いことを言って、実は自分のことを探っているのではないか、という疑いは消えなかった。

二月のニューヨークは底冷えする。昨日の雪が道路端に残っているせいもあった。湿気を含んだ寒風が吹きつけ、意識せずとも背中が丸まってしまう。

それでも何故か、濱崎は歩き続けた。ニューヨークは東京以上に公共交通網が発達した街で、特にマンハッタンでは、どこへ行くにも一ブロックも歩かずに済むほどだ。しかし、ニューヨーカーはよく歩く。健康のためなのか、単に歩くのが好きなのか、クソ寒いのに、歩道には人が溢れていた。それに影響を受けたのか、濱崎もマンハッタンにいる時は、できるだけ歩くように心がけている。歩きたくなるのは、街の風景のせいかもしれない。ニューヨークと言えば摩天楼が建ち並ぶ大都会をイメージするが、大きな通りを少し外れただけで、雑多な都会の表情が顔を見せるのだ。アッパーウェストサイドの、いかにも高級住宅街という雰囲気。金ピカの五番街。電飾の洪水が溢れるブロードウェイ。クリントンには、元々の「ヘルズ・キッチン」という名前が示す通り、今でもどこか危ない雰囲気が残る。特にポート・オーソリティ・バスターミナル付近は、日が暮れてから一人で歩きたくない。

濱崎はソーホーを出て、ぶらぶらと北へ向かった。ニューヨーク大学の脇、マーサー・ストリートをぶらぶらと歩き、ワシントン・プレイス・ストリートにぶつかって左へ折れる。この先がワシントン・スクエア公園で、濱崎はたまに暇潰しに来る。ふと思いつき、屋台で――この季節にこの辺りに屋台が出るのは珍しい――チーズステーキとコーヒーを買って、公園に入った。黒いコンクリート製のベンチに腰かけ、少し早い昼食にする。

チーズステーキは、初めて食べた時に衝撃を受けたアメリカ名物の一つだ。「ステーキ」と言うからには、分厚い肉でも挟んであるのかと思ったら、中身は「牛丼の具」である。細切れの牛肉と玉ねぎを炒めて、チーズと絡ませたもの。いかにもジャンクな味で、パンに挟まずとも、丼飯に載せても合いそうだ。一つ食べれば満腹になる。こちらに来てから体重計には一度も乗っていないが、確実に体重は増えているだろう。

クソ寒いにもかかわらず、ベンチは人で埋まっている。ニューヨーク大学に隣接しているせいか、学生らしい若者が多かった。時間潰しで、だらだらと友だち同士でくだらない会話を交わす――こういうのは、日本でもアメリカでも変わらないようだ。

チーズステーキを食べ終え、両手を叩き合わせる。コーヒーは……わずかな時間に、既に熱を失い始めていた。真冬のニューヨークの戸外でコーヒーは無理なのか。

手が少しべたついていたが、ハンカチなど持っていないので、仕方なくジーンズの腿に擦《こす》りつける。「おしぼり」がないのは、アメリカの最大のマイナス点だと思う。日本風の、パッケージされた紙のおしぼりを売り出したら、それなりに商売になるのではないか、と妄想することもあった。こんな半端な仕事をしていたら、いつかは行き詰まってしまうから、堅実な商売を始めるべきではないか……。

スマートフォンを取り出す。ブラウンの電話番号を呼び出して、しばし迷った。入院していたら、電話の電源は切っているのではないだろうか。だいたい、本当に見舞いに行きたいかどうかも分からない。決して仲が良いわけではないのだし……しかし濱崎は、いつの間にか無意識のうちに通話ボタンを押していた。おいおい、どうするんだ——慌てて中断しようとしたが、電話はかかってしまった。

仕方ない。

吐息を漏らして、電話を耳に押し当てる。久しぶりに聞くブラウンの声はどこかざらついていて、耳に不快だった。これも、怪我の影響かもしれない。

「ああ……濱崎だけど」ブラウンには日本語が通じる。しかし濱崎は、できるだけゆっくりと話した。

「用件は？」

露骨に不快そうである。かなりの重傷ではないか、と濱崎は想像した。我慢強いというか、タフな男だから、電話に出るぐらいはするだろうが、そこから先——愛想よく振る舞うのは無理かもしれない。

「ええと」濱崎はいきなり言葉に詰まった。見舞いに行こうか、と素直に言えない。「何か、食べたいものはないか？」

「カッツのパストラミサンドウィッチ。ピクルス付きで」

「分かった」

　あそこか……バワリーの近く。ワシントン・スクエア公園からだと、歩いて十分ほどだろう。ニューヨークへ来たばかりの頃、評判を聞いて訪ねて行ったことがある。ニューヨークで一番古いデリカテッセンというその店は、いかにも大都市の大食堂という感じだった。サンドウィッチは巨大で、パンの役割は、手を汚さずに中身を食べるためだけ。つけ合わせの巨大なピクルスが、やけに酸っぱかったのを思い出す。食べきれずに持ち帰り、その日の夕飯もそれで済ませたのだった。

　確か、二十ドルぐらいしたのではないだろうか……しかし、見舞いと考えれば安いものだ。花を買っていくのは俺には似合わないし。

　少し長い散歩をしよう、と濱崎は腰を上げた。


　ブラウンは無表情になった。カッツのパストラミサンドウィッチがあるのは匂いで分かる。相好を崩しそうになったが、濱崎の顔を見て、慌てて表情を消したのだ。

　濱崎は……日本での不法行為の責任を問われるのを恐れ、アメリカに渡って来た。ブラウンは折に触れて、彼の活動を監視していたが、今は色々と半端仕事をして、糊口をしのいでいるらしい。要は人助け、便利屋なのだが、真面目に働くつもりなら、いくらでも職はあるはずだ。ブラウンの目から見れば、だらだらと毎日を送っているに過ぎない。その気があるなら、何でも仕事は紹介するつもりだったのだが、こちらから連絡するのは癪《しゃく》に障る。結局、ニューヨークで直接会うのはこれが初めてだった。

「で？　どこを撃たれたんだ」サンドウィッチの入った袋をサイドテーブルに置き、濱崎が椅子に腰を下ろした。

「左足。腿だ」

「しばらくサッカーはできないな」

「サッカーの経験はない。野球選手だったんだ」

「今さら関係ないな」濱崎が鼻を鳴らす。自分用に買って来たコーヒーを一口啜り、顔をしかめた。「この病院のコーヒーはどうなってるんだ？」

「知らない。まだ飲んでないから」

「体に悪いから？」

「病院のコーヒーは不味いものと相場が決まっているからだ」

「それを先に言ってくれ」

鼻先にサンドウィッチの香りが漂う。だがブラウンは、かすかに不快な臭いが混じっているのを嗅ぎ取った。

「ピクルスは？」

「トマトにした。珍しいよな」

「参ったな。トマトは嫌いなんだよ」思わず鼻に皺を寄せる。

「文句を言わずに食わないと、大きくなれないぞ」

「成長は止まっていると思うが」

濱崎がまじまじとブラウンの顔を見た。一つ溜息を洩らし、「冗談の分からない男だ」とこぼした。

「冗談？　そいつは美味いのか？」

「冗談が分からないわけじゃなくて、センスがないだけか」

「何とでも言え」

ブラウンは袋に手を突っこみ、慎重にサンドウィッチを取り出した。この店はパストラミだけではなく、どのサンドウィッチも巨大で、中身を零《こぼ》さずに食べるには多少の工夫を要する。ブラウンは上下からサンドウィッチを押し潰し──そもそも口に入らない厚さなのだ──端から齧《かぶ》りついた。肉はジューシーかつスパイシーで、口の中で味が広がった瞬間、猛烈に食欲が刺激される。食べ続けていくうちに飽きてくるのは仕方なく、口直しのピクルスは必須なのだが……今回はトマトのピクルスで我慢しよう。

「しかし、あんたがこんな物を食べるとは思わなかった」濱崎が漏らす。

「こんなものって？」

「こいつは」濱崎が、ブラウンの手にしたサンドウィッチを指さした。「日本の基準で言えばジャンクフードだね」

「こちらにとっては、昔から食べ慣れた味なんだが」

「だからアメリカ人は平均寿命が短いんだ」

ブラウンはサンドウィッチを持ったまま、肩をすくめた。食べているうちに、体にエネルギーが満ちてくる感じがする。傷《いた》んだ体には、それこそ食べ慣れたものが一番だ。

「で、ヘマしたわけか？」濱崎がからかうように言った。

「否定はできないな」

「あんたらしくない……感じはする」

「作戦行動では、予定外のことが起きるものだ」もっとも、この負傷は防げた。強化ガラスでないことが事前に分かっていれば……明らかに調査不足である。偵察が甘かったとも言えるが、そこはきちんと指示しなかった自分の失敗でもある。

「まあ、自業自得だな」

「ジゴウジトク……」普段の会話では不自由しないが、ブラウンにとって日本語はやはり謎の言語である。今の言葉も、何となく諺《ことわざ》っぽい感じはしたのだが、意味が分からない。

「どんな結果になっても責任は自分にあるっていう意味だ」

「なるほど」

しばらく無言のうちに、ブラウンはサンドウィッチを食べ終えた。カッツのサンドウィッチは、気楽に喋りながら食べられるものではない。食べることだけに集中する必要があるのだ。手を叩き合わせてパン屑を床に落とし、一齧りしただけのトマトのピクルスを一瞥《いちべつ》する。少しでも食べたのだからもういいだろう、という感じだった。

「この事件、偶然か？」

「うちは捜査していない」

「ああ、突入専門なのは分かってるけど……新聞にはそんな風に書いてあった」

「おそらくそうだと思う。被害者は犯人とまったく面識がないと言うし、血液検査の簡易判定でもドラッグの痕跡が認められた」

「本当にそうかね」

ブラウンは目を細めて濱崎を見やった。濱崎は涼しい表情。足を組み、少し前屈みになってブラウンの顔を見返してくる。

「何が言いたい？」ブラウンは訊ねた。

「被害者と顔見知りなんだ」

「まさか」ブラウンは思わず背筋を伸ばした。その拍子に、腿に鋭い痛みが蘇る。「どうしてあんたが？」

「話せば長いけど……あれは、まともな女じゃないんだよ」

日本のヤクザの情婦と疑われた女。情報網を広げるために接近を試みたが、とうとう証拠は摑めなかった——濱崎の説明を聞いているうちに、ブラウンの頭にも疑念が生じる。確かに、普通の感じではなかった——度胸が据わっているという意味において。頭に銃口を突きつけられた状態で一時間、しかも救出された時にも、疲れこそ見えたもののパニックにはなっていなかった。普通の人では、あんな具合にはいかない。

「本人の話だと、親が死んだのがきっかけで思い切ってニューヨークに来たそうなんだけど、何か怪しい感じがするね」

「それは刑事の勘なのか？」

「俺はもう、刑事じゃない」濱崎がそっぽを向いた。

痛いところを突いたかもしれない、とブラウンは思った。濱崎はトラブルを起こし、警察を辞めざるを得なかった人間だ。しかしその裏には様々な事情があり、本人は絶対に、自分だけが悪いとは思っていないはずである。しかし復職するわけにもいかず、中途半端な仕事をしているうちにまたトラブルに巻きこまれ……結果、今はニューヨークにいるわけだ。この街は掃き溜めか、とも思う。夢を追って世界中から若者が集まる街として有名だが、一方で、トラブルから逃げて隠れるにも適した街なのだ。

「それで？　ヤク中による単純な事件じゃないと思うのか？」

「さあね」濱崎が肩をすくめる。「それを調べるのは俺の仕事じゃない。ただ、あの女—

――和田美里がニューヨークにいるのが、そもそも気にくわないね。いろいろ話を聞いたけど、何となく釈然としないし」

「会ったのか？」ブラウンは身を乗り出した。「事件の被害者に？　翌朝に？」

「だから、俺は刑事じゃないから」濱崎がまた肩をすくめた。「知り合いの見舞いに行くのは、不自然でも何でもないだろう」

「本当に見舞いに行ったのか？」

ブラウンの質問に、濱崎が黙りこむ。違う、とすぐに分かった。この男は、警察を辞めても刑事のままなのだ。だから、何かおかしいと思ったら突っこんで行く。そして怪我をする。

「ところで今、どうやって食べてるんだ」分かっていて、敢えて訊ねてみた。

「半端仕事をいろいろやってね。日本にいる時に貯めた金もある」

「そんなもので生活できるとは思えないが」

「基本的に俺は、あまり金を使わない人間なんでね。心配だと思うなら、市警から仕事を回してくれればいい。尾行や張り込みならできるぜ。刑事がやらない方が都合がいい仕事もあるだろう」

「ニューヨークで私立探偵の免許を取るのは大変だぞ」

「別に、私立探偵になろうなんて思ってない。善意によるお手伝いだ。それで少し金がもらえれば、言うことはない」

「残念ながら、俺の仕事では君の能力は活かせない。水難救助訓練でもやってみるか？一時間も持たないだろう」

「俺は肉体派じゃないんでね」むっとして濱崎が言い返す。「筋肉バカになるつもりはない」

「それは、侮辱の言葉だろうか」顔を見ればそんな感じではあるが、日本語のニュアンスは難しい。「バカ」がマイナスの意味とは限らないのだ。

「気にするな」濱崎が顔の前で手を振った。「とにかく、ちょっと気になっただけだ。あんたには調べる権限はないかもしれないけど、担当の刑事にちょっと囁くぐらいはできるだろう。それがヒントになれば、私としても光栄至極なわけですよ」濱崎が立ち上がる。

「帰るのか？」

「病院は嫌いでね」

「本当に、何か真面目に仕事をする気はないのか」

「金に困れば考える。今のところ、困っていない」

本当に？　いや、そもそも自分がこの男のことを心配しても何にもならないのだが。一時でも「相棒」と呼んでしまったことを密かに後悔している。

午後も半ば、リズが病室にやって来た。見舞いの必要はないのだが……病室に入るなり、リズが顔をしかめた。

「何か食べました？」

「ああ、知り合いがカッツのサンドウィッチを届けてくれた」未だに、病室にはかすかにスパイシーな香りが残っているのだろう。

「そんなことしてくれる知り合いがいるんですか」

「それは……いるよ」ブラウンは苦笑してしまった。濱崎を「知り合い」と呼んでいいかどうか、自分でも分からない。

「病院の食事じゃなくて大丈夫なんですか」

「内臓が悪いわけじゃないからね……ところで、アルはどうしてる」

「ああ……」リズの顔が少し暗くなった。「私が出て来る時は、スペシャルの三セット目に入ってました」

「どうしてまた」ブラウンは目を見開いた。「スペシャル」はブラウンの分隊に昔から伝わるサーキットトレーニングである。一キロを三分で走り、腕立て伏せ百回、腹筋百回。それを五回繰り返して一セットだ。新入りは大抵、これでゲロを吐く。それを三セットというのは、尋常ではない。

「反省してるんだと思います。ボスが負傷したので」

「別にあいつの責任じゃない」

「負傷者ゼロ、がボスのモットーじゃないですか」

「これは、俺自身の責任なんだ」言った途端に恐怖がこみ上げる。そう、俺は銃口と正面から向き合ったのだ。これまで何度かそういうことはあったが、撃たれたのはこれが初めてである。改めて死の恐怖を実感した。これは案外長く尾を引くかもしれない。ゆっくりと深呼吸し、何とか気持ちを落ち着かせる。早く退院して仕事に復帰したい、と心から願った。日常の中に身を置くことが、一番のリハビリになる。

「お知らせしたいことがありまして……昨日の事件について、少し進展がありました」

「ああ」

「実は、犯人……ジョー・ハインズは、元々市警の警官だったんです」

「何だと」ブラウンは一瞬で顔から血の気が引くのを感じた。自分の記憶にはない名前だが……市警には三万四千人以上の警官がいるから、全員を覚えられるわけもない。

「ずいぶん前に辞めてるんですが」

「いつだ」

「二年になります」

「二十八で辞めたのか。堪《こら》え性《しょう》のない奴だ」

「家庭の事情があったようですよ」

「というと？」

「父親のビジネスを継ぐ、という話でした」

「ビジネス？」

「父親は、ロングアイランドで不動産業を営んでいました。その跡継ぎ、ということですね」

「父親は、早い引退だったのかな？」

「いや、おそらく自分の下で仕事を覚えさせようとしたんだと思います。父親はまだ六十二歳ですから」

「なるほど……」

ブラウンは顎を撫で、リズの報告を聞き続けた。最後の勤務地は九分署。イーストビレッジを担当する、比較的平和な分署だ。そこでパトロール警官をしていたという。

「父親というのがですね……」リズが手帳をめくった。「ハロルド・ハインズ、通称『ダブルH』といいます」

「聞き覚えがないな」

「ロングアイランドにかなりの数の不動産物件を持っていて、その収入は相当な額になります。一代で、かなり大きな不動産王国を築き上げた感じですね」

「そんな男の息子が警察官？　筋が合わないような気がするが」ブラウンは首を捻った。

警察官の給料を考えれば、最初から父親の下で仕事をしていた方がよかったのではないか。

「事情はよく分かりません。ただ、中には厳しい人もいますから。少し世間の空気に触れて、常識を学んだ方がいいとでも考えたんでしょう」

「根拠のある話か？」

「想像です」リズが手帳を閉じた。「金持ちの子どもが、常に馬鹿息子とは限りませんから」

「ハインズは、十分馬鹿だと思うぞ」

「まあ、それは……」リズが言葉を濁す。

「父親は何か言っているのか？」

「私は直接聴いてませんが、事情聴取した刑事の話によると、ドラッグなどやっているはずがない、と言っているそうです」

「監督不行き届きじゃないか？」ブラウンは、次第に怒りがこみ上げてくるのを感じた。

「実際、不動産を持っていて……仕事なんかあるんだろうか。家賃収入を待って、金の勘定をしているだけでは？」

「あるいは、税金対策に頭を悩ませているとか」

「いずれにせよ、仕事とは言えないな」

父親に言われて警察を辞め、比較的暇な時間が始まる。金は使い切れないほどあったかもしれない。時間と金がある人間がドラッグに手を出す、というのはいかにもありそうな話だ。もしかしたら、警官時代から続く悪癖だったかもしれないが。警官が絶対にドラッグを使わない、などということはない。日本に比べれば、ドラッグに関する罪の意識ははるかに低いのだ。もちろんブラウンは、自分の部下には決してドラッグを許さなかったが。一度、配属されたばかりの若い部下がマリファナを使っていたことが分かり、即座に叩き出したこともある。「マリファナはドラッグではない」などと言う輩《やから》もいたが、ブラウンは冷たい視線で黙らせた。一度線を越えれば、その先には区別などない。

「引っかかるな」

「何がですか」

「ハインズは、現職時代にもドラッグを使っていたのか」

「それは分かりません。私が調べたわけではないので」

「調べ出せるか？」

「はい？」リズが目を細める。

「いや……気になるんだ。何しろ奴は、俺を撃った男だから」

もしもハインズが、警官時代はクリーンな人間だったら……そういう人間が、いくら金と時間が自由になるような立場に変わったからといって、わずか二年でドラッグに手を染め、見ず知らずの人間の店に押し入ろうとするだろうか。そもそもハインズは昨日、金を要求していたわけで……いや、あれは意味がないかもしれない。金は十分持っていたはずだ。それとも、警察を辞めて父親の跡を継いでも、思ったほど金は手に入れられなかったのか。

想像はできるが、事実は一つもない。この件について、ＥＳＵが調べるのも筋違いだということは分かっていた。それでも、気になったら調べざるを得ないのがブラウンの性癖である。同時に、部下が頼りになることも分かっていた。個々の能力は高い上に、自分に対して絶対の忠誠を誓っているのだから。

「……ところで、昨日ハインズを射殺したのは誰だ？」

「アルです。致命傷になったのは、間違いなくアルの銃によるものです」

「だったら、少し罰を減らしていい。明日以降は、スペシャルはワンセットだけに抑えるよう、伝言してくれないか」

第二章　ある臭い

濱崎は何度か店の近くに佇み、途切れ途切れに監視をしていた。美里は事件翌日から店の片づけを始めたものの、さすがに二日ほどは業務を休まざるを得なかったようだ。途中で何度か警察に呼び出されたこともあって、復旧作業は遅々として進まない様子である。しかし事件から三日後、「ニューヨーク・スポーツ」は業務を再開した。割れた窓ガラスは綺麗に修繕され、午前十時に開店。ソーホーの店は、だいたい十一時か十二時にならないと開かないのだが、その中では異例に早い時間だった。

十時五分過ぎに、最初の客が店に入って行く。明らかに日本人のカップルで、男の方はニックスのチームカラーであるロイヤルブルーのジャケットという格好だった。首の後ろにパーカーのフードが垂れ下がっているが、今日も最高気温が零度に届かないというのに、寒くないのだろうか。ニックスへの忠誠心ということかもしれないが……男より二十センチほど背が低い女性は、膝近くまであるダウンのコートにニットキャップを合わせ、完全防備の格好である。

二人が店に入って行くと、カウンターの奥で美里が立ち上がる。完璧な笑顔で、事件の後遺症はまったく感じられなかった。既にショックを脱したのだろうか……二人の客は、しばらくカウンターの前で立ったまま、美里と話をしていた。やがて腰を下ろしたが、何となく遠慮がちな様子だった。店が襲われたことを知っていて、「大丈夫か」と確認していたのかもしれない。

二人は十五分ほど店にいた。立ち上がったところで、濱崎はすぐに道路を渡り、店のある側に移った。二人が店から出て来たのを確認して歩き出す。店から十メートルほど離れたところで二人と出くわすよう、計算したのだ。

「失礼ですが——」

正面から声をかけると、男の方が先に立ち止まって顔を上げた。まだ若い……二十代だろうか。腕にしがみついている女の方が年上に見えた。

「日本人の方ですか？」

「そうですけど……」男が低い声で答える。

「今、そこのお店から出てきましたよね。『ニューヨーク・スポーツ』」

「ええ。それが何か？」

「あの、店の様子、どんな感じでした？」

質問の意味が分からない様子で、男が首を傾げた。悪い人間ではないようだが、若干理解力に問題があるかもしれない。

「実は、あそこでチケットをお願いしようと思ってるんですけど……」

「ああ、ちゃんとやってくれますよ」男がうなずいた。「今も、ニックスのチケットをもらってきたところです。送迎サービスもしてくれるし、そんなに高くないし……」

「店が襲われたの、知ってます？」

「ああ、それは……」男の顔が曇った。「だから、大丈夫かと思ったんですけど、問題なかったです」

「それはよかった。実は、日本からアイスホッケー——レンジャーズのチケットをお願いしてたんですけど、こっちへ来てから事件のニュースを聞いて……昨日も電話がつながらなかったから、心配してたんですよ」

「アイスホッケーですか？　珍しいですね」男の口調が微妙に変わった。警戒心が薄れている。

「試合会場では、日本人なんか全然見ませんよね……そちらはバスケですね？」

「毎年、この季節に来るんですよ。あそこに頼んだのは、三回目……？」

連れの女性を見下ろすように訊ねる。女性がうなずいたが、もはや寒さに耐えられない様子だった。口紅を引いているのに、唇には血の気がない。

「じゃあ、お得意さんですね。私、あそこは初めてなんですよ」

「親切ですよ」

「それはよかった……でも、事件の影響は本当になかったんですか」

「ちょっと話しましたけど、大丈夫だって……でもそういうの、長々と話すようなことでもないでしょう」

「そりゃそうです」濱崎はうなずいた。「まあ、チケットが無事に手に入れば、こっちはOKですけどね」

「送迎、頼んだ方がいいですよ。レンジャーズって、マディソン・スクエア・ガーデンが本拠地ですよね」

「そうそう」

「あの辺、治安がよくないから」

「ああ、ニューヨークは慣れてるんで……そちらは、送迎を頼むんですか」

「そうします。こっちもマディソン・スクエア・ガーデンだけど、ホテルが遠いんで」

「その方がいいですかね」

「やっぱり、そんなに安全な街でもないから……もういいですか？　寒いんで」

「ああ、失礼」

濱崎は一礼して、二人が通れるように脇に退いた。男が、少しだけ疑わしげな視線をぶつけてくるが、無視する。二人が十分離れたと判断したところで背後を見て、通りを渡った。

その後、客足は途絶えた。それほど流行っているわけではない——当たり前か。ニューヨークでスポーツを見るなら、やはり野球、つまり夏が主流だろう。この季節のバスケットボールやアイスホッケーも、地元の人には人気ではあるが、日本人には馴染みが薄い。「ニューヨーク・スポーツ」のように主に日本人を相手にするような業態だと、決して忙しくはないはずだ。むしろ夏に向けて、今は英気を養っている最中かもしれない。

その割に、とんでもない事件に巻きこまれたものだが。

昼まで待機していて、他に客は一組だけだった。夏は忙しいかもしれないが、果たしてこれで会社を維持していけるのだろうか。あるいは事件の情報が広まって、客足が途絶えているのか。

いつまで観察していても仕方がない。続いて動くとしたら……隣の店だ。濱崎には縁のない高級ブランドショップで、足を踏み入れることを考えると少しだけ弱気になったが、美里にすれば「お隣さん」である。ニューヨークで、こういう位置関係にどんな意味があるかは分からないが、少しでも美里のことを知っていれば、何か参考になるかもしれない。

もっとも、濱崎自身、自分が何を知ろうとしているのか分からなかったが。

店に入った途端、濱崎の困惑はいきなり最高潮に達した。このブランドのことは知らないが、やけにヒラヒラした服が目立つ。そのせいか、どこを歩いてもマネキンの服にひっかかってしまいそうで、網にかかったような気分になった——運動会の障害物競走だ。中へ進めず、入り口近くで立ち止まっていると、奥から店員が出て来る。男一人の客だと気づき、怪訝そうな表情を浮かべた。

「ああ、実はちょっと、プレゼントを探しています」

「はい、どんな?」

金を落としそうな客だと分かったのか、店員の表情が急に明るくなった。はげしくウェーブをかけた金髪を長く垂らし、キャミソールの上にカーディガンを羽織っている。まだ若そうで、笑顔は少し硬かった。

「お見舞いなんだ」

「病気ですか? お見舞いに服は……」急に顔に困惑が広がる。

「災害見舞いというか」

「災害?」

店員が首を傾げる。さて……ここからが演技力の問われる場面である。

「失礼。ハマサキと言います。ジュン・ハマサキ。ジュンと呼んで下さい」

「では、私はアンジーと」

「OK、アンジー」濱崎は両手を広げた。「実は私、隣のお店のミサトと知り合いなんですよ」

「ええ？」

「日本にいる頃から彼女を知っていて……私も半年前にこっちに来て、何度か会ったんですが、強盗に遭ったと聞きましてね」濱崎は眉をひそめた。「お見舞いに行こうと思うんですが、手ぶらでは何なので……ここまで来て気がつきましてね。花というのも当たり前過ぎるでしょう」

「そうですね……どうしましょう」アンジーが顎に拳《こぶし》を当てた。この手の話は、聞いたことがないのだろう。

「あの後、彼女に会いましたか？」

「ええ、次の日に」アンジーが眉をひそめる。「びっくりしました。事件の次の日だから、休みだろうと思っていたら、私より早く来ていたみたいで」

「後片づけでもしていたんですかね」

「そうですね。後で、コーヒーを差し入れましたけど、強い人ですね、彼女」

「まったくです」濱崎は大きくうなずいた。「少し強過ぎて、私はいつも負けていましたけど」

「ああ」アンジーが両手を広げる。「恋人だったんですか？」

「どうでしょう」濱崎は曖昧《あいまい》な笑みを浮かべた。アルカイック・スマイルが、時に効果を発揮することを、ニューヨークに来て初めて知った。意思表示がないわけではなく、単に控え目な人間と見てくれる人もいる。アンジーもそういうタイプらしかった。「女性は、いろいろと難しいようです」

「彼女も苦労してますから」

「そうですか……ニューヨークでどんな生活をしてきたかは、あまり聞いていないんですよ」

「一人でゼロから会社を立ち上げたんだから、大変ですよね。しかも日本人で」

「彼女は努力家でした」濱崎はうなずいた。

「そうだと思います。とにかく……」アンジーが肩をすくめる。「よく働く人です。評判もいいですよ」

「それはよかった」濱崎は胸に手を当てた。「なかなか会えないので、気になっていたんです。彼女に会うには勇気が必要なんですよ」

「いい機会かもしれませんよ」アンジーが薄い笑みを浮かべた。「さすがにミサトもショックを受けていますから、慰めてあげたら？　上手くいくかもしれませんよ」

「いい作戦です……無難にハンカチにしましょうか。でも、できるだけ綺麗に包装して下さい」

「じゃあ、豪華にしましょう」

アンジーの話に適当につき合ってハンカチを選んだ。しかし、ハンカチ一枚で三十ドルというのはいかがなものか……この出費が完全に無駄になるのを濱崎は覚悟した。そもそも渡すつもりもないのだし。

アンジーがハンカチを包んでいる間に――手つきは危なっかしかった――さらに雑談を続ける。

「一つ、教えてもらっていいですか？」

「何でしょう」アンジーの目は手元に集中していた。

「彼女のところに、誰か男性が訪ねて来ることは？」

「ああ」アンジーが顔を上げる。悲しげな笑みが浮かんでいた。「残念ながら」

「つまり、かなり親しい仲の人がいる？」濱崎は両手で心臓を押さえる真似をした。

「私にはそう見えたけど」

「私は諦めるべきかな？」

「それは……私には何とも言えないけど」

「日本人ですか？」

「違うわ」

「こちらの人？」

「たぶん。白人男性、年齢は四十歳ぐらい。お店が終わる頃に来て、二人で一緒に出かけて行くのを何度も見てるし。でも、それ以上のことは分からないわ。その……彼のことについては、彼女と話したこともないし」

「そうですか」濱崎は深々と溜息をついてみせた。「まあ……長い年月が流れているので」

アンジーは何も言わず、肩をすくめるだけだった。ハンカチ一枚で気を引ける訳がない、とでも思っているようだった。もちろんこっちも、美里が計算高いことぐらいは知っている。そもそも、気を引くつもりなどないのだし。

ハンカチを受け取り、濱崎は店を出た。そのまま「ニューヨーク・スポーツ」の前を、うつむいたまま通り過ぎる。美里には気づかれなかったはずだ。もしかしたらアンジーが、店から顔を出して自分の様子を窺《うかが》っているかもしれないが、それは気にする必要もない。プレゼントを買ってもすぐに店に入れない、優柔不断な中年男の印象を与えるだけだろう。

「男、ねえ」

濱崎は一人つぶやいた。美里は、男がいないと生きていけないタイプではないはずだ。むしろ、「男は利用するもの」と割り切っている節がある。だからこそ、ヤクザの情婦という立場をあっさり捨てて日本を出たのだ。そこには、アメリカにまで来てしまえば、向こうも追いかけて来ないだろう、という計算があったはずである。本当に、ニューヨークで旅行代理店をやるのが夢だったかどうかは分からないが。何か裏の目的があってもおかしくはない――それが、店を訪れていた白人男性と関係があるとしたら。

また張り込み続行だな、と覚悟を決めた。ただし、クソ寒い中、延々と立ち続ける必要はない。閉店時刻——午後七時に合わせて来てみればいい。店が終わったところで待ち合わせ、二人で食事にでも行くのだろう。相手の正体が分かれば——そこから先、どうしたいのかは自分でも分からなかったが、濱崎は明らかな高揚を感じた。

結局自分は、この快感から逃れられないのかもしれない——隠された事実を探ること。

ポケットに手を突っこむと、ハンカチの包みが指先に触れた。このハンカチ、どうしたらいいんだ？

ついている、ということはある。あるいはこれ以上ない不運に巻きこまれたから、逆に運が向いてきたのかもしれない。

入院中も、ブラウンは一人にさせてもらえなかった。次から次へと見舞い客が訪れ、ゆっくりと体を休める暇もない。さすがに、ニューヨーク・ポスト、それにテレビ局の取材は市警に壁になってもらって断った。何でもかんでも「英雄」に仕立て上げたがるのが、ニューヨークのメディアの悪癖である。自分たちＥＳＵは、本来は影の存在でなくてはならないのに。

夕方、見舞い客が途切れてほっと一息ついた瞬間、尿意を覚えた。応対に忙し過ぎてすっかり忘れていたのだが……松葉杖を握ってベッドから抜け出す。左足が使えないだけだから、車椅子は必要ないと断っていたのだ。上半身のパワーには自信があるから、松葉杖さえあれば動きは制約されないだろうと考えていたものの——それほど甘くなかった。松葉杖が腋に食いこみ、自分の体重をはっきりと意識させられる。かといって、他の部分に重さを分散させるわけにもいかず、どうしても慎重に歩を進めざるを得なかった。左足を浮かしたまま、何とか廊下に出てトイレに向かう。病室にトイレがついていれば、もっと楽なのだが……いきなり、バランスを崩してしまった。左の松葉杖の先が滑り、倒れそうになる。反射的に左足を床につこうとした瞬間、右腕を強く引っ張られた。体の左半分が浮いたタイミングを使い、松葉杖を構え直す。怪我には影響がなかった。ほっとして横を見ると、九分署のピーター・タッカーが立っていた。グラブのような手で、ブラウンの右腕を摑んでいる。彼自身、体重が軽く二百二十ポンド（百キロ）を超える大男だから、ブラウンを支えるのもさほど難しくはなかっただろう。

タッカーは九分署の捜査部隊を率いており、マンハッタン南部を管轄とするブラウンの部隊とは、協力体制を取ることもある。今回の事件の捜査を担当するのも彼だった。つまりこれは、見舞いではない……。

「見舞いに来た。お前、まさか散歩でもしてるのか」

「トイレです」ブラウンは苦笑した。「失礼しました。お見苦しいところを……」

「何だったら、後ろで支えてやるが」

「とんでもない。何とか……病室で待っていてもらえますか。すぐに戻ります」

「分かった」

タッカーが立ち去る気配がしたのでほっとした。ブラウンより何歳か年上のこの刑事は、ニューヨークの警官のタフさを体現する男である。基本的に二十四時間三百六十五日、事件のことしか考えていない。それにもかかわらず、四人の子どもを持つ父親としてもきちんとやっていて家庭円満だというのだから、ブラウンの理解を超えている。普通、彼のように仕事に打ちこみ続けたら、家庭が崩壊するのは時間の問題なのに。

トイレを済ませ、ゆっくり手を洗いながら考える。ただの見舞いだろうか……そうだろう、と判断する。仕事として話をしに来るなら、一人ではないはずだ。必ず部下を伴う。もっともブラウンとタッカーは、仕事以外ではつき合いがないから、わざわざ見舞いに来るとも考えられないのだが……まあ、話せば分かるだろう。

タッカーは、窓辺に立って外を見ていた。巨体で、しかも常に背筋をぴんと伸ばしているので、実際の身長よりも大きく見える。さすがに腹は出てきたが、それでも動きは未だに俊敏である。ごく稀に、こういう人間もいるのだ。現役でいる間は、体力・気力ともまったく衰えない——そういう人間に限って、仕事を辞めた途端に急に病気になったりするものだが。

「座って下さい」

「暇か」振り向いたタッカーがいきなり訊ねた。

「暇……ではないですね。ありがたいことに見舞いが多くて」

「仕事ができなくて暇かと聞いたんだ」

何故か、タッカーは怒っているようだった。元々、滅多に笑顔は見せない人間なのだが……リズが勝手に犯人について探っていることがばれたのだろうか。それなら仕方ない。自分が罪をひっ被るしかないだろう。

タッカーがようやく窓辺を離れ、椅子に腰を下ろしたので、ブラウンもベッドに入った。ベッドに腰かけてもいいのだが、それだとちょうど太腿の裏側の傷が刺激される。もしかしたら今後しばらく、椅子に座れないのだろうかと心配になった。立ったまま、部下の書類に目を通さなくてはならないかもしれない。

「退院予定は？」

「二日か三日で出ます――追い出されますよ」

「負傷者は、手厚い看護を受けてるんじゃないのか。可愛い看護師が担当について」

「残念ながら、普通です」ブラウンは肩をすくめた。「それで、今日は……」

「お前が、ハインズのことを気にしているようだったから」

「いや、そういうわけでは――」ブラウンは背筋を伸ばしたが、ベッドに入っている状態では様にならない。

「自分を撃った相手のことが気になるのは当然だ——実は俺は、あいつのことはよく知っている。辞めた時、九分署にいたからな」

「聞いています」

「まあ、いろいろ言われていたよ……親の商売を継ぐのは、美味しい話だろう。何しろ『ダブルH』と言えば、ロングアイランドの不動産王だ。コンドミニアムを五棟持っている。五部屋じゃなくて、建物が五つだぞ」タッカーが右手をぱっと広げた。「部屋数は、全部で五百近い。これで毎月の賃貸収入がどれぐらいになるか、分かるか」

「さあ……」

「百万ドルは下らないだろうな」

ブラウンは口笛を吹きそうになって、慌てて息を呑んだ。しかし……ハインズの父親がどれほど大きな規模の会社を持っているか分からないが、息子は大変な財産を継ぐことになるわけだ。

「というわけで、あいつが辞めるという話が出た時についたあだ名が『百万ドルの男』だ」

「本人が、そんなことをペラペラ喋ったんですか？」だとしたら大馬鹿者だ。

「まさか……ただ、あいつがダブルHの息子だということは誰でも知ってたからな。ちょいと調べれば、ダブルHの財政状況もすぐに分かる」

そんなことに警察の捜査能力を使うのは筋違いなのだが……タッカーが、ハインズに好意的な気持ちを抱いていないことは明らかだった。

「どうやら父親は、引退するつもりではなかったらしい」

「と言いますと？」

「フロリダだ。向こうで新しく不動産ビジネスを始めようとしているらしい」

「なるほど」ブラウンはうなずいた。フロリダは、アメリカにおけるコンドミニアムの激戦区である。引退して、気候のいい街で暮らそうとした時、まず考えるのがフロリダ――マイアミ辺りだ。手間のかからないコンドミニアムで楽に暮らしたい、というわけだ。その結果マイアミは、ニューヨーク並みに高層のコンドミニアムが林立する街になっている。ただし、需要が多いせいか価格設定も強気で、買えば百万ドルを上回る物件も少なくない。

最近は引退後の住処というより、不動産投資の対象になっている建物が多いようだ。

「ロングアイランドの方の物件は、息子に任せようとしたみたいだな。それで自分は新たに会社を立ち上げ、マイアミに移る」

「美味しい話ですね」

「まったくだ」タッカーが唇を歪めた。

「ダブルHは、元々何者なんですか？」

「弁護士。メイン州出身で、苦労して大学を終えて、クイーンズで開業した。不動産取引に関する仕事が多かったので、自分でもそちらの業界に乗り出した、ということらしい。不動産業界では伝説の人物だよ。ドナルド・トランプの小型版、あるいは目立たないドナルド・トランプというところだろう」

ブラウンは薄く笑った。不動産業界の大立者であるドナルド・トランプは「出たがり」で、物笑いの種になっている。

「警察官になったのはどうしてですか？　最初から父親の仕事の手伝いをしてもよかったはずですよね」

「人生修行、ということだろう。その点で、ダブルHはまともだ。ま、死体の処理をしたり、パトカーの後部座席でゲロを吐かれたりすることが、何の勉強になるかは分からないがね」

「警官としてはどうだったんですか」

「それが、実は印象がほとんどない」タッカーが、地肌が透けるほど髪を短く刈り上げた頭を撫でた。「皆、ダブルHの息子、という目でしか見ていなかったからな。ただ、勤務評定を見ると、大きなマイナスはない。プラスもないが……」

「毒にも薬にもならないタイプ、ですか」

「そういうことだ」

「それが、辞めて二年で、ドラッグ中毒ですか」

「この事件については、死ぬ気になって捜査はしない」タッカーがきっぱりと言い切った。「何しろ犯人が死んでいるんだ。裁判も開けない状況で、捜査に人員を割く訳にはいかない」

「でしょうね」

「ただし、元警官の事件だからな。全く調べない訳にもいかない……手の空いている者が、ボランティアで調べているよ」

「父親はもう、マイアミなんですか」

「今は、こっちとマイアミを行ったり来たりしているようだ。事件が起きた時には、たまたまロングアイランドにいた」

「ドラッグについては何と言っているんですか？」

「まったく分からない、と。そんな様子はなかったと証言している。今のところ、それを疑う材料はないな」

「親が四六時中一緒にいなかったら、確かに気づかなかった可能性はありますね」

「ああ」

「しかし、現場で金を要求というのは……」

「ヤク漬けになった人間の考えてることは分からん」タッカーが眉根を寄せた。

「金に困っていたんじゃないんですか」ドラッグは金がかかる遊びなのだ。

「ビジネスは順調だったようだ。本人も、アストンマーティンを乗り回すぐらい、羽振りはよかったようだしな。アストンマーティンだぞ？　ジャガーじゃない」

それだけで判断はできない……財政状況はしっかり調べないと、本当のところがどうだったかは分からないのだ。いつの間にか麻薬ディーラーの食い物にされて、がんじがらめになってしまっていた可能性もある。

「まあ、いずれにせよ、お前が気にすることじゃない」タッカーが釘を刺した。

「分かってます」

「情報はできるだけ入れるが……これ以上のことは分からないかもしれない」

それはやる気がないからだ、と思った。が、先輩に対してそんなことは言えない。仕事の内容もまったく違うのだし。

「とにかく、そういうことだ。早く怪我を治せ」

タッカーが立ち上がる。ブラウンも慌ててベッドから降りようと思ったが、タッカーに押しとどめられた。

「いや、送ってもらう必要はない。お前は、自分のオムツの心配だけしていろ」

うなずきかけ、ベッドに入ったままタッカーを見送る。

すっきりしない。彼が来る前よりもずっと、ハインズに対する疑念が強まったように感じた。

濱崎は、自分の幸運を祝いたい気分だった。最近酒は控えているが、今日は少し呑んでもいいかな、という気にもなる。美里に会いに来る男——彼を待ち伏せしようと、午後六時半に店の前に到着してから十分後、男が姿を現したのだ。

いや、正確には、見ただけでこの男だと分かったわけではない。白人男性、という特徴が一致しただけである。しかし店内に入り、カウンター越しに美里と話し始めた姿を見て、濱崎は問題の男に違いないと確信していた。美里の方でも、特に嫌がる様子も見せず、笑みを浮かべていた。カウンターに身を乗り出し、何度も美里の手を叩いては親しげに話しかけている。しかしまだ仕事は終わらない様子で……男は店の隅にあるソファに腰を下ろし、スマートフォンをいじり始めた。美里が他の店員に何か指示を飛ばし、電話を一本かけ、バックヤードに消えて……戻って来た時には、コートを着こんでいた。店じまいは女の子たちに任せて、自分は一足早く引き揚げるつもりのようだ。

二人は連れ立って店から出て来た。美里が腕を絡ませて……となるかと思ったが、わずかに距離を置いている。並んで、何か話しながら歩き始めた様子を見る限り、恋人同士というより、ビジネスパートナーの感じだった。

濱崎は、道路の反対側の歩道から二人を尾行した。尾行の基本の基本——つけられているかもしれないと疑う人間は、真後ろを気にすることが多いが、斜め後ろには案外気が回らない。

二人はウースター・ストリートの角を左に曲がった。こちらは石畳の道路で狭い。しかも暗い一角だ。あるいは美里の家がこちらの方なのか……確か「ソーホーの近くに住んでいる」と言っていたはずである。散歩がてら一緒に家に帰り、温かな夕食をとって——という場面を想像してしまった。

しかし二人は、角を曲がった瞬間、車に乗りこんだ。シルバーの、巨大なベンツのクーペ。恐らく、最上級モデルのSクラスクーペだろう。有機的にメリハリが利いたデザインで、テールには「AMG」のエンブレム。いったいいくらすることやら……。

相手が車ではどうしようもない。濱崎は、走り去る車のナンバーだけを頭に叩きこんでその場を離れ、すぐに店に戻った。ちょうど閉めたところで、美里の部下の女性が二人、一緒に出て来る。二人は店の前で別れ、スプリング・ストリートを逆方向へ歩き出した。一人は小柄な白人女性。もう一人は長身で、こちらは日本人のように見える……濱崎は迷わず、日本人らしき女性の後をつけた。詳しく話を聞くには、やはり日本語の方がいい。

女性はスプリング・ストリートからブロードウェイに出て、北へ向かった。ここだと一番近い地下鉄の駅は、プリンス・ストリート。地下鉄N、Rラインのどれかに乗れる。南下してブルックリン方面へ向かうのか、北上してクイーンズか。いずれにせよ、マンハッタンではあるまい。「ニューヨーク・スポーツ」の給料がどれぐらいかは分からないが、マンハッタンの不動産相場は東京以上である。ブルックリンかクイーンズに出て何とか……という感じだろう。

この時間でも、ソーホーは食事や買い物を楽しむ人たちで賑わっている。それでも女性は異様に目立つ服――明るい紫のダウンコート――を着ていたので、見失う恐れはない。プリンス・ストリートとブロードウェイの角にあるディーン・アンド・デルーカに入った女性は、デリのコーナーに行って、惣菜を吟味し始めた。軽く買い物をして、家で夕飯ということか。思わず鼻を鳴らしてしまう。こういう高級デリで食材を買えるということは、それなりに高給取りなのかもしれない。濱崎自身は、屋台や安いデリを除いて、マンハッタンの中で食事をするのはできるだけ避けていた。町場の安っぽい大衆食堂であるダイナーでも、マンハッタンだとブルックリンの倍ほども取られることがあるのだ。

女性は混み合う店内で五分ほど食べ物を吟味していた。何かサラダのようなものを取り上げ、レジに向かう。濱崎は少し距離を置いて、その様子を見守った。冬場はグレーや黒ばかりになる東京と違い、ニューヨーカーは冬でもカラフルな服装を好むが、さすがに薄紫のダウンを見逃すことはなかった。

店を出ると、女性はすぐに地下鉄の駅に入って行った。毎日のように使うのに、濱崎は今でも慣れない。どこの駅も古く、天井が低いので妙な圧迫感があるのだ。

女性はN線を使い、マンハッタンをずっと北上した。つまり、向かう先はクイーンズ。

しかし、さほど長く乗ることはなく、クイーンズボロ・プラザで降りた。

地下鉄もこの辺では地上に出て、クイーンズボロ・プラザも高架の駅になっている。女性は駅の北側に出ると、クレセント・ストリートを歩き始めた。郊外の静かな住宅街という感じで、すっかり暗くなったこの時間でもさほど怖い感じはしない。しかし女性は、やけに早足だった。つけられているのに気づかれたかもしれないと思い、濱崎は少しペースを落として距離を空けた。もっとも女性の方では、振り向く気配も見せない。

歩くこと八分、女性は小さなアパートに入った。これなら家賃もそれほど高くないだろう……財政状況は自分と同じようなものかもしれない、と濱崎は思った。

女性が二階の部屋に消えた後、濱崎は迷った。家に入る前に声をかけておくべきだったのではないか……後からドアをノックしたら、無視される可能性が高い。判断を先送りしてしまったことを悔やんだ。しかし駅を出たところで声をかけたら、それはそれで怪しまれただろう。

明日の朝、出直すことにしよう。駅の方へ引き返しながら、濱崎は自分を呪った。クソ、刑事としての大胆さを、自分は既に忘れてしまったのか？

翌朝八時、濱崎は女性のアパートの前に立っていた。十時開店なので、家を出るのは九時ぐらいでは、と想像したのだ。

しかし家の前に立ってから五分後、早くも女性が出て来た。昨日と同じ、薄紫のダウンコート。さあ、どうする——声をかけて逃げられるのを恐れ、濱崎は結局無言で後をつけ始めた。こんな尾行をいくら繰り返しても、声をかけるタイミングは訪れないのだが……とにかく、行くだけ行こう。

駅に着くと、女性は構内に入らず、ダンキン・ドーナツに入った。自宅で朝食は食べない主義か……これはチャンスだ。濱崎は女性の後について店に入った。レジで彼女の背後につき、店内で食べることを確認してから、自分もコーヒーとベーグルのサンドウィッチを買う。彼女がテーブルに着いたのを確認して、すぐ横のテーブルに座った。そこで初めて、しっかり顔を見る。卵形の顔を強調するようなボブカット。化粧っ気はほとんどなく、寒いところから暖房の効いた店内に入ったせいか、頰が赤く染まっていた。年の頃、二十代後半……三十歳にはなっていないだろう。アメリカ人からは、子どもに間違えられるかもしれない。

ベーグルを一口……ニューヨーク名物なのだが、濱崎は未だにこれが好きになれない。挟まれたベーコンの塩気もきつ過ぎた。ちらりと見ると、彼女は柔らかいマフィンを食べている。茶色いカップには「カプチーノ」の文字。

自分のコーヒーを一口飲んでから、濱崎は「あれ」と声をかけた。横に座る女性が、怪訝そうな表情を浮かべて濱崎の顔を見る。こんなところで日本語を聞くとは……とても考えているのかもしれない。

「あの、美里のところで働いている方ですよね」

「ええと……」女性が眉間に皺を寄せる。しかし、その皺は徐々に浅くなった。「この前、いらっしゃいました？」

「そうです。あの事件の翌日に……お見舞いでした」

「社長のお知り合いなんですか？」

「ええ、日本で」これは嘘ではない。「びっくりしましたよ。まさかニューヨークで、知り合いがあんな目に遭うなんてね……美里、その後は元気ですか」

「ええ。ちゃんと仕事してます」

「それはよかった……って、そんなに心配してませんでしたけどね」

そこでにっこり笑って見せる。「笑っても凶暴だ」とよく言われたものだが、この女性はそうは感じていないようだった。軽く相好を崩す。

「美里は強いですからねえ。日本では、だいぶやりこめられましたよ」

「日本では、お仕事が一緒だったんですか」

「うーん、まあ……」濱崎は言葉を濁した。この女性が、美里の正体をどこまで知っているかは分からない。「仕事と言えば仕事かな」

「何か訳ありなんですか？」

「あなた、どこまで聞いてます？　プライベートな問題だから、あまりぺらぺら喋れないんだけど」

「社長、自分のことはあまり喋らないんですよ」

「まあ、謎の多い人でもありますからね……ところで私、濱崎です」

「ああ、あの……富澤《とみざわ》です」

「下のお名前は？」

一瞬、女性がむっとした表情を浮かべた。濱崎は照れ笑いを作って見せた。

「失礼。アメリカにかぶれたみたいです。下の名前で呼ぶ習慣がね……」

「由真《ゆま》です。富澤由真」

「ご出身は？」

「東京です」

「私もですよ」

由真の表情が少しだけ綻《ほころ》んだ。出身地の話題は、いつでも話のきっかけになる。適当に話を合わせることもできるが、濱崎も実際に東京出身なので助かった。これなら、細かい話でも矛盾は出ないだろう。

「しかし、こんなところでお会いするのも、すごい偶然ですね」濱崎は大袈裟に驚いて見せた。

「この辺にお住まいなんですか？」

「ヴァーノン・ブールバードの方です。ここでよく、朝ご飯を食べて行くんですよ」

「そうなんですか」

ここで同じテーブルに移動すべきかどうか……瞬時躊躇《ためら》ったものの、濱崎は席を立たないことにした。いくら何でも、ここで正面に座ったら図々しいと思われるだろう。取り敢えず今は話が続いているのだから、バランスを崩す必要はない。

「ニューヨークも、広いようで狭いですね。日本人にはよく会うんですよ」

「ああ……日本人同士は、結構固まりますからね」由真がうなずく。何となく、群れたがる日本人を馬鹿にしている感じだった。

「私は避けてるんですけどねえ」濱崎は言った。「せっかく日本から出てきたのに、何もニューヨークで日本人と会わなくても」

「何か、嫌なことでもあったんですか」由真が一歩突っこんで聞いてきた。

「いやあ、色々しがらみがね……人間関係が嫌になって、仕事を辞めちゃったんですよ」

これはあながち嘘ではない。トラブルに際して、自分一人に責任を押しつけようとした警視庁のやり方……昨日まで味方だと思っていた人間に裏切られた苦い思いは、未だに消えていない。「あなたは？　まだお若いですよね」

「二十五です」

人間観察の目は狂っていなかった、と濱崎はほくそ笑んだ。

「若いですねえ。学生さんじゃないんでしょう？」

「こっちで大学を出て、美里さんの会社で働き始めました」

「ニューヨークで就職したみたいなものだ」

「そうなりますね」

「偉いなあ。よく頑張りますね。ずっとこっちにいるつもりで？」

「まだ決めてないんですよ」由真が唇を尖らせた。「仕事は面白いんですけど、もう少しステップアップしたい気もするし……あ、美里さんのところで働くのが嫌だっていうわけじゃないですけど」

「彼女、きつくない？」

由真が苦笑した。きついのだろう、と濱崎は想像した。あの性格からすると、部下の管理も厳しくやっているに違いない。

「仕事は仕事ですから」

「しかし彼女は、強いよねえ」濱崎はわざとらしく溜息をついて見せた。「あんな目に遭ったのに、すぐに仕事を再開するんだから。心配して損しましたよ」

「本当に、強い人ですよね」納得したように由真がうなずく。「私、少し休んだ方がいいんじゃないかって言ったんですけどね。怪我したわけじゃないから休めないって……お客さんもいるし」

「男の支えがあるからかな」濱崎は溜息をついた。「ちょっと見ちゃったんですけどね、えらい金持ちの彼がいるみたいじゃないですか」

「ああ、アール」

「そういう名前？」

「ヒッグスさん、でしたかね」

「何者ですか」

濱崎は由真の方へぐっと身を乗り出した。予想通りに由真がすっと身を引いたので、「失礼」と言って頭を下げる。決して図々しい男ではない、というジェスチャー。

「未練がましいけど、男の話になると、ちょっとね」

「あの、もしかしたら……昔、つき合ってたとかですか？」

「そこまでいかない」濱崎は顔の前で手を振った。「こっちからの一方通行でしてね。情けない話だけど、相手にされなかった」

「まさか、美里さんを追いかけてニューヨークへ来たんですか？」

「いや、さすがにそこまでは……ここで再会したのはたまたまですよ。しかし、金を持ってそうな男ですよね……」

「投資関係の仕事をしてるらしいですよ」

「つき合ってるんだろうか」

「そうだと思いますけど……美里さん、自分のことはあまり言わないから」

「あの辺に住んでるみたいですね」

「そうだと思います。私はよく知りませんけど」

投資関係の仕事をするアール・ヒッグス――情報は徐々に集まりつつある。もっとも、その情報をどこへ持って行っていいか、未だに分からなかったが。


遅刻しそうだ、と慌てる由真と別れ、濱崎はしばらく駅の近くで時間を潰した。ニューヨーク・タイムズを買い、道路の中央分離帯にあるベンチに腰かけて目を通しておく。隣に座る老人が煙草を吸い始めたので、遠慮なしに自分も火を点けた。路上喫煙禁止など、クソくらえだ。これがニューヨーク。

新聞に事件の続報はない……犯人は死んでしまったし、続報を載せる価値もないということなのだろう。まあ、自分が記者でも、同じように考える。

スポーツ面を読んでいく。何だかんだ言って、ここが一番読みやすい。

最近の話題は、メッツの買収だ。大リーグのチームのオーナーが代わるのは珍しくもないが、現在、投資家グループが買収を狙っているらしい。ニューヨーク・タイムズは淡々と事実を伝えていたが、行間からは好意的なニュアンスが読み取れる。メッツの成績はずっと低迷気味で、いっそオーナーを変えて出直しを——というのは、それほど過激な考えではないのだろう。

しかし、投資家グループか……メジャーリーグのチームは財産だ、という考えなのだろう。要するに投資だ。ということは、勝てない、つまり金にならないと考えればまたチームは手放される——そんなことが続くのではないだろうか。日本のプロ野球とはえらく事情が違う。

ハードな戦いだ、と濱崎は溜息をついた。翻《ひるがえ》って、自分の戦いは何だろうと考える。美里のことを調べる権利も義務もなく、ただ興味に任せて彼女のことを嗅ぎ回っているだけ——これが意味のある人生と言えるのだろうか。

その日の夕方、濱崎はまたも「ニューヨーク・スポーツ」の前にいた。この張り込みが無駄になるであろうことは予想できている。アール・ヒッグスは姿を見せるかもしれないが、車だろう。マンハッタンで自らハンドルを握る神経は理解できないが、その車がSクラスクーペともなれば、人に見せびらかす意味もあるだろう。金持ちのやることはどこでも同じだ、と濱崎は鼻白んだ。

午後七時……店が閉まった。今夜はヒッグスの姿はない。無駄足になったか、と濱崎は溜息をついた。氷点下、自分の息が顔の周りにまとわりつく。引き返すか……しかしそれでは、単に時間を無駄にしただけだ。濱崎は美里を尾行することにした。彼女の家を割り出しておいてもいいし、もしかしたら今夜は、車を使わずにデートする可能性もある。

美里は、グリーン・ストリートを下り始めた。いかにもソーホー然とした建築様式……こういうのを何と呼ぶか知らないが、ビルの外側、通りに面した側に階段がしつらえられている。この辺りの古いビルは、だいたいこういう構造だ。例によって歩道は波打ち、歩きにくいことこの上ない。しかし美里は慣れたもので、ヒールの高い靴で、かなりの大股で歩いて行く。グランド・ストリートに出てハドソン川方面へ向かい、ソーホーの外れまで……この辺が家なのだろうか。と思ったら、六番街にぶつかる直前にあるレストランに入って行った。何の店だろう……不思議な作りの店で、一階部分は完全に壁で覆われ、二階部分はガラス張り、そしてテラス席がある。

美里が姿を消してから、濱崎は店の周辺を調べた。ニューヨークではよく、店外に黒板書きのメニューが置いてあるのだが、ここにはその手の情報がない。どんな料理を出す店かも想像できなかった。ただ、安くはないはずだ。マンハッタンで「安く食べる」は、「不可能」と同義語である。

濱崎は、店の一階部分の壁にもたれて煙草を吸った。今夜も空気は重く湿っており、雪を予感させる。最近、アメリカも異常気象が続いていて、真冬には街全体が封鎖されるような雪嵐になることも珍しくない。濱崎はまだそこまでひどい天気を経験していなかったが、ここで張り込みしている間に雪が降り始めたら、遭難してしまうかもしれない。

煙草を一本灰にしたところで、ヒッグスが姿を現した。膝まであるキャメルのコートの襟元から、柔らかそうなマフラーが覗いている。足元は、顔が映りそうなほど磨き上げられた、黒いストレート・チップだ。荷物は薄いブリーフケースのみ。

ヒッグスがちらりと店の看板を確認して、中へ入って行く。濱崎は慌てて道路を横断した。真下にいると、店内の様子が見えない。向かい側からなら……見えた。美里は窓際のテーブルに座っており、ヒッグスがそこへ歩み寄って行く。大袈裟に腕を広げているのは、遅れた謝罪の印かもしれない。しかし二人は抱擁するでもなく、キスを交わすでもなく……ヒッグスはすぐに席についた。やはり恋人同士ではない、と濱崎は確信した。恐らく、何らかのビジネスパートナー。

刑事時代、濱崎は適当に手を抜く術を覚えていた。尾行相手が食事を始めたら、ファストフード以外だったら、少なくとも三十分は放置しておいていい。誰かと一緒なら、一時間でもOKだ。その間は、少し離れても問題ない。これで相手を逃したことは一度もなかった。

その個人的な法則に従い、今夜も食事を摂っておくことにした。何度か通ううちに、ソーホーで食事ができそうな店のリストも頭に入っている。ただし一人だし、「手早く、安く」が原則だ。今夜は……一本北寄りのワッツ・ストリート沿いに、メキシコ料理を出す店があったはずだ。あそこにしよう。アメリカの食事はどれもクソみたいなものだが、メキシコ料理はそこそこ食べられる。

初めて入る店だが、かなり安っぽい感じなのでほっとした。ソーホーには、小綺麗な分、値段も高い店が多いのだ。それほど広くない上に、店内のあちこちがメキシコ風のモチーフになっていて、気さくな雰囲気である。ただ、ソファがピンクだったり青だったりと統一されていないので、何となく落ち着かない気分になる。

濱崎はビールを一本、それにビーフのブリトーを頼んだ。経験から、一皿で腹が膨れるのは分かっている。実際、運ばれてきたブリトーは巨大で、しかも米と豆、生野菜がたっぷり添えられている。体にいいのか悪いのか……結構本格的にスパイスが利いていて、濱崎は一口食べて思わず顔をしかめてしまった。辛い分には問題ないのだが、コリアンダーは苦手なのだ。これだけは、いつまで経っても慣れそうにない。

そそくさと食事を終え、スマートフォンを取り出す。ブラウンと話したい、とふと思った。自分の疑念をもっとぶつけ、あいつの意見を聞きたい——しかしブラウンは、それを嫌がるだろう。まあ、今のところは「容疑」というほどのこともないのだし、療養中の男を煩《わずら》わせるのもどうかと思って遠慮する。

スマートフォンをダウンジャケットのポケットに落としこみ、トイレで手を洗ってから店を出た。食事をしている間にさらに気温が下がったようで、思わず首をすくめてしまった。顔にはらりと冷たいものがかかったが、雪かどうかは分からない。

美里たちが入った店の前に戻る。道路の向かい側から見ると、二人はまだ食事中だった。何を食べているかは分からないが、ワインのボトルが一本立っているのは見える。ということは……濱崎は腕時計を見た。二人が店に入ってから四十五分ほど経過しているが、食事はまだ一時間は続くのではないだろうか。

もっとも二人は、食事を楽しんでいる雰囲気ではなかった。しきりに話しているのはヒッグスの方で、ナイフとフォークを持った手を盛んに動かしている。育ちはあまり良くないな、と濱崎は皮肉に思った。一方の美里は真剣な表情で、時折うなずきながらヒッグスの話に耳を傾けている。やはり、どう見ても恋人同士の会話ではなかった。まあ、美里に男がいようがいまいが、自分には関係ないことだが。

配置についてから四十分後、二人が店から出てきた。美里はヒッグスの腕に軽く手をかけているが、特に親しげな様子ではない。今日は、ヒッグスは車を使っていないらしく、そのまま歩き始めた。六番街を渡り、ヴァリック・ストリートにぶつかって左折し、そのまま南下……やがて、円形の小さな公園を見下ろすコンドミニアムに入って行った。

ここが美里の家なのか、あるいはヒッグスの家なのか。美里の方だろうと思った。ソーホーの近く、という彼女の証言とも一致する。ヒッグスは……もしも投資家として有名な存在なら、この辺には住まないのではないか。金持ちのニューヨーカーは、マンハッタンならアッパーウェストサイド付近を目指す。

濱崎は現場を離脱することにした。どちらかがここから出て来るかどうかは分からない。離れる前にポストを確認してみると、ヒッグスの名前があった。ということは、この男はそれほど儲けていないのかもしれない……いや、コンドミニアムの豪華さを考えれば、馬鹿にしたものでもないか。外から見ただけでも、金がかかっているのが分かる。

ぶらぶらと歩いて行くと、パトカーが集まっている一角に出た。見ると、市警第一分署の建物である。なるほどね……治安は悪くないのだろうと想像する。分署の建物は比較的古く、三階建てだ。緑色の屋根、それに青いシャッターが目につく。ニューヨークの警察署は日本とはだいぶ違い、普通のビルに入っている場合も少なくない。時には同じビルに銀行が同居していたりして……これほど安全な銀行はないな、と皮肉に考えることもあった。

街中を歩いていて、警察署を見るとつい観察してしまうのは、刑事の感覚が抜けていないからだろうか。

ブラウンは、三日で病院から追い出された。そもそもアメリカの病院は、相当重篤な怪我人でないと、長い間は入院させてくれない。ブラウンの場合、松葉杖があれば移動にも困らないという判断だったのだろう。まあ、しょうがない……痛みはまだ残っているし、松葉杖で歩き回るのは不便だったが、病院にいるよりはましだと思うことにした。最初こそ、いい休養になると思っていたが、そんな気持ちはすぐに消え失せてしまった。やはり自分は、街にいないと気分が凹《へこ》む。

昼過ぎに病院を出て、この日は分隊には行かないことにした。松葉杖をついて顔を出せば、隊員たちにあれこれ言われるのは分かっている。基本的には、自分がいなくとも分隊の仕事は上手く回るはずで……今日一日は休養にしよう、と決めた。

久しぶりに自宅へ戻ると、部屋の中には既にカビの臭いが漂い始めていた。通気に問題があるようで、これが悩みの種である。しかし分隊の隊員は、緊急時に備えて近くに住むように指示されている。ここ以上にいい物件は、簡単に見つかりそうになかった。何しろ、分隊から一ブロックしか離れていないから、いざという時は、ダッシュすれば二分で駆けこめる。

窓を全て開け放ち、空気を入れ換える。とは言っても所詮はマンハッタンの空気なので、爽やかとは言い難い。しかし、淀んだ空気の中で我慢するよりはましだ。

慎重にシャワーを浴び終えると、部屋の中のカビ臭さは何とか消えていた。さて、今日は何をしようか……ブラウンの頭に「休養」の文字は基本的にない。体力勝負のＥＳＵでは、体を休めるのも大事な仕事なのだが、ブラウンの場合、現場に出ていないイコール休養なのだ。特に長い睡眠も必要としないし、疲れていると思ったら、むしろ体を動かすことでリセットできる。ブラウンにとって「疲れている」というのは、体の動きがぎくしゃくしていることなのだ。潤滑油が足りない状態というか。そういう時は走る、あるいはきつい筋トレをすることで、全身に血液が綺麗に回り始める。

ただし今は、それもできない。三日間、ずっとベッドに縛りつけられていたので、体を動かしたくてたまらなかったが、傷の痛みを考えると躊躇《ちゅうちょ》してしまう。たとえ上半身だけの運動でも、力が入ると痛みが戻ってくるだろう。まだ抜糸も終えていないのだ。

しかし、このまま家で大人しくしている気にはなれなかった。気になることもある……ブラウンは結局、すぐに家を出た。ダッシュすれば二分の分署まで、松葉杖を頼りに、十分の時間をかけて。

分署の待機室――隊員たちは普段ここに詰めている――に入ると、まずアレックスが立ち上がった。

「サー」ブラウンを負傷させた責任を思い出したのか、瞬時に顔が蒼ざめる。

「アル、こいつはお前のせいじゃない」ブラウンは自分の左腿を叩いた。軽い痛みが突き抜ける。

「しかし、ボス……」

「こういう危険は折り込み済みだ。気にするな」

ブラウンは、コーヒーポットを置いてある一角に近づいた。松葉杖をついたまま、カップにコーヒーを入れることには成功したのだが……それを持っていけない。助けを求めて周囲を見回すと、リズが飛んで来た。

「何なんですか、ボス」

「暇を持て余した」

「休養は大事なことだと思いますが。ボスがこれじゃ、示しがつきません。こんなことをしてると、他の隊員も、怪我しても出勤してきますよ」

「そういう奴は、俺がケツを蹴り飛ばして家に帰す……コーヒーを頼む」

ブラウンは、待機室の横にある自分用のオフィスに入った。久々に入る感じで、急に気分が落ち着く。家よりも、むしろここが自分の城という感じなのだ。とことん整理され、塵一つ落ちていない。実際、デスクに載っているのは電話とノートパソコンだけだ。

ブラウンは、右足一本で慎重に椅子に腰を下ろした。こんな簡単な動作も、左足が使えないと大変な運動になるのだと思い知る。リズが目の前にコーヒーを置いてくれた。すぐにドアをノックする音が響き、アレックスが顔を覗かせる。

「二人とも、座ってくれ」

ブラウンが言うと、二人はデスクの前にある椅子に並んで腰を下ろした。

「アル、留守中に何か問題は？」

「ありませんでした、サー。出動もありません」

「ボスがいないと、マンハッタン南部も平穏なようですね」リズが皮肉を飛ばす。

「それじゃまるで、俺が事件を呼んでいるみたいじゃないか」

「実際そういう面もあると思いますが、サー」

クソ真面目な顔でアレックスが冗談を飛ばしたので、ブラウンは苦笑してしまった。この男は、時折どこまで本気なのか分からなくなる。

「リズ、被疑者関係の捜査は……」

「実質的に打ち切られたようです」

「問題ないのか？」

「被疑者死亡、ですから」

「そうか」ブラウンは顎を撫でた。しまった、せっかくシャワーを浴びたのに、髭を剃り忘れてしまった。基本的にブラウンは、毎日二回髭を剃る。そうしないと、自分の顔がどんどん汚くなってしまうように感じるのだ。「ちょっと気になるな」

「ボス、それはちょっと……」リズが顔をしかめる。

「お節介に過ぎるか？」

「正直に申し上げれば」

「しかし、気になるんだよな……ハインズは、警察を辞める時、微妙な受け止め方をされたようだが」

「それは、あれだけの仕事をいきなり引き継ぐことになったら……金儲けする人を、素直に祝福はできないんじゃないですか」

「警官としてのハインズの評判は、決して高くはなかったと思う。勤務評定はBプラスでまったく普通なんだが、そもそもどうして警察官になったのかと首を傾げている奴も多かったようだ」

「まあ、そうでしょうね」リズがうなずく。「父親の仕事を継ぐなら、他にもっと役に立ちそうな経験がいくらでもあると思います」

「警察官をやっていた数年は、彼の人生では無駄な時間だったんじゃないかと思うんだ」

「あるいは、ダブルHが警察マニアだったとか」

「まさか」ブラウンは笑い飛ばした。「警察マニアの不動産王なんて、想像もできない」

「でも、そういうことと今回の事件は、関係ないと思いますが」リズが真っ当な反論をした。「それに我々には、捜査をする権限もありません」

「そうだな」ブラウンはうなずいた。「しかし、ダブルHには会っておこうと思う」

「目的は何なんですか？」

「見舞い」

「それは……」リズが顔をしかめる。「それはどうかと思います。向こうにすれば、我々は息子を殺した人間、ということになりますよ」

「あの処置には何の問題もない。とにかく一度、顔を拝んでおきたいんだ」

「では、私が同行します、サー」アレックスが身を乗り出した。「運転するのも大変だと思いますが」

「それは心配ない」ブラウンは右足を叩いた。「車は、右足一本あれば運転できるよ」

「しかし、ロングアイランドですから……道中、長いですよ」

「気持ちはありがたいが、君は駄目だ」ブラウンはぴしりと言った。「ハインズを射殺したのは君だ。さすがに、父親に会わせるわけにはいかない」

アレックスが唇を嚙む。ブラウンの理屈を理解していないわけではないようだったが、それと納得するかどうかは別問題である。

「一人で大丈夫だ」

「私が一緒に行きましょうか?」リズが申し出る。

「いや――」

「途中で何かあったら困るというのは、本当です。私がいれば、何とかなりますから」

ここは言い合いをしても話はまとまらない。ブラウンは素早く、「分かった」と言った。

リズが真面目な表情でうなずく。

「すぐに出発しますか?」

「このコーヒーを飲ませてくれたら」ブラウンはカップを指先で突いた。

「準備しておきます」リズが立ち上がる。続いてアレックスも席を立った。

「アル」

声をかけると、部屋を出て行こうとしたアレックスが振り向いた。

「スペシャルは一回でいい。そこまで自分を追いこむ必要はない」

「イエス、サー」

アレックスの顔に、わずかにほっとしたような表情が浮かんだ。こいつは背負い過ぎるから……いったいいつ、気を抜いているのだろう。

それは自分も同じか、とブラウンは思った。


ロングアイランドは東へ向かって細く広がる島だが、海辺へ行かないと「島」と感じることはない。クイーンズに近い辺りは、まだその延長という感じだ。

ダブルHの会社は、ガーデンシティにあった。名前の通り緑豊かな地域で、ロングアイランド鉄道のガーデンシティ駅近くには、ゴルフ場まである。道路を走ると、街路樹が覆いかぶさってくるようにも感じるほどだ。会社はヒルトン・アベニュー沿いにある二階建ての建物で、「不動産王」と呼ばれる割には地味な印象だった。しかし彼の会社は、建物を建てているわけではない。事務仕事が中心になるわけで、仕事用のスペースはさほど必要ではないのだろう。

事件から数日……ダブルHはまだ喪に服しているかもしれないと思ったが、予想に反して出社していた。

「タフな人なんでしょうね」車を降りたリズが言った。結局ここまで、ずっと運転してもらってしまった。

「タフでないと、金儲けはできないだろう」

「突っこみますか」

「これは作戦行動じゃない」ブラウンは彼女をたしなめてから、ドアの前に立った。インタフォンのボタンを押し、反応を待つ。程なく、若い女性の声で返事があった。

「ニューヨーク市警のブラウンと言います。社長はいらっしゃいますか」

「社長……はい、ああ、います」

戸惑ったのは、現在の会社の社長が息子のハインズに変わっているからだろう、とブラウンは想像した。その死後、社長の座はどうなるのか。父親が、再度こちらの仕事に復帰するのだろうか。

建物の中に通されると、さすがにブラウンも緊張を覚えた。息子を殺した相手に、ダブルHはどう対応するだろう。

しかしダブルHは、むしろ申し訳なさそうだった。「不動産王」という異名から想像するのとはだいぶ違う、小柄で遠慮がちな人物だったのである。ブラックスーツに濃いグレーのネクタイという服装は、本人なりに喪に服しているつもりなのかもしれない。

「市警のブラウンです」

改めて挨拶すると、ダブルHが目を見開いた。

「失礼ですが、その足は……」

「先日の作戦行動で」

「そうですか」

「非常に残念なことでした。お悔やみを申し上げます」

「いや、何と言ったらいいか……心の整理がつきません」

「お察し申し上げます」

「どうぞ、お座り下さい――普通に座れますか？」

「浅く腰かければ」

一瞬、ダブルHの顔が歪む。冗談かどうか、分からなかったのだろう。ブラウンは大真面目に言ったのだが。尻を引っかけるように浅く腰かけると、傷に影響がない。

慎重に椅子に座り、ブラウンは部屋の中を見回した。ここが社長としての執務室なのだろうが、それほど豪奢な感じはしない。緑の壁紙に、濃い茶色の腰板――どことなく、弁護士事務所をイメージさせた。デスクこそ豪奢なマホガニー製のようだが、ファイルキャビネットも打ち合わせ用のテーブルも、オフィス・デポで揃えたような安物である。こういうところに金をかける習慣はないのかもしれない。

打ち合わせ用のテーブルを挟んで、ダブルHを素早く観察する。六十二歳、というデータは予め頭に入っていた。豊かな白髪に口髭。小柄だが体も萎《しぼ》んでいない。若い頃に相当ハードに運動をしていたタイプで、その「遺産」を今に至るまで残しているのだろう。極端な鷲鼻に薄い唇という顔のパーツのせいで、表情はどこか冷酷そうに見える。目は暗いが、これは息子を失った悲しみのためだと考えることにした。金持ちに反感を持つのは、人間の自然な気持ちではあるが、目の前の男は、不幸の只中にいる。

「今回は、非常に残念でした」ブラウンは繰り返した。

「今でも事情がよく分かりません」ダブルHが首を横に振る。「警察には何度も事情を聴かれたんですが」

「今は、こちらは息子さんに任せていたんですか」

「九十パーセントは。私はほとんど、マイアミにいます」

「失礼ですが、彼は警察を辞めて二年ほどです。そんなに短い時間で、不動産関係の仕事を覚えられるものなんですか？」

「実際は、警察に勤務している間にも勉強していましたし、ここには長い間働いてくれているスタッフもいますので」

ノックの音。ダブルHが「どうぞ」と声をかけるとドアが開き、女性がコーヒーを持って入ってきた。長い間働いているスタッフというのは、彼女のことではないだろうとブラウンは判断した。まだ二十代にしか見えない、アフリカ系アメリカ人の女性である。

「ああ、ありがとう、アンバー」

女性が無言でうなずき、ブラウンをちらりと見て退出する。何度も警察が来て、会社としても迷惑しているのだろう。

「警察には、だいぶ迷惑させられたんじゃないですか」

「いや、迷惑などとは……そんなことを言える立場じゃないですよ。いくら三十を超えたと言っても、息子は息子ですから」

ダブルHが眼鏡を外し、そっと目頭を押さえる。何とか感情は抑制しているようだが、落ち着くまでには相当時間がかかったのではないか。

「あなたに責任はないでしょう」

「そうかもしれませんが、まったく、困りました……」ダブルHが眼鏡をかけ直し、溜息をついた。「この商売は、評判も大事なんです。マイアミで進めているビジネスに影響が出るかもしれない」

「向こうで、不動産投資ですか」

「ええ。最近、マイアミの投機熱は高まる一方でしてね。コンドミニアムよりもホテルの方に注目が集まっています……そんなことは、どうでもいいですね」

一瞬だけ、欲深いビジネスマンの顔が覗いたが、それはすぐに引っこんで、父親の顔に取って代わった。

「率直にお伺いしますが、こちらの――ロングアイランドのビジネスは上手くいっていたんですか」

「問題があるとは聞いていません」

「金のことは、何とでも誤魔化しようがあると思いますが……」

「裏帳簿を作って赤字を隠すとか？　あり得ません」ダブルHの顔が強張る。「私が全ての帳簿には目を通していますから。それに、ここの社員が私を裏切るようなことはない……つまりあなたは、息子が仕事で失敗して、大きな借金でも抱えていたと考えておられる？」

「率直に言えばそういうことです」

「あり得ません。大きな儲けは出ていませんが、堅調ですよ。だいたいここ数年は、ロングアイランドで新しい物件は扱っていませんから……今のところ、家賃収入が主な収入源です。これは安定していますからね」

「なるほど。コカインについては……」

「それが、分からないんです」

ダブルHが深々と溜息をつく。コーヒーを一口飲んだが、気持ちはざわついているようだった。

「確かに私は今、ほとんどの時間をマイアミで過ごしています。でも、だいたい週末にはこちらに戻りますからね。最低でも週に一度は顔を合わせている。コカインを使っているなら、分かりそうなものです」

「そういう兆候はなかったんですね？」

「少なくとも、私の見た限りでは」

「息子さん、独身でしたよね」

「ええ」

「女性関係はどうですか？」

「ガールフレンドはいたはずですが、結婚を考えるまでの間柄ではなかったでしょうね。それなら私にも紹介したはずだ」

「どうも……今回の一件と上手く結びつかないんです」ブラウンは正直に打ち明けた。

「それは私もです」ダブルHがうなずく。「ドラッグにも、あんな暴力的な犯罪にも縁はないはずですから。あまりにも意外過ぎて、今でも信じられません」

「そうですか……」

ブラウンもコーヒーに口をつけた。深いローストで、苦味と酸味が強い。ほんの少し砂糖が欲しいところだったが、ダブルHはその手のものを使うタイプではないようだった。

他人に勧める気もない様子である。ブラウンは質問を変えた。この男は容疑者ではないのだから、あまり追いこんでもいけない。

「息子さんは、どうして警察官になったんですか？　この仕事とは直接関係ありませんよね」

「実は、私の父親——息子にとっては祖父が、警察官だったんです」

「こちらで？」

「いえ、メイン州で……ポートランドの警察にいました」

なるほど……もしもニューヨーク市警の警察官だったら、そんなことは当然噂になる。北に遠く離れたポートランドだったら、本人が話さない限り誰も知らないだろう。

「父は、私も警察官にしたがったんです。でも、ポートランドで警察官というのは……いや、どの街でもそうですが、私に警察官は無理でした。父親が苦労しているのも見ていましたしね。結局法律関係でも弁護士に……その後はこの仕事をしています。父は、それがよほど気に入らなかったようで」

「警察官は、自分の仕事が最高だと思っていますからね」

ブラウンが言うと、ダブルHが薄く笑った。「そんな風に考えるのは警察官だけじゃないと思いますが」とつけ加え、またコーヒーを一口飲む。「息子は——ジョーは、昔から父のことが大好きでしてね。ニューヨークよりも、緑が豊かなメイン州の方を気に入ってもいた。父は、私が警察官にならなかった代わりに、ジョーを警察官にしようとしたんですよ。最初は冗談じゃないと思いましたけど、結局私も折れました」

「それは、どういう事情で……」

「世の中のことを知るには、警察官が一番いいからです。いい人も悪い人も見る。それは実は、私たちの仕事の基本でもあるんですよ。客商売ですから、相手を見抜く力が必要なんですね」

それはつまり、相手が金を持っているかどうか、瞬時に判断できるかどうか、ということではないか。皮肉っぽく考えてはいけないぞ、とブラウンは首を横に振った。

「ジョーが警察官になったのは、もう八年も前でしたか……その頃父は、大病を患っていましてね。元気になるならと、ジョーは自分から警察官になると言い出したんですよ」

これは初耳だ。タッカーは「人生修行」と言い、いかにもダブルHが警察の仕事を勧めたように言っていたが、その辺は単なる想像だったのかもしれない。ハインズ自身、自分の事情を他人に語りたがらないタイプだった可能性もある。

どこか遠い目をしながら、ダブルHが続けた。

「幸い、父はそのニュースを聞いて小康状態を取り戻しましてね。たまにジョーが会いに来るのを楽しみにしていました。まあ、警察官同士の絆、ということもあるかもしれませんね」

「それが肉親となれば、なおさらでしょう」ブラウンは同意した。

「ただ、父はもう高齢で……二年前に亡くなりました」

「それは、彼が辞めたタイミングですね」

「ええ。以前から話はしていたんです。警察官になったのは父のためだし、社会勉強の意味合いもある。だから父が亡くなったら、私の跡を継いで欲しいと——結局警察には、八年ほどいた計算ですね」

「亡くなったタイミングで、警察を辞めたわけですね」これも初耳だ。タッカーの部下たちは、ここまできちんと聞き取り調査をしたのだろうか、と少しだけ腹がたつ。容疑者が死んでしまって、これ以上法的措置は取れないにしても、少なくとも相手を完全に丸裸にするまでは捜査すべきではないだろうか。

「ええ。父に対する義務も果たしたし、そろそろいいだろうと……ジョー本人もそのつもりでいましたし」

ブラウンはうなずいたが、何故か釈然としなかった。警察官が全員、定年までそのキャリアを全うするとは限らない。途中で燃え尽きてしまう者もいるし、警察の仕事自体を、次へのステップアップとしか考えていない者もいる。もちろん自分は、そういうタイプではないが……体力の限界までこの仕事を続けるつもりだし、部下たちについていけなくなったと思ったら、警察の中で新しい仕事を探すだけだ。

「ちなみに……被害者は、ミサト・ワダという日本人女性です。グリーンカードは持っていますが、基本的には日本人ですね。この女性をご存じありませんか？」

「初めて聞いた名前です」ダブルHの顔に戸惑いが浮かぶ。「息子がどうしてそんなところへ行ったのか……そもそも最近は、マンハッタンへ行くこともほとんどないんですよ。仕事でも、遊びでも」

「そうですか……」ここまでか。ブラウンは手詰まり感を覚え、リズの顔をちらりと見た。ここまで一言も発していないが、彼女の方では特に言うこともないようだ。これがベテランの刑事なら、相手の言葉のわずかなズレに気づくかもしれないのだが……いや、ここまでの会話で「ズレ」はまったくなかったと思う。悲劇の父親を演じている気配もない。ダブルH自身、事態をどう理解していいか、未だに分かっていない様子である。

悲しみはある日——それもすっかり忘れたと思った日にやって来るのかもしれない。

帰り道、ブラウンは自分で運転してみると言い張った。リズは強硬に反対したのだが、体を動かすこともリハビリになる。こういうことでは最後はボスが勝つもので……実際、リズは折れた。

シートに座る位置を決めるのに、少し時間がかかった。どういう座り方をしても、銃創がシートに当たってしまう。結局、下半身の左側を少しだけ浮かすような座り方を決めた。

こうすると、体が少しだけ、助手席に座るリズに近づいてしまい、何となく居心地が悪かった。

ブラウンはマンハッタンへ戻るために、南へ下ってサザン・ステート・パークウェイを使った。時折、とてもニューヨークとは思えないほど深い緑の中を走る。ここから、ベルト・パークウェイを通り、JFK国際空港をかすめて、フロイド・ベネット・フィールドへ行こうか……ESUの本部はあそこにある。退院してきたことを、上層部に報告すべきかもしれない——だが、あれこれ聞かれるのが面倒でもあった。

結局、クロス・アイランド・パークウェイを北上し、ロングアイランド・エクスプレスウェイでクイーンズの中央部分を抜け、クイーンズ・ミッドタウントンネルを通ってマンハッタンに戻るコースを辿ることにした。二十五マイルほど、一時間程度のドライブになるだろう。夕方のラッシュにはまだ間があるから、快適なドライブを楽しめるかもしれない。

運転も、実際に始めてしまえばどうということはない。体を右側に傾け続けるのはすぐに限界がきて、腿の裏側がシートに当たってしまったが、痛みはさほどではなかった。結局、ただ道路を流している程度のドライブなら、大した運動ではない、ということだ。

ブラウンは左手を窓に預け、前方を凝視したまま運転を続けた。急激に日常が戻ってきていることを意識する。撃たれるのは、警察官にとっても一大事だが、自分は既にそれを乗り越えつつある、と確信した。

「何か、感触はありましたか」リズが遠慮がちに訊ねる。

「分からなかった」ブラウンは正直に打ち明けた。「俺は刑事じゃない。残念ながら、勘はあまり鋭くはないんだ」

「ボスが鋭くないとしたら、他に誰か鋭い人はいるんですか」

「それは買いかぶりだ」ハンドルを握ったまま、ブラウンは首を横に振った。「ESUが専門職であるように、刑事も専門職なんだ。それぞれに得意分野がある」

「はあ……」リズはどこか不満そうだった。

「まあ、慣れないことはするものじゃないのかもしれないな」

「それでいいんですか？」

よくない――しかし本音と裏腹に、ブラウンは自分たちがこれ以上動けない理由をすらすらと挙げ始めた。そもそも捜査権限がない。こういう捜査をする専門家でもない。事件は既に終わっている。ESUの仕事を放り出す訳にはいかない。

「いちいちごもっともです、ボス」

少しからかうような口調が気に食わない。ブラウンは鼻から息を吐いて怒りを和らげ、「だったら君はどうするのがいいと思う？」と訊ねた。

「できる範囲で調べることはできると思います」

「と言うと？」

「噂の収集です。私はどうも、ダブルHがドラッグのことを何も知らなかったのは不自然ではないかと思うんですが……親子なのに、そんなこと、あり得ますか？」

「もしかしたら、初めて使ったドラッグだったかもしれない。分量を間違えて、頭のネジが吹っ飛んだ——」

「可能性としてはあり得ますね」リズの口調は冷たかった。「しかし、三十歳を過ぎて、いきなりドラッグに手を出すというのは、どうなんでしょう。三十歳になるまで一度もドラッグを使ったことがない人は、そのまま一生を終える可能性が高いんじゃないでしょうか」

「確率論的には正しそうだな」

「彼の警察官時代のこと、もう少し探ってみます。どうもつき合いはよくなかったようですが、警察官は人の噂が大好きな人種ですから……」

「それは認めざるを得ない」

「彼の昔の同僚に聞けば、何か話が出てくるかもしれません。それは、ESUの正規の仕事以外の時間にできることです」

「仮に誰かに酒を奢っても、それを経費として認めるわけにはいかないな」

「我々からボスへのプレゼントだと思っていただけないでしょうか」

「プレゼント？」

「ボスが一番欲しがっているものですよ——真相です」

第三章　混　迷

「いい加減にしてくれない？」

美里が振り向きざま、怒りを露わにした。両手を腰に当て、濱崎を睨みつける。クソ、俺としたことが……濱崎は一瞬唇を噛んだが、すぐに緩く笑みを浮かべた。

「何が？」

「私のこと、つけてたでしょう」

「まさか」濱崎は軽く笑った。「どうしてそんなことをする必要がある？」

「あなた、本当は今でも警察の仕事をしてるんじゃないの？」

「どこの？　東京？　それともニューヨーク？」

「知らないわよ、そんなこと」美里が唇を尖らせる。「それともストーカー？」

「そういう趣味はない。俺はそれほどしつこくないからね」

「よく言うわよ」美里が鼻を鳴らした。「あなたほどしつこい人、見たことがないわ」

「結構さっぱりしている方だと思うんだけど」

「冗談はよしてよ」美里の声が高くなる。「だいたいあなたは――」

「ここで喧嘩はやめた方がいいんじゃないかな」

濱崎が静かに言うと、美里が口をつぐむ。午後七時過ぎのソーホー。人通りは多く、ちらちらとこちらを見ている人もいる。ニューヨークでは、路上での怒鳴り合いもそんなに珍しくないのだが……特にラテン系の連中は、男女を問わず、今にも摑み合いになりそうな口論を平気で展開する。あれも一種のストレス解消なのかもしれない。

「とにかく」美里が声を低くした。「何のつもりか知らないけど、私につきまとわないでくれる？」

「つきまとってるつもりはないけど」

「いつでも警察を呼べるわよ」美里がハンドバッグからスマートフォンを取り出して振った。「ニューヨーク市警は、ストーカー犯罪に煩《うるさ》いはずだから。それともあなた、市警で仕事をしてるの？」

話が元に戻ってしまった。ここは一時、引くしかない。俺の尾行の技術も衰えたということか……と情けない気分を嚙み締める。

「もう一度言っておくけど、つけてたわけじゃない。たまたまだ」

「あなたがソーホーに用事があるとは思えないけど」

「俺にだって、会うべきひとがいるからね」

「私じゃなくて？」

「会おうと思ったら、店に訪ねて行くよ。君は勘違いしている」

美里が力なく首を振った。露骨に呆《あき》れている。

「ニューヨークは怖い街だけど、あまり神経質になるのもどうかな」

「あんな事件の後だから、後ろが気になるのは当然でしょう」

「そうだった。お大事に」濱崎はさっと頭を下げ、踵《きびす》を返した。最後に一言投げつけてくるかと思ったが、彼女は無言を貫いた。ただし、その視線はずっと濱崎の背中に突き刺さっているようだったが。


自宅へ戻り、ベッドに寝転がる。部屋の灯りは点けぬまま……手を組んで頭の後ろにあてがい、灰色に浮かび上がる天井を凝視する。ヘマしたな、と思うと猛然と怒りがこみ上げてきた。昔の自分だったら、尾行に失敗することなど絶対になかった。それを今日は、あっさりと美里に――素人に見抜かれ、打つ手をなくしてしまった。

腹筋を使って体を起こす。足を垂らして床につけ、床の冷たさが一瞬で脳天まで届く感触を味わう。セントラルヒーティングなのだが効きが悪く、冬場は炬燵《こたつ》が懐かしくなるのだった。

狭い部屋には、家具らしい家具がない。家電も、床に直《じか》に置いたテレビぐらい。クローゼットもすかすかだが、特に侘《わび》しい気持ちはなかった。人生において、これほど「物」がない時期は初めてだが、何となく余分なものを削ぎ落としたような気分であった。服は駄目になったら買えばいいし、ニューヨークでは食べる物にも事欠かない。自宅近くで言えば、ヘンリー・ストリートに出るといくらでも手軽なレストランがある。デリで料理を詰め合わせて持ち帰り、家で食べるのにも慣れた。

意外な順応力に驚くばかりだ。クソ不味いと毎回思いながらきちんと食事はしているし、日本食が懐かしいとも思わない。知り合いがほとんどいない街で、一人寒風に背中を叩かれながら歩くのも悪くないと感じている。あるいは自分のせいではなく、この街そのものに原因があるのかもしれない。東京と同じで、ニューヨークは何でも受け入れてしまう。いや、様々な国、人種の人が混じり合っているという意味では、雑多さは東京以上か。

床に置いたスマートフォンが鳴る。画面を覗きこむと、滝井《たきい》だった。面倒臭いな、と思いながら電話に出る。この男は、濱崎に一番多く仕事を回してくれる人間なのだ。コーディネーターで、日本人の取材や撮影などの面倒を見ているのだが、しばしば濱崎に同行を依頼する。用心棒と見ているようなのだが、濱崎自身は頼りないものだと思っている。何しろ、相手は銃を持っていることもある。強面《こわもて》なのは自認していたが、銃を前にしたら、どんなに凄んでも無意味だ。それでも、「元警視庁刑事」という肩書きは、相手をある程度安心させるらしい。

「ああ、ちょっといいかな」在ニューヨーク十年の滝井は、日本語が少し怪しくなっている。それはイントネーションに特に顕著だった。

「どうぞ」

「十五日からなんだけど……日本のテレビ局が取材に入りたいと言ってきてる。ハーレム中心なんだが、二日ほど時間を貰えないだろうか」

「十五、十六日ですか？」腕時計を見る。今日が八日……一週間後か。断る理由はない。しかし、躊躇いがあった。

「ああ」

「それはちょっと……先約が入ってまして」

「テレビ局だから、金払いはいいよ」

「いや、今は特に金に困っているわけじゃないですから」

「そうか……もしも予定が空いたら、連絡してくれないかな。代わりの人間を立てる限界は三日後だ」

「分かりました」

電話を切り、またベッドに寝転がる。どうして断った？　二日間で数百ドル、もしかしたら千ドルにもなる仕事である。美里に気づかれてしまった以上、尾行や張り込みはもうできない。つまり、この件を追いかけることはできなくなったのだから、時間はある。

ゆっくりと顎を撫でる。髭の感触を味わいながら、本当にここまでなのか、と自問した。もちろん自分を動かしているのは、正義感や金ではない。素朴な疑問だ。ただ、それは大事にしてやりたいとも思う。疑問も持たずに生きていたら――自分の場合、それは「生きている」とは言えない。

もう一度立ち上がり、スマートフォンを拾い上げる。ダメ元で、ブラウンに電話をかけることにした。もしかしたら彼の方でも、何か新しい事情を探り出しているかもしれない。何となく、助けを求めるようで気にくわなかったが……心に巣食う疑問を、少しでも解いてやりたい。そのためには、ブラウンに頭を下げるくらいのことは何でもない、と濱崎は決めた。

ブラウンは「マンハッタンから出られない」とあっさりと言い切った。

「退院したんじゃないのか」

「した」

「じゃあ、ちょっとブルックリンまで出てくるぐらい、いいじゃないか。美味いピザを奢るよ」

「行けない理由はいくらでもある」一瞬言葉を切ったブラウンが、立て続けに理由を並べ立てた。「一つ、誘って来たのはそっちだから、こちらへ来るのが筋じゃないか？　二つ、我々は、長期休暇か公務でもない限り、分隊から離れることはできない。三つ、私は松葉杖が手放せないから、行動範囲が限られている。四つ――」

「ああ、分かった、分かった」四角四面なブラウンの説明を聞いているだけで面倒臭くなり、濱崎は虚空に向けて手を振った。「これからそっちへ行ったら、会ってくれるか」

「やぶさかではない」

「やぶさかって……」濱崎は一瞬絶句した。「そんな言葉、どこで覚えたんだ？　今時日本人でも、やぶさかなんて使わない」

「大学の講義で三島由紀夫を読んだ」

いったい何なんだ、この男は……濱崎は額を揉んだが、すぐに気を取り直した。三島由紀夫の話を続けられても困る。

「じゃあ、そっちへ行く。どうしたらいい？」

「君の家からだと、Aラインに乗ってフルトン・ストリートで降りてくれ。駅のすぐ近くに『ルビーズ』というダイナーがある。ナッソー・ストリートとジョン・ストリートの角の近くだ」

「ちょっと待て。何で俺の家を知ってるんだ」

「そこで一時間後に会おう」

ブラウンはいきなり電話を切ってしまった。クソ、気にくわない奴だ……警察官の特権を使って、いつの間にか俺の住所を割り出したのか。

まあ、警察官ならそれぐらいのことはするだろう。濱崎はダウンジャケットに袖を通した。いっそう冷えこむ二月の夜……今夜のマンハッタンでは何が待っているのだろうか。

濱崎がいきなり電話してきたのは何のためか……先に店に到着したブラウンは、ダイナーにしては清潔で静かなボックス席に腰を落ち着け、考えが漂うに任せた。何か仕事を紹介してくれ？　いや、それはありそうにない。となると、この前の人質事件のことか。話せることと話せないことがある――いや、話せないことの方が多いのだが、濱崎は平気で突っこんでくるだろう。あの男のしつこさと図々しさは、ニューヨーク市警でも見ないタイプだ。

十分待たされた。コーヒーを一杯飲み干してしまい、すっぽかされたか、と次第に怒りが募ってくるのを感じる。席を立とうかと思って松葉杖を掴んだ瞬間、濱崎が店に入って来る。寒さのせいで背中が丸まっていたのだが、店に入っていきなり解凍されたようだった。ぴんと背筋を伸ばし、きょろきょろし始める。一瞬、手を挙げてやろうかと思ったが思いとどまった。今夜は今のところ、あの男に親切にしてやる理由はない。

濱崎がブラウンを見つけ、にやにや笑いながら近づいて来た。このにやにや笑いが気にくわないのだが……濱崎はソファに滑りこむと、すぐにメニューに目を通し始めた。しかしすぐに顔を上げると「何が美味いんだ?」と訊ねた。

「冒険したくないなら、ハンバーガーにしておけばいい」

「冒険するなら?」

「やめておいた方がいい。日本人の口には合わない料理も多い」ブラウンは肩をすくめた。

「じゃあ、ハンバーガーにするよ。フレンチフライつきで。夕飯を食べてないんだ」

「不健康な生活だな」ブラウンは鼻を鳴らした。

濱崎はハンバーガーとコーヒーを、ブラウンはコーヒーのお代わりとアップルパイを頼んだ。

「確かに、アップルパイは日本人の口に合わないな」濱崎が鼻を鳴らす。

「その割には、東京でも普通に売っていたと思うが」

「日本人向けにアレンジしてあるんだろう。アメリカのアップルパイは、しつこくて駄目だな」

今夜の濱崎はいつにもまして饒舌だな、とブラウンは訝《いぶか》った。こういう時は、何か後ろめたい部分があるものだ。人間はだいたい、どこの国でも変わらない。

「それで?　何の話だ」

「怪我の具合は?」

「骨折よりは楽だ。すぐに治る」

「まあ、お大事に」濱崎がケチャップのボトルを持った。ラベルを読んでいるようで、視線は宙に浮いている。「和田美里に気づかれた」

「気づかれた?」いきなり何を言い出すんだ? ブラウンは目を細めた。「何に気づかれたんだ」

「彼女をずっと尾行していた」

「どうして」

「怪しいから」

「彼女は被害者だぞ」

「捜査してないんだろう? ＥＳＵの仕事は捜査することじゃない」

濱崎がケチャップのボトルをブラウンの顔に向けた。銃で狙われたようで気にくわない……ブラウンは、手を素早く振ってボトルを払いのけた。

「人に対して、そういうことはしない方がいい」

「嫌だね、ニューヨークの人間は」濱崎が肩をすくめる。「そんなに四六時中カリカリしてたら、疲れるだろう」

「撃たれるよりは、常に気を遣っている方がましだ。ケチャップのボトルを相手に向けて撃たれた——新聞もテレビも喜んで取り上げるよ。死んでからまで、馬鹿にされたくないだろう」

「せいぜい気をつけますよ」濱崎が溜息をついて、ボトルをテーブルに置いた。

「何で尾行なんかしたんだ？　怪しいところはないだろう」

「事件の翌日に、いきなり普通の顔をして仕事に出て来るのが信じられない。普通の人間だったら、ショックで寝こむよ」

「タフなんだろう」

「そりゃあ、タフさ。彼女は日本で、ヤクザの女だった」

ブラウンは唇を引き結んだ。捜査する必要もないことではあるが。日本に残してきた過去が、ニューヨークで新たな事件を生んだとは思えない。

「もしかしたら、過去が関係しているかもしれないな」

考えを読まれたような気分になって、どきりとした。濱崎は時々、妙な鋭さを見せることがある。

「どうしてそう思う」

「ヤクザとの関係がまだ続いていて、それが今回の事件につながっているとか」

「A地点とB地点の間に、巨大な空白があるようだが」

「まあな」渋い表情で濱崎が認めた。

「褒められたものじゃないな」

ブラウンが指摘すると、濱崎がむっとして下唇を突き出した。構わず続ける。

「君には今、何の公的権限もない。いわば素人だ。それが、事件の被害者をつけ回して迷惑をかけている。逮捕されてもおかしくない」

「彼女にも脅されたよ」

「当然だ」

料理が運ばれてきた。濱崎がフレンチフライを摘《つま》んで口に運び、顔をしかめる。

「何か問題でも？」ブラウンはアップルパイの鋭角な角を小さく切り取り、フォークで刺した。

「どうしてアメリカの料理は、極端に塩辛いか甘いかしかないのかね。だいたい、こんなに塩気が強いんだったら、ケチャップは必要ない」

「そんなにアメリカが嫌いなら、さっさと日本に帰ったらどうだ？　だいたい、どうして帰らない？」

濱崎が口をつぐんだ。ポテトを嚙んでいるので、頰は動いていたが。ブラウンを睨みつけて、ポテトをもう一本摘む。しかしすぐに、皿に戻してしまった。

「帰れない事情でもあるのか」ブラウンはちくちくと濱崎を刺激するのを楽しんだ。事情は知っている。しかし彼の口からはっきり言わせられないかとずっと思っていた。

しかし濱崎も強情で、この話題に乗ってくる気配はない。ブラウンはアップルパイを嚙み、コーヒーで流しこんだ。

「アール・ヒッグスという男を知ってるか？」濱崎が唐突に訊ねる。

「いや。知らないといけない人間か？」

「投資アドバイザーらしい」

「ニューヨーカーの十人に一人は投資アドバイザーだ」

「金を転がして金を生むような商売は、どこかおかしいと思わないか？」

「きちんと税金を払っていれば、まっとうな仕事だ」

「何だよ、それ」濱崎が、ハンバーガーに大量のケチャップをかけ、バンズを被せた。思い切り口を開けてかぶりつき、また顔をしかめる。「ひどい味だな」

「だから、文句を言うなら……」

「分かった、分かった」口の中にハンバーガーを入れたまま、濱崎がもごもごと言う。うんざりした様子で皿に戻し、紙ナプキンを引き抜いて手を拭った。「どの程度の大物か知らないが、一分署の近くのコンドミニアムに住んでる。安くはない物件だろうな」

「何でそんな男の話をする？」

「彼女——美里と何か関係があるんじゃないかと思う」

「何でそんなことまで知ってるんだ？」

「調べたから」濱崎が肩をすくめる。

「何の権限で」

「個人的な興味」

濱崎がコーヒーを啜った。今度は表情は変わらない。アメリカ風の浅煎りのコーヒーに対しては、特に文句はないようだ。濱崎が、カップ越しにブラウンの顔を覗きこむ。

「興味があることを調べても、何も問題はないと思うけど」

「それは、他人が迷惑を蒙《こうむ》っていなければ、だ。実際には、君はミズ・ワダを激怒させたんじゃないか」

「あいつは別に、激怒はしてないよ」

「実際には激怒だろう？」ブラウンは指摘した。「君は、都合が悪くなると、物事を矮小《わいしょう》化《か》して説明する癖がある」

「矮小化なんて言葉も、日本人は滅多に使わないぞ。どこで覚えたんだ」

「忘れた」

「どうも、あんたが使っていた日本語の教科書には、いろいろ問題があるようだな。もっと平易な日本語を使えよ」

「ヘイイ……」

「やぶさかは知ってるのに、それは分からないのか」濱崎が呆れたように言った。「どうも、あんたの日本語の知識はえらく偏っているようだね」

「君の英語よりはましだと思うが。こっちは君に合わせているだけなんだが」

濱崎がうなずき、ぶつぶつと文句を言った。自分の英語力が頼りないことは、十分承知している様子である。

「とにかく、彼女のことは放っておいた方がいい」

「興味がない？」

「彼女には」

「だったら、容疑者の方には興味がある？」

濱崎が突っこんできた。相変わらず、妙なところで勘が鋭い……ブラウンは唇を引き結んだ。自分がやっていることも、決して公にしていいものではない。そもそも、捜査はＥＳＵの仕事ではないのだから。

「あの件は、終わってる」

「本当に？」濱崎が首を傾げた。

「突入後のことは、私の仕事ではない」

「なるほどね……だったらどうして、そんなに渋い顔をしてるんだ」

「傷が痛むだけだ」

「あんたは、痛みには強いと思ってたが」

うっかり話に乗ってはいけない……ブラウンは先ほどよりもきつく、口を結んだ。この会合は、次第に不快なものになりつつある。

「俺はまだ、美里をつけ回すつもりだ」

「通報されるぞ」

「通報されたら諦める。もしも通報しなかったら……彼女の方でも、警察に関わり合いになりたくない事情があるってことにならないか？　だいたい、彼女とヤク中の容疑者の関係はちゃんと洗ったのか？」

「それは私の仕事ではない」

「そういうの、日本ではお役所主義って呼ぶんだ」

「私は役所に勤めている。公的な立場だ」ブラウンは財布を抜いた。「とんだ時間の無駄だったようだな」

「おっと、ここは奢るよ」

濱崎が右手を突き出し、ブラウンの動きを止めようとした。かまわず、財布から十ドルを抜いてテーブルに置き、胡椒入れを置いて押さえた。

「奢るつもりで来たんだが」濱崎が睨みつけてきた。

「借りを作りたくないんだ」

「そうか……勝手にしてくれ」

「下らないことで人に迷惑をかけるより、ちゃんと仕事でもしたらどうだ」

「生きていけるぐらいには金を稼いでる」

「だったら勝手にすればいい」

ブラウンは苦労して立ち上がり、松葉杖を腋の下に挟んだ。素早く踵を返し、大股で去って行きたいところだが、それができない……みっともないが、仕方がないところだ。

寒風が吹きすさぶ中を帰って来たのに、部屋に入ると汗をかいているのを意識する。松葉杖には、まだ慣れそうにない——慣れないうちに必要なくなるといいのだが、とブラウンは切に願った。

汗を流すためにシャワーを浴びたいところだが、何となくその気になれない。やり残したこと——やるべきことがあるのに、疑念が頭の中で雲のように広がっていた。

いや、もう分かっているのだ。ただ、はっきりと認めるのは、ブラウンの職業意識に反する。

何も、与えられた役割を淡々とこなしていくだけが仕事ではない。自分の職分をはみ出し、他の人間と協力すべき時もあるだろう。だがＥＳＵの場合、ニューヨーク市警の他の警官とは事情が違う。二十四時間、即応体制。重大事故もテロリストも待ってはくれない。いざという時に、他の仕事にかかっていて現場への出動が遅れたら、人の命が失われる。そう、自分たちは常に、この街に住む人たちの生命に責任を負っているのだ。それがＥＳＵの誇りでもある。だからこそ、常に緊張が抜けない仕事にも耐えられるのだ。

しかし——濱崎の言うことにも一理ある。

人間は、好奇心を持つ動物だ。逆に、好奇心がなければ人間とは言えないかもしれない。そしてブラウンの好奇心は、ずっと強く刺激されたままなのだ。

放置しておくわけにはいかない。一度火が点いた好奇心は、最後まで燃やし尽くしてやらねばならないのだ。灰になった時、そこから真実が現れるかもしれない。

なおもしばらく躊躇っていたが、ブラウンは結局スマートフォンを取り上げた。アレックスの番号を呼び出す。

「サー」

呼び出し音が鳴らないうちに、アレックスが電話に出る。こいつは何をする時にも電話を抱えているのだろうか、とブラウンは疑った。

「休暇を取ってくれないか」

「休暇は十分取っています、サー」間髪をいれず、アレックスが答える。

「俺のための休暇なんだ」

「それは——」常に間をおかず反応するアレックスが、珍しく言い淀んだ。「どういう意味でしょうか」

「例の一件なんだが、残念ながら今の俺には行動の自由がない」

「はい」

「俺の手足に――いや、目と耳になって動いてくれないか」

「ダブルHのことを調べるんですか」

「いや、息子の方だ。捜査は実質的に終わっているが、どうにも気にかかる。ドラッグの件は未解決なんだ。それを調べるには、ロングアイランドに足を運ばなければならない――しかし俺は動けない」

「分かりました、サー」アレックスがよく通る声で言った。「売人を叩けばいいですか?」

「その方法は、ちょっと考えよう」ブラウンは慌てて言った。あまり派手に動くとまずいことになる。特にニューヨークの売人たちに関しては……市警のドラッグ担当部門が、スパイを放っているのだ。捜査に関係ないESUの人間が売人に接触したら、その情報は市警に筒抜けになるだろう。その後に待っているのは、ねちねちとした事情聴取と譴責《けんせき》処分だ。「基本的には、ジョー・ハインズの周辺捜査を進めて欲しい。最近はマンハッタンにもあまり出かけなかったそうだから、交友関係はロングアイランドに限られていると思う」

「分かりました、サー」アレックスが繰り返す。「ではさっそく、今晩から動きます」

「もう遅いぞ」ブラウンは反射的にタイメックスの腕時計を見た。既に九時……。

「ナイトライフはこれからの時間が本番だと思いますが」

「ロングアイランドにナイトライフがあるものかね」

「ガーデンシティにも、飲食店が集まった一角があります。フランクリン・アベニュー沿いとか」

「君は、ニューヨークの裏道をどこまで知ってるんだ」

「知ろうと努めています、サー」

「リズにも休暇を出す」

アレックスが一瞬黙りこんだ。こんな仕事は自分一人でやれる、とでも思いこんでいるのだろう。だが、過信して欲しくはなかった。アレックスは優れた身体能力と決断力の持ち主だが、刑事ではない。人の心にするりと入りこむ図々しさ、相手を怒らせずに話を聴き出す話力などは、人並み程度だろう――いや、特有の堅苦しさは、相手を警戒させてしまうかもしれない。男女二人組――しかも一人はラテン系、一人は中国系となれば、どんなコミュニティにも自然に入っていけるはずだ。それに、聞き込みならリズの方が上手くやれるだろう。彼女の方が、人に対する当たりが柔らかい。

「こういうのは、二人一組でやるのが基本なんだ」

「分かりました、サー」アレックスは特に抵抗しなかった。短い時間で、自分を納得させたのだろう。

「君を信頼していないわけじゃない。だけど、リズと組めば、一+一が三にも四にもなるはずだ」

「承知しています、サー」

「これからリズに連絡を取る。今晩から動くかどうかは、二人で決めてくれ。とにかく、ハインズに関する情報なら何でも欲しい」

「では、準備しておきます」

「それと」アレックスが電話を切りそうな気配だったので、ブラウンは慌てて言った。

「こちらでESU本来の仕事が発生しても、気にするな。君は極めて優秀な隊員だが、残念ながら分身の術は使えない。どちらにも首を突っこもうとして中途半端になるのはまずい。ロングアイランドの件に集中してくれ」

「了解しました」

これだけ言えば分かってくれるだろう。アレックスは人並はずれて責任感が強い男だから、全ての仕事を自分で引き受けないといけない、と考えている節がある。実際にはそんなことは不可能なわけで、今はハインズの周辺捜査に専念して欲しかった。リズの方がもう少し柔軟だから、その辺は上手くやってくれるとは思うが。

まったく、情けない限りだ。

バスルームへ向かいながら、ブラウンはまだ痛む足を恨めしく思った。この足さえ無事なら、空いた時間に自分でも調査をするのだが。何も部下に、リスクを負わせることはない。あの二人には、何か特別な褒美を用意しなければならない、と決めた。

二人が分隊から消えて、三日が経った。昼夜なく歩き回って、夜遅くには報告をくれるのだが、有力な情報はない。しかし三日目の夕方、ブラウンが分隊から引き揚げようとしていた時にかかってきた電話が、状況を変えた。

「ボス、ちょっと出て来られますか？」リズだった。

「ロングアイランドまでか？」通勤客で満員の地下鉄に乗るのは、松葉杖の身にはリスクが大きい。

「いえ、マンハッタンで……ジョー・ハインズのビジネスパートナーを摑まえました」

「それは、彼の会社の人間ではないのか？」

「いえ、もう一つのビジネスと言いますか……詳しい事情は、会った時にお話ししますが」

「場所は」ブラウンはジャケットの内ポケットからメモ帳を取り出した。

「ブライアント・パークの近く……六番街と西四十番街の角です。現在、監視中」

「監視？」

「相手がまだ仕事中なので。三十分ほど猶予があると思います」

「分かった」

タクシーを拾うしかないだろう。大した距離ではないが、地下鉄の乗り継ぎには不安が残る。

天気予報では今夜は雪だったが、まだ持ちこたえているのだけが救いだった。しかし、あの辺に何があっただろうか……ワシントン・スクエア公園やニューヨーク大学の近く。もう少し広い視野で見れば、そもそも事件が起きた場所からも遠くない。事件に直接関係する人間だろうか、とブラウンは緊張感を高めた。二人がいるから心配はいらないだろうが、自分は体の自由が利かないのが不安である。

タクシーで現場に着いたのは、電話を切ってから二十分後だった。二人は、指定した交差点の近くにあるバス停の前に立っていた。向かいのビルはすぐ近くに見える。一階には薬局……鎮痛剤を買うべきだろうか、とブラウンは真面目に考えた。普段はほとんど薬など飲まないのだが、これから何か作戦行動が始まるとしたら、痛みは殺しておきたい。

ブラウンを認めた二人が、素早く頭を下げた。リズは腰までの長さのダウンジャケット、アレックスはナイロン製のフライトジャケット姿だった。顔の周りに白く息が漂う気温だが、二人ともニットキャップと手袋で防寒対策をしている。

「相手は？」リズに向かって訊ねる。

「向かいのビルにいます。七階にオフィスがあるようです。いるのは確認できています」

「どうやって確認した？」

「間違い電話をかけて」

「なるほど」うなずく。一番簡単で確実な方法だ。

「ちょっと移動したいんですが」遠慮がちにアレックスが言った。

「ああ」

「出入り口がよく見える場所に……ここでも見逃すことはないと思いますが、念のためです」

「背負ってもらう必要はないぞ」

リズの先導で歩き出す。アレックスはぴたりと横についていた。何かあったら手助けするつもりだろうが、そんな風に庇《かば》われるのも情けない。

ビル自体の入り口は、東九番街に面した建物の中央付近にある。そこが見張れる場所まで移動して、三人は待機を始めた。

「相手は何者なんだ？」

「ジャック・O・グリーン。エージェントです」リズが答える。

「エージェント？　何の」

「スポーツ関係」

面倒臭そうな相手だ、とブラウンはまず考えた。交渉上手。金の亡者。あまりいい評判は聞かない。

「どうしてそんな人間が、ハインズと知り合いなんだ？」

「そこのところはまだ、よく分かりません。伝《つて》で辿り着いたんです」リズも何となく不安そうな様子だった。得体の知れない相手だ、と思っているのだろう。「いずれにせよ、最近二人はよく会っていたそうです」

「ロングアイランドで？」

「いえ、マンハッタンで」

「ダブルHは、ハインズはほとんどマンハッタンには行かないと言ってたな」

「ええ。でも、ダブルHは平日はニューヨークにいなかったわけですから、息子の行動を完全に摑んでいたわけではないと思います。嘘をついていたわけではなく、知らなかっただけでしょう」

うなずき、ブラウンは松葉杖に体重をかけた。負傷していない右足の負担は軽くなったが、腕の下に痛みが走る。何とか、一刻も早くこいつから解放されないと。

「出てきました」

アレックスが小声で告げる。ビルの出入り口の方を見ると、膝まである長いコートに身を包んだ小柄な男が出て来るところだった。襟元はマフラー、当然手袋もして完全防備である。男は向かいの歩道を、ブラウンたちの方へ向かって来た。

「車だろうか」

「分かりませんが、マンハッタンで自分で車を運転するような人間は、敏腕なエージェントにはなれないでしょう」リズが皮肉っぽく言った。

「アル、確保してくれ。タクシーを掴まえられたら困る……ただし、穏便にやってくれよ」

「イエス、サー」

アレックスが走り出す。一瞬だけ左右を見回して車が来ないことを確認してから、ほぼ全力疾走で道路を渡った。

「ボス、一人で大丈夫ですか」

「年寄りを心配してくれるのはありがたい限りだが、心配いらない。俺が着くまで、アルのバックアップを頼む」

リズも駆け出す。先にグリーンを掴まえたアレックスに加勢して、二人で挟みこむようにした。ブラウンは、自由が利かない左足に呪いの言葉をかけながら、出せる限りのスピードで道路を渡った。

グリーンは、予想外に若い男だった。まだ三十歳くらいだろうか……アイルランド系らしい、色の白さ。寒さのせいで耳は赤く染まり、目には困惑の色が浮かんでいる。

「何ですか、いったい――」

声が聞こえたところでようやく、ブラウンは彼に触れられる位置まで来た。

「ニューヨーク市警です」

「それは聞きましたけど、警察が僕に何の用事があるんですか」

戸惑いに、さらに恐怖が混じった口調。果たしてどのレベルのエージェントなのだろう、とブラウンは疑わしく思った。世慣れした剛腕エージェントなら、警察官にいきなり声をかけられても、簡単にいなしてしまう気がする。二人から、この男のことをもっと聞いておけばよかった、と悔いた。少なくとも、どんな選手を顧客に抱えているかが分かれば、エージェントとしてのレベルが判断できるはずだ。

「あなた、ミスタ・ジョー・ハインズと知り合いでしたね」

一瞬で、グリーンの顔から血の気が引く。元々非常に色が白い男だが、今は紙のようだった。

「彼が殺されたことは知ってますね」

「ええ、それはもちろん……でも僕は、ドラッグには手を出していませんからね」

「そういうことが聴きたいわけじゃないんです」ブラウンは努めて落ち着いた声を出した。「彼の情報を集めているので、知人には話を聴いているんですよ。どうですか？ ちょっと協力してもらえませんか。スターバックスでラテでも奢ります」

「あるいは、署の方に来てもらうか」

アレックスが突然、低い声で脅しをかけるように言った。まずいな、とブラウンは顔をしかめた。最初から怯えさせてしまっては、話が引き出せない。すかさずアレックスに目くばせした。お前は黙ってろ。無言の指示を読み取ったアレックスが、やや表情を強張らせてうなずく。お前の出番はもっと話がこじれた時だ……ハインズを射殺した人間として紹介し、グリーンをビビらせてやればいい。

「いや、それは——」グリーンが渋った。

「時間はかかりません」リズが柔らかく言った。「普段のミスタ・ハインズの様子を聴かせてもらえれば。何か、ビジネスの話をしていたんじゃないですか」

「それは……ビジネスに関わる話は、ちょっと」

「やはりビジネスなんですね」

リズが突っこむ。彼女は刑事向きでもあるな、とブラウンは思った。相手の何気ない一言を気に留め、質問を広げていける。

「とにかく、コーヒーブレークにしましょう」ブラウンは言った。「こんなにクソ寒いと、ケツが凍りついてしまう」

結局グリーンは折れた。三対一で、逃れられるわけもないのだが。

近くのビルにあるスターバックスに腰を落ち着け、アレックスが飲み物を調達してくる間を利用して、ブラウンは何とかグリーンをリラックスさせようとした。

「あなたはスポーツエージェントですね」

「ええ」

「もしかしたら私の人生は、あなたの人生と交わっていたかもしれません」

「どういうことですか」グリーンが顔をしかめた。暖かい店内に入ったせいか、顔に赤みが戻っている。

「二十年も前ですが、メッツから指名されたことがあります。二十四巡目でしたが」

「それは——」急にグリーンの目に光が灯った。「それがどうして警察官に？」

「そこまで自信がなかった」ブラウンは肩をすくめた。「自分の限界は分かっていました。それに、大学最後のシーズンで肩を痛めて、治すのに結構時間がかかった」

「ポジションは？」

「外野」

「もったいないことをしましたね。怪我はともかく……チャレンジしてみてもよかったんじゃないですか」

「今も、体を使う仕事であることに変わりはないですけどね」

しかし時折、後悔の念が押し寄せることがある。あの時——大学四年生の春に怪我をしていなければ。それなりに自信はあったのだ。決してパワーヒッターではないが、コンタクト能力には自信があったし、何より人一倍のスピードがあった。塁に出れば必ず一つ先を狙い、ピッチャーの癖を盗むのも上手かった。しかも肩には自信があった。自分が守るライト前に打球が飛び、一塁ランナーが一気に三塁を目指す――そういう状況が大好きだった。少なくとも高校生になって以降、三塁を落とされたことは一度もない、と記憶している。だからこそ、右肩を負傷したのが痛かった。なかなか思うように投げるまで回復せず、それが自信の喪失につながり、ドラフト拒否――完全に人生の分岐点だった、と今では思う。

「今でも、メッツで活躍していたかもしれない」グリーンが言った。

「いや、仮に入団してメジャーに上がれても、もう引退の時期でしたよ」そして、第二の人生をどうするかで悩んでいたかもしれない。「いずれにせよ、古い話です」

「我々も、ドラフトにかかるアマチュア選手とは早くから接触しますけど……やはり、渋る子もいますね。でも僕は、悩んでいるならチャレンジするように勧めます。人生は一度ですから」

「それは分かります」

「例えば……」グリーンが、去年ヤンキースに上がってきた若手投手の名前を挙げた。「彼は、僕が駆け出しの頃に担当した選手ですけど、指名された後で急に弱気になって、取り敢えずドラフトを拒否して大学へ進学する、と言い出しました。でも僕は、絶対に入るべきだとプッシュした。結果的に彼は、四年間をロスしないで済んだんだから、自分の判断は間違っていなかったと思います」

「彼は、なかなかよさそうですね」実際に球場に足を運ぶ機会は、今はほとんどないのだが、ヤンキースとメッツの試合は必ずチェックしている——どちらかといえばメッツ中心に。「左バッターの膝元へのスライダーは完璧だ。そこへ投げておけば絶対に打たれないボールがあれば、これからも勝てるでしょう」そのピッチャーは、去年メジャーに定着して十勝を挙げていた。将来はヤンキースのエース候補と目されている。

リズは目を丸くして、二人の会話を黙って聞いていた。それはそうか……自分の過去を話すのを、ブラウンは好まない。俺はドラフトに引っかかるほどの選手だったんだ——四十にもなってそんな話をしていたら、単なる懐古趣味の自慢である。

アレックスがコーヒーを持って戻って来た。内側から冷えた体には、熱いカフェラテがありがたい。全員がしばらく、無言で体を温めた。ブラウンは自ら、その沈黙を破った。

「ミスタ・ハインズとはどういう知り合いだったんですか？　仕事上の関係？」

「金のやり取りという意味でなら、ノーです。ただ、彼に食事や酒を奢ってもらったことはあるけど」

「どういう名目で？」

「情報提供の見返り」

「情報」言ってブラウンはうなずいた。「それは、スポーツ関係の情報ですか」

「そうです」

「どういう――」

「大きな声では話せませんが」実際に、グリーンは声を潜めた。「最近、スポーツ面を賑わせている話があるでしょう。ニューヨークのチームに関して」

メッツの買収――というか、現オーナーグループの責任放棄か……オーナーグループがチームの売却先を探しているというニュースは、去年のシーズン入り前から流れ始め、そのせいだろうか、チームはシーズンを通して低迷した。ナショナルリーグ東地区で、首位から二十六ゲーム差の最下位。しかしオフシーズンに入っても大規模な戦力補強は行われず、それがまた売却の噂に拍車をかけていた。どうせ手放すチームに金をかけても仕方がない――自分には直接関係ない話だが、ブラウンも聞く度に苛々《いらいら》する。まあ、関係ないとも言えないわけか……もしかしたら「かつて自分が所属していたかもしれない」チームの話だから。

「その件に関しては、確定的な情報は一つも出ていませんね」ブラウンは意識して冷静に言った。

「確かにそうです」

「実際のところ、どうなんですか」

「僕も、確定的な情報は摑んでいません」グリーンが肩をすくめる。「こういうことは、極秘で行われるんです。何しろメ……あのチームに関しては状況が悪い。高く売りたい方と、少しでも安く買い叩きたい方と、思惑は相当離れていますよ」

既に、誰かが買収の話し合いに入っているような口ぶりだ。非常に興味をそそられる話ではある――何しろ相手はスポーツエージェントだ。当事者ではないが、一種のインサイダーである。彼が聞き及んでいる情報は、ある程度信頼できるのではないだろうか。メッツに顧客の選手がいるかもしれないし。

変な具合に場の空気が変わってしまった。グリーンはすっかり緊張感を失い、むしろ有利な立場に立っている感じすらする。自分の世界について話をしているのだから、当然か
……ブラウンは話を引き戻した。

「問題は、あるチームの買収話ですね」

「ええ」グリーンが小さな声で言ってラテを啜った。「大きな声では言えませんけどね」

「ミスタ・ハインズが、その件に関する情報を求めていたんですか？」

「そうです」

「それであなたは、ぺらぺらと喋った？」

例えば……スポーツバーの一角で。レンジャーズの試合中継に歓声を上げる合間に……

それは、単にスポーツ好きな連中の行動に過ぎない。

「そんなに簡単には喋れませんよ」呆れたようにグリーンが言った。「極めて真剣、かつ重大な問題なんですから」

「当事者、それにこの街に住む人間にとっては重大な問題でしょうけど――」

「特に当事者にとっては、です」

そこで、ブラウンはピンときた。ハインズが求めていたのは「情報」。そして「当事者」という言葉。ブラウンは、ラテのカップを脇にどけ、正面に座るグリーンに向けて身を乗り出した。

「まさか、ミスタ・ハインズが球団を買収しようとしていたんじゃないでしょうね」

グリーンが、慌てて周囲を見回す。夕方のスターバックスは、仕事の疲れをコーヒーで癒そうとする人たちで賑わっており、他人の会話内容を盗み聞きしようとする人はいそうになかったが。

「そのための情報収集、ということで、何かが具体的に決まったわけではないですよ。だいたい私は、メッツの関係者というわけでもないし」

グリーンがとうとう、具体的な球団名を口にしてしまった。が、慌てているせいか、「しまった」という表情も見せない。ブラウンはゆっくりと身を引いて、椅子に背中を預けた。リズとアレックスを見ると、唖然《あぜん》とした表情を浮かべている。特に、ほとんど表情を変えることのないアレックスが、口をぽかりと開けていたので驚いた。一つ咳払いをして、「あり得ない」とつぶやく。

「どうしてそう思います？」グリーンがすかさず聞きつけて訊ねた。

「球団買収にはいくらかかるんですか？　とんでもない額でしょう」

「これは本当に単なる噂ですが」前置きして、グリーンが打ち明ける。「二十五億ドル、という数字が独り歩きしていますよ」

ブラウンは思わず口笛を吹いてしまった。そして、あるスポーツチーム買収劇について思い出す。

「ドジャースの売却金額が、二十億ドルだったはずですよね」

「そうです」グリーンがうなずいた。「ロサンゼルスとニューヨークの市場規模の違いもありますから、メッツの方が高額になるのではないかと」

数年前に野球ファンを騒がせたドジャースの売却劇は、未だに記憶に新しい。発端は実に馬鹿らしいことで、前オーナーの「資質」の問題だった。元々不動産業を営んでいた前オーナーは、買収時に十分な金額を用意できずに借入金に頼ったとか、実は数億ドルの負債があったとか、様々な金銭的な問題が浮上し、チームは一時、大リーグ機構の管理下に置かれた。観客数も激減し、結果的に前オーナーはチームを手放すことになった。

注目されたのは、売却相手である。ロサンゼルスの英雄の一人、マジック・ジョンソン。彼が参加するグループが、二十億ドルでチームを手に入れた。買収額は、当時の北米のプロスポーツチームで最高だったのだが、この買収劇を好意的に受け止めたファンは少なくなかった。敢えて火中の栗《くり》を拾いに行ったのが、伝説の人物だったからだ。何しろ、レイカーズで優勝五回、「偉大な五十人」に選出された上に、殿堂入りした選手である。そして、HIV感染が原因で現役引退……様々な伝説の持ち主が、悪徳オーナーに苦しめられた地元チームを救ったというのが、全米の野球ファンが頭の中で作ったシナリオである。もちろん、背後には冷静なビジネス的判断があったのだろうが、スポーツファンというのはとかく夢を見たがるものなのだ。

しかし……現実には、金の問題が冷酷に立ちはだかる。

「二十五億は大金ですよ」

「もちろん」グリーンが苦笑した。

「確かに、ミスタ・ハインズは金持ちではある」

「彼ではなく、父親がね」グリーンがさらりと言った。「ダブルH。リトル・トランプ」

今度はブラウンが苦笑する番だった。ドナルド・トランプほど毀誉褒貶《きよほうへん》の多い人物ではないが、ニューヨークではダブルHはそれなりの有名人なのだ。

「しかし彼は、ドナルド・トランプではない。二十五億もの金を準備できるとは思えないんですが」ブラウンは反論した。

「もちろん、ミスタ・ハインズ一人では無理です。投資家グループを組んで、買収を狙っているということですよ」

「その話、どこまで信じていいんですか」ブラウンは首を傾げた。「というより、あなたは信じたんですか？」

「五十パーセント程度は」グリーンが右手を広げた。「ダブルHが嚙んでいるということは、完全に嘘ではない。しかし、彼が二十五億ドルもの金額を用意できるとは思えない。それに『投資家グループ』とはいっても、ミスタ・ハインズは他のメンバーの名前を明らかにしませんでしたからね。もちろん、現段階では公表できない、ということかもしれませんが」

「事前の情報収集のために、あなたに近づいて来た、と」

「そういうことだと思います」

球団買収のために情報を集めようと思ったら、まず接触すべきは球団関係者だ。しかし、ガードは堅いだろう。となると、次善の策としてエージェントやスポーツ記者などに接近するのは、いかにもありそうな話である。

この件に、ダブルHは嚙んでいるだろうか。チェックが必要だ、とブラウンは頭の中のメモ帳に書きこんだ。

しかし、そもそもこの話には怪しい点がある。ハインズは、球団を持つ人間として相応《ふさわ》しいだろうか。

「ミスタ・ハインズがドラッグに手を出していたことは知っていますか？」

「新聞で読みましたが……」グリーンの顔からまた血の気が引き、声も小さくなった。

「ちょっと信じられませんね。少なくとも私と会った時には、そういう感じはしなかった」

「ドラッグ中毒者の特徴は、見て分かりますか？」

「私もニューヨークで生まれ育った人間ですよ」グリーンが肩をすくめる。「そういう人間を観察する機会には事欠かなかった。少なくともミスタ・ハインズは、私と会う時にはドラッグを使っている気配を感じさせなかったですね。少しでもそんな感じがしたら、重要な情報を話したりしませんよ」

「それはそうでしょう」

うなずきながら、ブラウンは混乱を感じていた。何かがずれている……グリーンが嘘をついているとは思えなかったが、この話自体が砂上の楼閣という感じがしてならなかった。

グリーン、それに部下二人と別れて自宅に戻ったブラウンは、直接ダブルHの携帯に電話をかけた。ニューヨークにとどまっているのか、早くもビジネスを再開してフロリダへ戻ったか……まずそこを確認した。

「まだニューヨークにいますよ」ダブルHの声は暗かった。「いろいろ、後始末もありましてね。こちらは完全に息子に任せていたので、今後どうするか決めなくてはいけない」

「大変な状態なのはお察しします」ブラウンは丁寧に言った。「申し訳ないが、一つ、確認させて下さい。息子さんはメッツファンでしたか？」

「何の話ですか」ダブルHの声に戸惑いが混じる。「それはもちろん、ニューヨークに生まれ育った人間としては、メッツかヤンキースか、どちらかを応援せざるを得ませんけどね」

「どちらかと言えば？」

「メッツファンですね。ここからだと、シティ・フィールドの方がずっと近いわけだし」

「熱狂的なファンだったと言っていいんですか」

「いや、そういうわけでは……試合を観に行くのは、年に一回か二回でしたよ。それより、これが何か関係あるんですか？」ダブルHの声が硬くなる。「息子の件は、もう終わったんじゃないんですか」

「疑問点がありまして……申し訳ないんですが、このまま話を聴かせていただいて構いませんか」

「それは結構ですが……」結構と言いながら、ダブルHは不満気だった。「あまり時間がないのですが」

「では、単刀直入にお伺いします」ブラウンはスマートフォンを握り直した。「今、メッツの買収を検討しておられませんか？」

「買収？　今、巷《ちまた》で話題になっている買収のことですか？」

「ええ」

「まさか」ダブルHが笑い飛ばした。「私もメッツは好きですが、買うとなると話は別ですよ。だいたい、うちの会社の財政規模から考えると、プロスポーツチームを持つのは無理だ。クリーブランドぐらいならあり得る話かもしれないが」

ニューヨークとクリーブランドでは市場規模が違い過ぎる。インディアンズを買収しようとしたら、数億ドルで済むのではないか……それぐらいの金なら出せる、とでも言うのだろうか。

「そういうことを検討していたんですか」

「一切ありません」ダブルHが言い切った。「プロスポーツチームを持つのは、賢明な投資とは言い難いですからね」

「純粋に、チームの苦境を救うためとか？　ここのところのメッツの低迷ぶりには、心を痛めているファンも多いんですよ」

「残念ですが、私には興味の対象外ですね。巷の噂では、いろいろな人間が興味を持っているようですが、私に関してはあり得ない」

「息子さんはどうでしょう」

「ジョーが？　まさか」ダブルHはほとんど笑い出しそうになっていた。何を与太話を……とでも思っているのかもしれない。「ジョーが自由にできる金など、たかが知れている」

「車はアストンマーティンだったようですが」

「それぐらいが限界でしょう」

とはいえ、アストンマーティンも二十万ドルぐらいはするはずだ。金持ち連中と話していると、価値観がどんどん混乱してくる。

「いずれにせよ、メッツを買収するなどという話は聞いたこともありませんよ。そんな話を聞かされたら、怒鳴りつけていたでしょうね。金の使い方としては、決して賢くない」

「そうですか……」ブラウンは顎を撫でた。夕方髭を剃ったので、まだつるつるしている。

「もちろん、こういうことは個人では無理だと思います。資金調達の必要があるし、個人でやるにはリスクが大き過ぎる。最近は、買収グループを組んでやるのが自然ではないでしょうか。そういうグループを組んでいたということは……」

「私が知る限りでは、ない」

ダブルHの言い方が微妙に変わったな、とブラウンは思った。否定ではなく「知らない」。彼も、息子の行状を全て把握しているわけではないようだ。

「一つ、お願いできないでしょうか」

「何ですか」

「そちらの会社の従業員……息子さんといつも一緒に仕事をしていた人たちから、話を聴かせて下さい」

「いや、それは……」ダブルHが渋った。「彼らには彼らで仕事もあるので」

「仕事の邪魔はしません。夜に時間をいただければ」

それからしばらく押し問答が続いたが、結局ダブルHは折れた。警察官を相手に、自分の方針を押し通せる人間は多くはない。少なくともダブルHは、そこまで我の強い人間ではない、と分かった。

「しかし、どうして息子にそれほどこだわるんですか？　確かに息子は罪を犯したかもしれない。しかし、もう死んでいるんですよ？　こういう状態だと、あまり深く捜査しないのでは？」

「いろいろと腑に落ちないことがあるからです。疑問に思うと、調べないではいられない性格ですので……それと、この件はくれぐれも内密でお願いします。そもそもメッツの買収話自体が、まだ表に出ていないことですし」

「もちろん、私は積極的に話しませんよ」ダブルHが皮肉っぽく言った。「信用を失うような話を、自分から広めるつもりはない」

「息子さんのことは大変残念な件だと思っています」

「不思議と、悲しくはないんだが」

「そうですか？」

「むしろ怒っている」ダブルHの口調に、真剣な怒りが滲んだ。「せっかく育てた息子に裏切られたようなものだ。あいつは、私が何十年もかけて築き上げてきた信用を、ぶち壊しにしようとしたんだから。これからどれだけの人間に頭を下げて、金を使わなければならないか、あなたには想像もできないでしょう」

できない。所詮、住む世界が違うのだ。しかしブラウンは皮肉を呑みこみ、もう一度礼を言って電話を切った。さて……線はつながった。従業員への事情聴取で、何か新しい情報が出てくることを期待しつつ、ブラウンはリズとアレックスに電話をかけて、新たな指令を与えた。

「そういう話は……聞いています」

先日ダブルHの会社を訪ねた時にコーヒーを淹れてくれたアンバーという女性が、渋々認めた。ガーデンシティにあるワインバー。少しアルコールが入った方が話しやすいだろうと思い、会社が終わる時間を見計らってここで会うことにしたのだ。今日も、リズとアレックスが同行してくれている。

「メッツ買収、を?」ブラウンは念押しした。

「ええ」

「会社でそんな話をしていたんですか?」

「いえ。会社は関係ないです」アンバーが赤ワインのグラスを傾けたが、テーブルに戻した時にも水面はほとんど下がっていなかった。緊張で、アルコールも素直に喉を通らない様子である。「ご自分のオフィスで……ドアはいつも開け放しにしてあったんですけど、時々電話で話している内容が聞こえたんです」

「その時に、買収の話が？」

「はい……でも、断片的にですから、はっきりした話は分かりません」

「なるほど」ブラウンは腕組みを解き、ガス入りのミネラルウォーターを飲んだ。傷が癒えていないので、まだアルコールはご法度である。元々、ほとんど呑まないのだが。二十四時間三百六十五日、待機を強いられていたら、酒を呑んでいる暇もない。「どれぐらい具体的な話だったんですか？」

「詳しいことは分かりませんけど、お金の話は出ていました」

「買収の金額でしょうか？」

「それも分かりませんけど、十億、二十億という額が聞こえてきて……五億なら調達できるとか、ボスが言ってました」

「会社は、そんなに上手くいっているんですか」

「まさか」アンバーが即座に否定した。「いくら何でも、そんなキャッシュフローはありません」

「どこか、よそから調達できる感じだったんですかね」

「話しぶりからすると、そういう風に聞こえました」打ち明けたアンバーが唇を引き結ぶ。ボスの秘密を明かすのは、本人が死んでいても気が進まないのだろう。

「相手は……」

「そこまでは分かりません」

電話の通話記録を調べるしかないわけか。しかし、よほど慎重にやらないと。ＥＳＵは普段捜査をしないから、電話会社とのつながりがないのだ。誰かに頼めば怪しまれるのは目に見えている。何か上手い手を考えないといけない、とブラウンは気を引き締めた。

「ところで、ミスタ・ハインズがドラッグを使っていた形跡はありませんか」

「いえ……少なくとも私は、気づきませんでした」

「ドラッグを常習的に使っていると、明らかに様子が変わりますから……分かるものですよ」

「そんな風には聞きますけど、見たことがないので」

「あなたは、いい環境で育ったようだ」

ブラウンが褒めると、アンバーが渋い表情を浮かべて首を横に振った。必ずしもそういうわけではない……厳しい環境から、努力で抜け出したのかもしれない。

「会社の方は大丈夫なんですか」

「何とか、持ちこたえています。しばらくは大変だと思いますが」

「あなたも大変ですね」

「なかなか……実は、来月いっぱいで会社を辞めるんですけど」

「今回の件がきっかけで？」

「いえ、元から決まっていた予定です。マンハッタンにある不動産開発の会社に転職します」

「ステップアップとして？」

アンバーが薄い笑みを浮かべた。しかし、何とも自信なげである。

「まだ、会社の方に言っていないんですよ。ボスに言うつもりだったんですけど、あんな事件があったので」

「それは、ダブルH……父親に言うしかないでしょうね」

「でも、何だか会社から逃げ出すような感じで、ちょっと気が重いです」

「正直に説明するしかないでしょうね」ブラウンはうなずいた。「転職も珍しくないんですから、きちんと話せば分かってもらえるでしょう」

アンバーがうなずき、ワインを一口呑んだ。今度ははっきりと、水面が下がっている。

少しだけリラックスしたようだった。

「ミスタ・ハインズはどんな人だったんですか」

「それは、一言では……」アンバーが首を傾げた。「居場所が見つけられない人、でしょうか」

「きちんと会社を経営していたじゃないですか」

「そうなんですけど、どこか心ここにあらずといった感じで。警察に勤めていた時からそうでした。たまに会社に顔を出されたんですけど、いつも居心地悪そうにされていました。本当は別のことがやりたかったんじゃないかと思います。もちろん、仕事ではミスはなかったんですけど」

最後の一言は、いかにも慌ててつけ加えた感じだった。

アンバーと別れ、ブラウンは二人をコーヒーに誘った。ガーデンシティは、名前の通り緑の多い街で、目抜き通りのフランクリン・アベニューでは街路樹が綺麗に整備されている。ただし真冬の今では、緑は枯れて侘しい姿を晒している。通りに面したカフェにも人は少なく、店内には薄《うっす》らと冷たい空気が流れていた。

三人ともエスプレッソを頼み、窓際の席に陣取る。

「二人とも、ご苦労だった」ブラウンはまず、二人を労《ねぎら》った。「慣れない仕事で大変だったと思うが、よくやってくれたよ」

「これからどうするんですか」アレックスが訊ねる。

「この線は、ちょっと手詰まりだと思う」ブラウンは認めた。同時に、自分たちは刑事ではないのだと実感する。刑事なら、捜査のノウハウをもっとたくさん持っているはずだ。プランAが駄目ならプランB、それも駄目ならプランCと、Zまで諦めないだろう。

「では、どうしますか」リズが訊ねた。

「考えていることがある。メッツの買収の線を追うんだ」

「それは……」リズの表情が歪む。「それこそ、我々の専門ではありませんが」

「どういう状況になっていたか、背景説明をしてくれる人を捜すことはできると思う」実際、ブラウンには心当たりがあった。長い間会っていないが、彼なら何か知っているだろう。「それは、俺が自分でやってみる。また助けてもらうこともあると思うが、二人は本来の業務に戻ってくれ——いや、明日までは休暇でいい」

「すぐに復帰しますが、サー」不満気にアレックスが言った。

「休むのも仕事のうちだ。明日は一日ゆっくり休んで、英気を養ってくれ。それと、近いうちに飯を奢るよ」

「それなら、お勧めのお店があるんですけど」リズが急に目を輝かせた。普段はハードなタイプだが、美味い食事には目がない。「中華なんですけど、上品な感じで、ワインリストも充実しています」

「店のチョイスは任せる」ブラウンは彼女に向かってうなずきかけた。そこでふいに、日本で食べたラーメンを思い出す。「ところで最近、日本風のラーメン店が増えたようだな」

「食べたことはないです」リズが首を横に振った。「かなりヘヴィな食べ物だと聞いています」

「それは間違いない」そう……日本に行った時に、新宿の歌舞伎町で濃厚なラーメンを食べたのだった。あれはなかなか衝撃的な体験だった。「でも、一度試してみてもいいかもしれない。食の冒険ができる街は、世界中でニューヨークと東京だけだから」

気楽な話題を口にしながらも、ブラウンは次第に緊張が高まってくるのを意識した。長い間会っていなかった相手との再会。どんな空気になるのか、想像もできなかったのだ。

美里が駄目ならアール・ヒッグス。濱崎は自分のしつこさに苦笑しながら、コンドミニアムの前で張り込んでいた。気をつけないと、近くの一分署の連中に見つかって誰何《すいか》される恐れがあるが、濱崎は街に紛れこむのが得意だ。ニューヨークなら、特に楽である。あらゆる人種の人間が行きかうこの街では、自然にしていれば目立つことはない。

とはいえ……この場所で張り込めるのは一時間ほどだろう、と濱崎は判断していた。円形の公園の外側にある道路。ヒッグスのコンドミニアムの向かい側で、公園側には駐車スペースがある。このコンドミニアムの住人用だろうか……ひっきりなしに人が行き来して、車も出たり入ったりしているから、コーヒー片手にいつまでもうろうろしている人間がいたら、いずれは怪しまれる。ベンチがあれば、コーヒーと新聞が隠れ蓑《みの》になるのだが、近くには座れる場所もなかった。

暇潰しにと、駐車スペースを端から端まで歩いてみる。先日見かけたベンツのSクラスクーペは見当たらなかった。まあ、あれだけの高級車を、路上に放置して駐車しておくような馬鹿はいない。おそらく近くに駐車場を借りているのだろう。

投資アドバイザーがどんな生活をしているか、想像もつかない。毎日定時に家を出るのか、そもそも事務所を持っているのか。人に会って話をするだけなら、自宅でもできるはずだが……しかし、「格づけ」のためだけに事務所を飾りたてる人間もいる。相手が部屋に入った瞬間に圧倒させようとする狙いだ。豪奢な家具、有名人とのツーショット写真——こけおどしも商売の大事な要素ではないかと思う。

まだ夜の名残のある午前七時から、濱崎は張り込みを始めていた。コーヒーがあっという間に冷めていく。普段は朝飯など食べないのに、朝早かったせいか、ずっと空腹に悩まされていた。午前八時まではこのまま待つとして、その後どうするか、プランはない。だいたいヒッグスも、自分のホームページぐらい持つべきではないのか。それならいくらでも情報が取れるのに……もはや、ホームページで宣伝する必要がないほど、一流の人物なのだろうか。しかし、ネットでも彼の評判はほとんど見かけなかった。表に出てこない——つまり名声を追いかけるよりも、純粋に金儲けだけに興味がある人間なのかもしれない。

張り込みを始めて三十分後、ヒッグスが出て来た。ビーチ・ストリートからヴァリック・ストリートに出て南下し、フランクリン・ストリート駅から地下鉄の一番線に乗る。方向的にはウォール街へ向かう格好だが、それなら二番線か三番線に乗るはずである。しかしヒッグスは、途中で乗り換える気配もなく、そのままマンハッタンの最南端、一番線の終点であるサウス・フェリーで降りた。まさか、このままフェリーに乗ってスタテン・アイランドへ向かうつもりじゃないだろうな……と濱崎は訝った。スタテン・アイランド自体はマンハッタン郊外の住宅地という感じで、あちらから無料のフェリーを使ってマンハッタンに通勤してくる人はいくらでもいる。しかし、その逆というのは……地下鉄の駅から地上に出ると、すぐにフェリーターミナルなのだが、そちらには向かわず、バッテリー・パーク沿いの道路を歩き出した。まだ朝早い時間だが、公園内をジョギングしている人たちの姿が自然に目に入る。まさか、わざわざここまで走りに来たとは思えないが。実際、ヒッグスの格好は、完全にビジネス用のそれである。膝まである丈の長いコート、柔らかそうな茶色の手袋という格好で、防寒も完璧である。マフラーをしていないのは、コートの襟もとに毛皮があしらわれているからか。まあ、こっちの人は、日本人に比べて寒さにも強そうだし。

ヒッグスは非常に早足だった。濱崎のレベルからすると、軽いジョギングと言ってもいいスピード。背が高いせいもあるだろうが、普段から本格的に体を動かしている感じである。背筋もピンと伸び、生真面目なマラソンランナーを彷彿させた。

ヒッグスは五分ほど歩いて、ビルの一階にあるスターバックスに入った。マンハッタンは、一ブロックごとにスターバックスがあるから……と苦笑しながら、濱崎は一拍おいてヒッグスの後に続いた。朝のコーヒーを買い求める人たちで店内は混雑しており、ヒッグスもカウンターの列に……いない。まさか、ここを抜けて他の場所に行ったのかと、慌てて店内を見渡す。

いた。既に窓際の席に陣取っている。しかも誰かと談笑している。相手は小柄な白人男性で、三十歳ぐらいに見えた。

相手は、約束の時間より少し前に来て、飲み物を用意していたということか。ヒッグスの前には、巨大な容器が置いてある。あれだと一時間は持つだろうなと安心して、濱崎は注文の列に並んだ。ラテの一番小さなサイズ——これでも日本だとトールサイズだろう——とクッキーを一枚注文する。これが朝飯かと思うと情けなくなったが、クッキーが巨大なサイズなので、これ一枚で十分昼まで持ちそうだ。

飲み物を待つ間も、ちらちらと二人を観察する。距離があるので表情までは窺えないが、若い男の方が、身振り手振りを交えて積極的に話しているのは間違いなさそうだった。ヒッグスは時折うなずきながら、基本的には相手の話に耳を傾けているようである。

飲み物を受け取るのと、二人の隣の席が空くのが同時だった。濱崎は堂々と、その席についた。こういう時は、びくびくしながら動いていると怪しまれる。どうせヒッグスも、俺の顔は知らないはずだし。

ラテを一口飲み、持ってきたニューヨーク・タイムズを広げる。スポーツ面から読み始めると、今日もメッツの買収話が載っていた。「複数の投資家グループが接触」。球団の売却がどのように行われるかは知らないが、競売のような形になるのだろうか。一番高い値段をつけた人間が落とす、とか。そもそも買収を狙うのは、個人ではないだろう。記事では、現在のメッツの資産価値を二十五億ドルと見積もっている。球場に関する諸々の権利抜きの値段、ということらしい。いずれにせよ、二十五億ドルと言えば三千億円近くになるわけで、個人でこれだけの金額を用意できる人間がいるとは思えない。記事の見出しにあるように、投資家グループを組んで買収に乗り出す感じだろう。

「――二十五億ドルから三十億ドルの間――」

突然、記事で読んだ数字が耳に入ってきて、濱崎は緊張した。声の主は、ヒッグスが話している相手。濱崎は新聞に目を通す振りをしながら、耳に神経を集中させた。

「調達は、現段階でちょっと……」これはヒッグス。

「やはり、あの件?」ヒッグスの相手が声を潜めたようだ。

「そう。白紙に戻ったとは言わないが、かなり厳しい状況に追いこまれた……他の状況……」

「抜けたところは……」

「いや。つまり、まだチャンスがあるわけだ」ヒッグスの声が急にはっきりした。

「ゼロとは言えませんね」

「だったらまだ、諦めない。今後も情報を……」

「それは、もちろん」

二人の生臭い会話はそこで終わりになった。後は、今年のニューヨークのチームの成績予想が延々と続く。二人とも絶望的だった。メッツもヤンキースも補強に失敗。このままでは、数年間は暗黒時代が続くだろう……よほど話に割って入ろうかと思ったのだが——こういう話なら適当に合わせられる——それも不自然だと思って口をつぐみ続けた。

八時過ぎ、ヒッグスがまず席を立った。二人は握手を交わし、ヒッグスが二言三言囁いて店を出て行く。残った童顔の男は、ラテの残りをのんびりと飲んでいた。スマートフォンを取り出して画面を眺め、欠伸《あくび》を噛み殺し——急いでいないのだろうか——しまいには、腕組みをして首を垂れ、居眠りを始める。椅子を蹴飛ばして起こしてやろうか、と濱崎は本気で考え始めた。

が、八時半になると男は席を立った。残ったラテを飲み干し、店を出て行く。濱崎は間髪をいれず後を追った。自分のことは認識しているかもしれないが、のんびりした態度から、周囲にあまり気を配る人間ではないだろうと判断する。

男はサウス・フェリー駅に向かい、そこから一番線に乗って北上し、タイムズスクエアで降りた。濱崎にも馴染の場所である。日本のマスコミの取材や撮影では、定番のポイントなのだ。もはやタイムズスクエアはただネオンが明るいだけの街であり、危険なことはほとんどない。ここを少し西へ行くと、ポート・オーソリティ・バスターミナルがあり、急に空気が悪くなるのだが。

男は西四十一番街を東へ向かい、ブライアント・パークの手前で右へ折れた。すぐに、六番街に面したビルに入って行く。そのまま後をつけ、エレベーターに入るのを見送った。たまたま彼一人で……七階で停まる。すぐに、エレベーターの脇にあるビルの案内板に目を通した。階数別ではなくアルファベット順に並んでいるので探すのに苦労したが、七階には事務所が一つしか入っていない。「ジャック・O・グリーン・オフィス」。何とでも取れる名前だが、今はスポーツ関係としか考えられない。ヒッグスと交わしていた会話の内容を考えると、単なる雑談には思えなかった。もっと踏みこんだ内容――実際に球団を買収しようとしている人間と、スポーツエージェントの組み合わせだとすれば、決して不思議ではない。

濱崎はすぐに、この事務所の電話番号を調べた。代表番号が一つ。先ほどの男が「ジャック・O・グリーン」かどうかは分からないが、かけてみて損はない。まだ早い時間だから、彼一人しか出勤していないかもしれないし。

「はい、ジャック・O・グリーン」

電話の声は、間違いなく先ほどスターバックスで聞いたものだった。少し甘く、しかし張りがある、いかにも若々しい声。酒と煙草で、声の艶をはるか昔に失ってしまった濱崎にすれば、羨ましい限りである。

「ミスタ・ジャック・グリーンの事務所ですか」

「ええ、そうですが。私がジャック・グリーンです」

「ジャック・S・グリーン?」

「違います。ミドルネームは『O』です」

間違い電話にも、苛立ちはない。何と感じがいい、というか人のいい男か。濱崎は鼻を鳴らしたくなったが、そこは堪えて丁寧に詫びを入れた。

「失礼。投資アドバイザーのジャック・グリーンに電話をしようとしたんだが」

「こちらはスポーツ関係のエージェントです」

「ああ、これは……間違えたようだ」

「よくある名前ですから」グリーンが快活に言った。

「朝から申し訳ない」

「いえいえ」グリーンが受話器を置いた。

なるほど……いくつかのことが明らかになった。あの男の名前はジャック・O・グリーン、職業はスポーツエージェント。そして極めて優秀か、異常に若く見えるかのどちらかだ。もしも二十代で、個人でスポーツエージェントをやっているとしたら、とんでもない凄腕である。二十代にしか見えない四十代だとしたら、それもまた妙な感じだが。

一つ、大きな疑問が残った。この人脈は——グリーンからヒッグス、そして美里につながるのではないか。美里がこの件に一枚噛んでいる？　想像しにくいことだったが、この街では何でも起こり得る。ニューヨークは夢を叶えるための街なのだ。

その夢はしばしば、悪夢でもあるのだが。

第四章　銃　撃

張り込みばかりを続けても埒《らち》が明かない——濱崎は、ちょっとした嘘を用意して一歩前に出ることにした。

グリーンを見かけたその日の午前中、濱崎はまた彼の事務所に電話を入れた。それまでに、事務所についてはネットである程度調査済み。やはりグリーンはここのトップで、他にも数人のエージェントやスタッフを抱えているようである。一見した感じと違い、相当のやり手なのは間違いない。

「ジャック・O・グリーン・オフィスです」

電話をかけると、今度は女性が応じた。秘書ないし電話番の人間だろう。

「ミスタ・グリーンをお願いします」

「失礼ですが——」

「ハマサキ、と言います。日本のジャーナリストです」

「取材の関係ですか？」

「そうです。ミスタ・グリーンに直接お話を伺えればと思うのですが。日本の雑誌に、アメリカのスポーツエージェントの仕事を紹介したいと考えています」

「少々お待ち下さい」

少々は五分に及んだ。そんなに大変なことなのか、あるいはグリーンは超多忙な男で、スケジュールが調整できないのか。やがて電話がグリーン本人に切り替わり、五分間の空白の理由は後者だと分かった。

「ああ、ミスタ・ハマサキ、取材の件はありがたいのですが、時間がない――」

「お忙しいんですか？」

「そうなんです。日中は、まとまった時間を取るのが難しいのです」

「こちらは、夜でも構いません。そちらに合わせます」

「ああ、そういうことでしたら……」一瞬間が空く。グリーンが申し訳なさそうな口調で、「いきなりですが、例えば今夜とか、どうでしょうか」と言った。

「大丈夫です。何時頃にしましょうか」

「九時では？」

ずいぶん遅くまで仕事をするものだと思ったが、このチャンスを逃がす手はない。濱崎は了解して、場所を確認した。

「その直前まで会食がありましてね。デザートをご一緒しませんか」愛想良くグリーンが言った。

「ええ。私は甘いものが苦手なので、コーヒーだけにしますが」

「結構です」グリーンの声に笑いが混じる。「うちの事務所はご存じですか？」

「分かります。ネットで調べました」

「そのすぐ近くに、『ファイン・ダイン』というダイナーがあります。そちらで九時に。いかがですか」

「分かりました。何か、目印は……」

「私の方で見つけます。この辺では、午後九時に日本人は見かけませんからね」

「目立つ格好をしなくていいですね？」

「もちろん」

何となく、調子が良過ぎる……こういう時は要警戒なのだが、会えることになったのだから、まずはよしとしよう。会ってから、全てが始まる。

「ファイン・ダイン」は決して素敵《ファイン》ではなかった。昔ながらの——もしかしたら何十年も前から営業しているようなダイナーで、床は脂ぎって、ソファはくたびれている。濱崎は、穴が空いていないソファを探すのに、少しだけ苦労した。

八時五十分。夕食にステーキを食べたので、まだ胃が重い。やはりデザートはパスだな……と思ったが、この店は甘い物にやけに力を入れているようだ。メニューにも、聞いたことがないような名前の菓子類が目立つ。この状態で甘い物を詰めこんだら、今夜は胃もたれに襲われて眠れなくなるだろう。

結局、薄いコーヒーを一杯頼む。それをすぐに飲んでしまい、お代わりを貰ったところで、店のドアが開いた。そちらに近い席に座ったので、寒風がもろに吹きつけてくる。

グリーン。

すぐに濱崎に気づき、童顔に愛想のいい笑みを浮かべる。日本人だと名乗っていたので、顔を見て分かったのだろう。こんな時間まで働いているのに疲れはまったく見せず、綺麗に七三に分けたブロンドの髪も、まったく乱れていなかった。

握手を交わす。小柄な割に手は大きく、力強い握手だった。

「どうも、遅くに」グリーンがすっと目礼した。

「こっちこそ、無理を言って申し訳ない」

座りながら、グリーンがテーブルに視線を落とした。

「本当にコーヒーしか飲んでないんですか」

「夕食を食べ過ぎましてね」濱崎は胃の辺りをさすった。「今夜はコーヒーだけにしておきます」

「では、私はちょっと……」グリーンがちらりとメニューを見た。「お勧めはペカン・パイなんですが」

「ああ……」濱崎は思わず苦笑した。日本人にはあまり知られていないアメリカ名物。ニューヨークへ来たばかりの頃、試しに食べてみたのだが、歯が溶けるほど甘かった。「あれほど甘いパイもないですね」

「ここのは、甘さを抑えていますよ。だから人気なんです」

「アメリカの人は、甘い物は徹底的に甘い方が好みかと思ってましたよ」

「それは、二世代ほど前の話ですね。私が子どもの頃は、相当甘かった記憶がありますが」

「失礼ですが、あなた、おいくつなんですか」

「二十七です」

「これは、これは」濱崎は目を見開いてみせた。こういう時にどんな反応を示すべきかは難しい。「そんなにお若いとは思いませんでした。それで自分の事務所をお持ちとは、驚きですね」

「まあ、この仕事が向いているんだと思います。ところで本当に、甘い物はいりませんか？」グリーンは妙にしつこかった。

「遠慮しておきます」

彼にエージェントとしての特性があるとすれば、このしつこさだろう。見た目も話し方も押しが強いわけではないが、交渉の席でも簡単には諦めないタイプのようだ。

結局グリーンは、ペカン・パイとコーヒーを頼んだ。すぐに運ばれてきたパイを、嬉しそうに食べ始める。

「ああ、やっぱりこういう味がいいですね」

「そうですか？」

「何でしたら、一口」

「いやいや」濱崎は断った。「やっぱり遠慮しておきます」

「夕食は、ビジネス絡みでフランス料理を食べたんですが、フランス料理のデザートはどうにも頼りない」

「これが二度目のデザートですか？」

「そうなりますね」

濱崎はそっと溜息を吐いた。これだけ甘い物好きなのに、スリムな体型を保っているのは驚きだ。他でバランスを取っているのか、よほど厳しいトレーニングを自分に課しているのか。

「実は、今回の件ではあなたが最初の取材なんです」

「そうなんですか？」コーヒーカップ越しに、グリーンが濱崎を見た。

「あなたを手始めに、他のエージェントにも取材して、話をまとめようと思います。ただし、売りこみはこれからですから、実際に雑誌に載るかどうかは保証できません。その際はまた、連絡しますよ」

「取材は、そういうものでしょう」妙に納得した様子で、グリーンがうなずく。「私も、ジャーナリストの人とはつき合いが多いですから、あなたたちの事情と考え方はよく分かっています。売りこみの能力も大事ですね？」

「まったく、その通りで」本当にそうなのかどうか、濱崎は知らない。口から出まかせだが、グリーンが疑っている様子がないので、そのまま続けることにした――小道具のメモ帳を広げて。「あなたのクライアントは、主に野球選手ですね」

「そうですね」

「そこに特化した理由は？」

「私も野球選手だったから」

濱崎は、眉を上げてみせた。本当に？　そんな華奢《きゃしゃ》な体で？　グリーンが真顔でうなずく。

「もちろん、選手としては大成しませんでしたよ。高校でもレギュラーを取れなかったぐらいですから、レベルは分かるでしょう？」

「それで、サポートする側に回ったわけですか」

「ええ。大学では経営学を学んで……ただし、経営の知識とエージェントの能力は違いますけどね」

「エージェントに一番必要な能力は？」

「ケツ舐め」言った後、グリーンが短く笑った。「……と言われているようですけど、実際には違います。駄目なことは駄目とはっきり言える勇気ですかね」

「それは、チームに対して？」

「選手に対しても、です。選手はしばしば、自分を過大評価し過ぎる。本当の評価を納得させて、それでできるだけ有利な条件で契約を結ぶ——引くべき時は引いて、チームにも『損した』と思わせないことが大事です。そのためには、選手に厳しいことを言う必要がある時もあります」

「要するに、お前は自分で信じているほど優秀な選手ではない、と？」

「ありていに言えば」うなずき、グリーンがパイを切り取った。フォークを宙に翳《かざ》したまま、続ける。「通算で二割八分の打率しか残していないのに、何の根拠もなく『来年は三割だ』と言っている選手を見ると、殴ってやりたくなりますね」

グリーンの話は面白かった。いつの間にか引きこまれて時間が経ってしまい、驚く。濱崎は慌てて、話を本筋に引き戻した。

「ところで今、ニューヨークで話題と言えば、メッツの売却話ですよね」

「そうですね。今朝のニューヨーク・タイムズでも書いてましたね」

「実際のところ、どうなんですか」濱崎はぐっと身を乗り出した。何にでも好奇心旺盛なジャーナリストの演技は……これでOKだろうか。「売却話は本当なんでしょうが、どこが一番有利なんですか」

「いや、それは私が知るところではないので」グリーンが引いた。「私は選手個人のことには責任を持ちますけど、チームに関しては、ね」

「球団を持とうと思ったことはないですか？」

「まさか」驚いたように言ってから、グリーンが爆笑した。「代理人の仕事と、チームを持つのとは、全然別の話ですよ。正反対と言ってもいい。それに、チーム側の人間にはなりたくないですね」

「あなたのように、強力な代理人を敵に回したくないから？」

「然り」グリーンがにやりと笑う。急に、童顔の中に老成した表情が覗く。「基本的にこの勝負は、我々が攻める側、チームは守る側です。勝負ではいつも、攻めにかかっている時の方が楽しいですよね」

「あなたたちの世界ではそうなんでしょうね」感覚的には分からないではないが……闇の世界でうごめくヤクザたちを追い詰める時の快感は、その勝負に似ているのかもしれない。

「まあ、そう簡単には決着がつかないでしょうね」

「そうなんですか？」

「何しろ巨額の金が動く話です。二十億ドルなんて、簡単には用意できませんよ」

「それだけの金額を準備できる人間というと、限られているでしょうね。金を集めるにしても、それに見合う信用を持っていないといけない……投資アドバイザーの人なんかが、候補に挙がっているようですね」

「私もそう聞いています」

「ニューヨーク・タイムズには名前が出ていませんでしたけど、ミスタ・アール・ヒッグスもメッツを狙っているようですね」

「彼を知っているんですか」グリーンがすっと眉を上げる。

「ちょっとした情報ですよ」濱崎は自分の耳をつまんだ。「これでも一応、アンテナを張ってますから」

「日本でもニュースになっているんですか？」

「もちろん」嘘。少なくとも濱崎は、ニューヨークに来てから初めて聞いた。メッツの売却話が初めて報じられたのは、一昨年のシーズン終了後。その頃濱崎はまだ日本にいたのだが、そんな話はまったく聞かなかった。一般紙よりもスポーツ紙をよく読むタイプだったのだが。「ヤンキースとメッツは、日本でも有名ですからね。大リーグのニュースもよく取り上げられます」

「日本人の選手も多いし」

「あなたのクライアントに、日本人選手はいないんですか」

「残念ながら」グリーンが肩をすくめた。「ただ、興味はあります。特にピッチャー……日本人ピッチャーの技術は、世界一だと思います。残念ながら、内野手では見るべき選手はいませんね。あなた、誰か推薦できる選手はいませんか？」

「そうですね……」

濱崎は二、三人の名前を挙げた。とはいえ、去年はアメリカにいて、日本のプロ野球はほとんどチェックしていなかったから、かなり適当な答えである。しかしグリーンは、マメにメモした。ペカン・パイの皿はとうに空になっている。

話が関係ない方に流れてしまう……濱崎は話題をアール・ヒッグスに引き戻した。

「ミスタ・ヒッグスがメッツを買収する可能性はどれぐらいありますかね」

「今のところは、何とも。今朝のニューヨーク・タイムズの記事が、現状をよく表していると思いますよ。どのグループも、まだ決定的な材料を持っていない。恐らく、決着がつくのは今シーズンが終わってからでしょうね」

「その前にメッツは、今年も最下位に終わる、と」

グリーンが皮肉な笑みを浮かべてうなずいた。

「あなたは、ミスタ・ヒッグスとは知り合いではないんですか」濱崎は一歩突っこんだ。

「私が？　どうして」

「あなたは、いい情報源になりそうだから。買収を検討している人間が、メッツの内部事情を知りたかったら、あなたのような人間を頼るんじゃないですか」

「私がどれほどインサイダー情報を持っているかは疑問ですね」

「そうですか？　ミスタ・ヒッグスのような人にすれば、頼りがいのある情報源だと思いますが。少なくとも、球団内部の人間から情報を得るよりは簡単でしょう」

「しかし私は、ミスタ・ヒッグスとは知り合いではない。会ったこともないですよ」

嘘一つ。これが何を意味するか、濱崎は雑談を続けながら考えた。


「私の人生の楽しみはこれだな」

「と言いますと？」

「自分が見出した若者が、社会的に成功すること」

「野球選手としてではなく？」

「野球が人生の全てじゃないよ」

ジョシュ・ウィンターズは、二十年前と変わっていなかった。いや、顔も体つきも間違いなく変わった——しかし、握手の力強さは往時のままで、ブラウンは一気に大学時代に引き戻されたように感じた。

「ここが君の職場か」ウィンターズがブラウンの部屋をぐるりと見回した。「見事に何もないな」

「私の仕事場はここではないですから。現場が——街が仕事場です」

「なるほど」

本当は、民間人をESUのオフィスに入れるとまずい——しかし隊長権限として、ブラウンは彼をオフィスに招いたのだった。正確には、「会いたい」と連絡を入れた時に、「それでは君の仕事場を見学させてくれ」と言われ、受け入れざるを得なかったのだ。そういえば、昔から好奇心旺盛な人だった、と思い出す。

「その松葉杖は？」

「仕事で怪我をしました」

「やはり、危険な仕事なのか」

「市警の他の仕事に比べれば、危険かもしれません。でも、これで給料を貰っていますから」

ウィンターズが矢継ぎ早に質問し、ブラウンは慎重に言葉を選んで答えた。やはりこの仕事では、外部の人間に対して言えることと言えないことがある。こういう風に、あれこれ気になる——人に興味を持つのは、まさに天性のスカウトだからかもしれない。

ウィンターズは、一年だけ、メジャーでのキャリアを刻んでいた。一九七四年、メッツが五位に沈んだ年だ。通算成績は、外野手として五十六試合に出場、打率・233、打点

五、盗塁三。際立った成績とは言えず、翌年からは一度もメジャーに上がることなく、マイナーのチームを渡り歩いて、七八年には現役生活を終えた。その後メッツのスカウトに転身し、実に三十年にわたって選手を発掘し続けた。現在、六十五歳。スカウトの仕事を退いてから、既に五年になる。ブラウン自身、会うのは二十年ぶりだった。
「それで」ウィンターズがコーヒーを一口飲んで、喉を湿らせる。「私に何か用かな？　このオフィスを見せたかったわけではあるまい」

「人に見せるほどのものではありません」そもそもオフィスで会うと言い出したのは彼の方である。

「となると、仕事の話ではないんだな？」

「ええ」正しくは、「自分がやるべき仕事ではない」だ。「ちょっと教えてもらいたいことがありまして」

「私に答えられることなら」ウィンターズが腹のところで手を組み合わせた。でっぷりとした体型は、初めて会った時から変わっていない。

「メッツの売却話のことなんですが」

「それは、どういう立場で聞いているんだ？」

「一ファンとして」

「ほう」ウィンターズが目を細める。「それでわざわざ私に会おうとした？」

「あなたは今でも、インサイダーだと思っています」

「確かに、チーム内部の人間とはつながりがあるよ」

「この後、メキシコ料理のディナーを用意していますが」

店も予約してある。何度となく会っていた頃、二人でよくメキシコ料理を食べに行ったものだ。その時の、ウィンターズの嬉々とした表情が記憶にある。

「残念ながら、二年前に心臓を手術してね。脂っこい料理は、医者から禁止されている」

「失礼しました」ブラウンは頭を下げた。

「とはいえ、私がメキシコ料理が好きなのを覚えていてくれたのは嬉しい限りだ。ついでに言えば、週に一度は好きな物を食べていいことにしてある。こういうのは、自分をがんじがらめにしてしまうと上手くいかないんでな」

「それは、医者のお墨付きですか?」

「マイルールだ」

それで大丈夫なのだろうか、と心配になった。もしも会食中に倒れでもしたら……いや、ESUの隊員は誰でも、基本的な救命救急術は身につけている。それに、マンハッタンの真ん中で倒れても、病院の心配をする必要はない。

「では、せめてアルコールは抜きにしましょう。私もまだ怪我が治っていませんから、アルコールは駄目なんです」

「いったい、どうして怪我したんだね」

「撃たれました」

ブラウンが簡単に言うと、ウィンターズが目を見開いた。

「君ね……命に関わるような怪我について、かすり傷みたいに言わないでくれたまえ」

「失礼しました。しかし、命に別状はないですから、かすり傷と同じです」

「君のプレーと同じだな。昔から大胆……無謀だった」

「褒め言葉でしょうか」ブラウンは思わず苦笑してしまった。

「ツーソン大との試合を覚えている……フェンスにぶつかりながらのキャッチは、見事とは言えなかった。将来がある選手は、ああいう無茶をすべきではない」

あの時の痛みを、ブラウンは瞬時に思い出した。三対三の同点で迎えた五回、走者を二塁に置いて、ツーソンの四番バッターがライトフェンスに達する大飛球を打ち上げた。ブラウンは背走に背走を続け、最後はフェンスに背を向けたまま、飛び上がってボールを摑んだ。本人は垂直跳びのつもりだったのだが、実際にはフェンスに向かって頭から突っこむような格好になったらしい。ブラウンは交通事故に遭ったことはないが、おそらくあんな感じだろう。全身に走る痛みに耐えながら、何とかボールは離さなかった。バックアップしてくれたセンターがボールを奪い取り、二塁へ送球して、飛び出したランナーをアウトにしてくれた。

「あれは、完全に死んだと思ったね」

「私もですよ」

「もう少し、要領よく立ち回らないと。結局、肩の怪我もその辺に原因があるんじゃないか」

「否定できませんね」ブラウンは肩をすくめた。「聞きたいことは一つです。メッツの買収に、ジョー・ハインズという人間は関わっていませんでしたか？　買収グループの人間ではないかと思うんですが」

「ジョー・ハインズ？　どこかで聞いたことのある名前だな」

「先日、ソーホーで立てこもり事件を起こして、射殺された男です。正確には、我々が射殺しました」

「まさか、その傷は……」ウィンターズの顔が蒼ざめた。

「犯人に撃たれたんです」

「君は……どういう世界に生きているんだ」

「ニューヨークです」

短い、気づまりな沈黙。ややあって、ウィンターズが素早くうなずいた。

「君たちのおかげで、我々は無事に生きていける、ということか」

「そうであるべきだと思います」

「その名前は聞いたことがない――少なくとも、メッツの買収を画策しているグループの中には、そういう人間はいないと思う」

「そうですか……」では、あの男は何をしていたのだろう？　「買収しようとしている相手は、徹底的に調べますよね？」

「もちろん。一番避けなければならないのは、反社会的勢力だ。最近は、大人数の投資家グループが乗り出してくることが多いから、調べるのも大変だが」

「その中に、ジョー・ハインズという名前はなかった……」

「私の記憶にはないな」ウィンターズがこめかみを人差し指で突く。「ということは、リストにはそういう名前の男はいない、ということだ」

ブラウンはうつむき、溜息をついた。この線も外れか……それでも、ハインズが買収劇に参加していたのでは、という疑いは消えない。

「もちろん、名前は出ていないだけで、実際には動いていた、ということもあり得ると思う」

「そうですか？」

「金を調達する――金を出してくれる人間を探す仕事とか。そういう人間は、表に出る必要はない。いわば実働部隊ということだろう。もちろん、最終的に金を出す段になったら、本人も出資する可能性はあるがね。今までの球団買収でも、そういうことはあった。リターンを求めないで、手だけ貸す人間はいないからな……しかし、もしも本当に、ジョー・ハインズという人間が買収グループの一員だったら、死んでくれて助かった」

ブラウンは眉を吊り上げた。些細な抗議のジェスチャー。それを見て、ウィンターズが咳払いして、「失礼」と言った。

「助かった、と言われる理由は分かります」

「あの犯人――ジョー・ハインズという男は、ドラッグの問題を抱えていたんじゃないか？　そんな人間がメッツのオーナーグループの一員になったら、どんな問題が生じたか」

ブラウンはうなずいた。そういうリスクはどこにでもあると分かっている。ドラッグの蔓延は深刻な問題で、ホワイトカラー、さらにアッパークラスの人間にまで汚染は広がっているのだ。

「いい話を教えてもらった」ウィンターズがさっと頭を下げた。「この件は、チームの連中の耳に入れておくよ」

「私が情報源だということは内緒にして下さい」情報を得る方ではなく、与える方になってしまうとは。ブラウンは、内心舌打ちしたい思いでいっぱいだった。

場所をメキシコ料理店に移した会合に、ブラウンはアレックスとリズも誘った。リズは

「中華料理ではないのか」と不満を漏らしたが、「それはまたの機会に」と言って納得させる。今夜は、二人にも「耳」になってもらいたかった。ウィンターズが隠し事をしているとは思えなかったが、万が一ということもある。

「ほう、君は優秀かつ美しい女性の部下も抱えているのか」

ウィンターズはリズの正面に座って嬉しそうだった。一方リズは、曖昧な笑みを浮かべるだけ。

「彼女も元は陸上の選手でした。怪我さえなければ、オリンピックに出ていたと思います」ブラウンは説明した。

「それはそれは」ウィンターズが本当に感心したようにうなずく。「才色兼備というのは、本当にあるものだね……では、あなたの才能に乾杯だ」

ウィンターズがビール——今夜は徹底して自分を甘やかすことにしたようだ——の瓶を掲げた。この人は、酒が入るとどんな感じになっただろう……ブラウンは記憶をひっくり返してみたが、彼が酔った場面の記憶がない。

「一つ、不思議なことがあります」リズが切り出した。

「何だね」ビールを軽く呑んでから、ウィンターズが彼女に目配せした。

「私たちは、ボスが野球をやっていたなんて、全然知らなかったんです。ましてや、メッツにドラフト指名されていたなんて」

「ああ……何も言っていなかったんだね？」ウィンターズがブラウンに視線を向ける。ブラウンは微笑を浮かべたままうなずいた。

自分の口から説明するようなことではない——その方針は、今でも変わっていない。

「彼は、夢ではなく現実を取ったんだ」

「それは……野球ではなく警察の仕事ということですか」

リズがブラウンを見て訊ねる。ブラウンは腕組みをし、微笑を浮かべたまま何も言わない姿勢に徹した。代わりにウィンターズが喋ってくれるだろう。

「彼は、怪我の影響もあって、指名を拒否した。あの時の怪我は、今はどうなんだ？　その後、君の人生に何か悪影響を及ぼしたか？」

「ノー、ですね」ブラウンは短く答えた。

「そうか……怪我というのは、いろいろある。例えば今、彼が松葉杖をついていること——そういう怪我は、命に関わりかねない」ウィンターズが、嫌そうな目で、ブラウンがテーブルに立てかけた松葉杖を見た。「しかし、スポーツにおける怪我で命を落とすことはほとんどない。確率的には相当低いだろうな。だいたい、適切な治療を受けて休養すれば、日常生活には問題ない程度にまで回復する。そうだね？」ブラウンに視線を向けた。

「おっしゃる通りです」ブラウンは右肩をぐるりと回した。それでも、完全に痛みが引いて回復するまで、三年ほどはかかったと思う。

「ただ、スポーツ選手は休めない。若い頃は、休むと技術が日々衰える。もっと上のレベル——例えば大リーグだと、休むことはイコール、自分のポジションを奪われることだ。だから選手は、いつも綱渡りをしている。ミスタ・ブラウン、君は完治までどれぐらいかかった？」

「三年ですね」

「仮に彼が指名を受けてメッツと契約していたとしよう。最初の数年は、リハビリで終わっていたかもしれない。そして、まともにプレーできない選手を、チームはいつまでも手元においてはおかない。そういう状況になったら、彼は人生の何年間かを無駄にしていただろうね。苦しい決断だと思ったが、彼は正直に話してくれた。中には、怪我を隠して契約してしまう選手もいるんだよ。契約金欲しさか、自分でも怪我を軽く見ているか……どちらにしても、誰のためにもならない。そういう点で、彼には正確かつ素早い判断能力と決断力があったな」

「それは今でも変わりません」アレックスが普段は見せない強い口調で言った。「我々の仕事も、判断と決断の連続です」

「ということは、君たちは最高のボスを持ったわけだよ」ウィンターズが嬉しそうに言った。「命を預けるなら、彼のようなボスがベストだろう」

ブラウンは思わず苦笑してしまった。そういう評価は嬉しい限りだが、自分が撃たれて怪我しているのだから、とても褒められた状況ではない。

リズが会話を引っ張り、アレックスが時折言葉を挟む。ブラウンはその流れに心地よく身を委ねていた。本当は、こんなにリラックスすべき状態ではないのだが、旧知の間柄であるウィンターズがいると、すっかり気分が昔に戻ってしまったようだった。調子がいい時——外野が狭く思える。そして自分は、草原を駆け抜けるガゼルだ、と思えたものだ。素早い出足、猛烈なスピードで獲物——ボールに追いつく。それこそが自分が本領を発揮できる場面だった。

しかし、試合には時折、ぽっかりと空く時間がある。歓声も消え、自分が踏む芝の音がやけにはっきり聞こえるような時間が……クソ暑い真夏のゲーム、スタンドはがらがら、勝っていても負けていても大差でやる気が起きないような状態で、何とか自分を奮い立たせる。己の気合のみを相棒に、一球一球に命をかけるような瞬間が続く……。

ふいに携帯電話が鳴り出し、ブラウンは反射的に自分のシャツの胸ポケットに指を突っこんだ。

「おっと、失礼」ウィンターズが携帯を振りながら立ち上がる。画面を見て、「ちょっと話してくる」と言って席を離れた。

ほとんど何も食べていなかったことに気づき、ブラウンはブリトーを少し切り取って口に運んだ。チーズとコリアンダーの刺激……こういうのは怪我にいいのか悪いのか。

「面白い人ですね」リズが、店の出入り口に向かうウィンターズの背中を目で追いながら言った。

「むしろ、熱い人、かな」

「熱い？」リズが首を傾げる。

「スカウトというのは、いわば人買いだ。ただ、関わっているのは奴隷制度ではない。こちらが——売る方が圧倒的に有利だからな。そういうことが分かっているからこそ、自分の値段を吊り上げようとする人間もいる。結局、最後は人間関係で決まるんだ。向こうがどれだけ熱意を持って接してくれるか。それが決め手になることもある」

「ミスタ・ウィンターズの熱意は……」

「火傷しそうなほどだったね」ブラウンは微笑した。「あんな感じで、何人もの選手を引っ張ってきたんだと思う」

「ボスも、怪我がなければ……」アレックスが少し暗い声で言った。

「君たちには、ブリトーを百万本でも奢ってあげられたかもしれない。ただ、全ては仮定の話だから……今いる立場で全力を尽くせれば、人生で後悔することは何もないよ」

「やあ、しんみりしてどうした、諸君」やけに明るい声を上げながら、ウィンターズが戻って来た。ブラウンの椅子の背に手を置き、肩越しにテーブルの上に屈みこむようにして、囁き声で三人に語りかける。

「君たちは、メッツを守ってくれるかな？」

「それはもちろん……この街のチームですから」ブラウンは即答した。

「それは信じていい？」

「当然です」少しむっとして言い返し、ブラウンは繰り返した。「この街のチームですから」

「だったら君たちには、ヒントその一をあげよう。会っておくべき人間を紹介するよ」

グリーンにはしばらく近づかない方がいい……取材であることを疑っている様子はなかったが、あまりにも頻繁に接触すると、さすがに変に思うだろう。

濱崎は、ターゲットをヒッグスに向けた。ドイツ系の名前を持つこの男を観察し始めて三日後、濱崎はあるパターンに気づいた。毎日、家を午前七時台に出る。ウォール街にあるオフィスに入る前には、必ず人に会っている。コーヒーを飲みながら、あるいは一緒に朝食を摂りながら一時間ほどを過ごすのが日課らしい。おそらくそれが、貴重なビジネスの場なのだろう。結果的に、オフィスに入るのはいつも午前九時前後——そこから先を監視するのは難しかった。ドアマンが常駐して、周囲に視線を投げ続けている。直接会う上手い理由も見当たらぬまま、三日目の夜になった。

観察を始めて初日、二日目は、ヒッグスの夜は早かった。夕方五時にはオフィスを出る。

途中、フィットネスジムに寄って一時間ほどを過ごした後は、二日とも真っ直ぐ帰宅――いや、昨日の夜は買い物をしていた。スーパーで二十分。慣れた様子で食材を選んでいく。どうやら彼は、自炊も楽しむタイプらしい。そして、夜に接待をしながらビジネスの話をする習慣はあまりないようだった。

とはいえ、美里には会うはずだ。短い期間に二度、二人が会うのを濱崎は目撃している。ただし今でも、二人の関係は謎のままだった。恋人同士なのか、ビジネスパートナーなのか。後者だったとして、長い期間一緒に仕事をしているのか、あるいはスポット的なものなのかが分からない。

三日目の夜、ヒッグスの行動パターンが変わった。それまでは、真っ直ぐ地下鉄の駅に向かっていたのだが、この日はオフィスの近くに借りているらしきガレージへ向かったのだ。クソ、ベンツの巨大なクーペはここに停めてあったのか……しばらく、ビルの地下にあるガレージの出入り口で待っていると、巨大な白いクーペが闇の中に姿を現した。濱崎はとっさに、近くに駐車していたタクシーの運転席の窓を叩いた。運転手がうなずいたので、急いで後部座席のドアを開いてシートに滑りこむ。

「前のベンツを追ってくれ」

「は?」

「前の、ベンツを追ってくれ」意味が分からないのかと不安になり、言葉を切るようにはっきり発音した。

「何の……こと」

濱崎は、バックミラーに映る運転手の顔をちらりと見た。中近東のどこかの国の出身か……もしかしたら、JFK国際空港から出た瞬間にタクシーの営業許可証を手に入れ、運転するようになって三日目、とか。困っている間にも、ヒッグスのベンツはどんどん小さくなっていく。

「前の、白い、ベンツを、追ってくれ。頼むから」

音節ずつ区切るように言ってから、濱崎は二十ドル札を財布から抜いた。バックミラーに向かって振ってみせると、ようやく運転手の顔に笑みが浮かび、アクセルを踏む。

これでどこまで追いかけられるか……自分に運があるとすれば、このハイブリッドのタクシーでも、スピードではベンツに負けないだろう。マンハッタンの中で、五十キロ以上で運転するのは至難の業である。もっとも、一度マンハッタンの外へ出てしまえば、一気に引き離されそうだが。

ヒッグスは、チャーチ・ストリートを北上し、ビージー・ストリート経由でブルックリン・ブリッジに入った。おっと……このままだと、俺の家の方に近づいてしまう。ヒッグスが、自分に用事があるとは思えないが。いや、簡単にそう判断してはいけない。自分が尾行していることを、美里は気づいた。彼女の口から、濱崎の存在がヒッグスに知らされているかもしれない。

ヒッグスは、ブルックリンに入ると、今度はブルックリン・クイーンズ・エクスプレスウェイにベンツを乗り入れた。片側三車線の道路は、夕方のラッシュで混み始めていたが、遅い車の間を縫うような乱暴な運転はせず、車間距離を十分に保っている。もしかしたら、車内をコンサート会場にするようなタイプなのかもしれない。ああいう車には高級なオーディオシステムが搭載されているはずで、プライベートな空間で、大音量で思う存分好きな曲を楽しむ――ああいう男が好むのはクラシックではないか、と濱崎は想像した。

一方こちらは……タクシーの運転手は、ベンツが飛ばさないと判断したのか、鼻歌混じりで運転している。低くBGMが流れているが、これが何とも耳に馴染まないメロディと歌詞――彼の故郷のエキゾティックなポップスなのだろうか、と濱崎は想像した。

ヒッグスは途中から、ロングアイランド・エクスプレスウェイに入った。何となくだが……妙な予感がしてくる。何も根拠はないのだが、濱崎のこういう勘はよく当たる。

結構長いドライブになった。ロングアイランド・エクスプレスウェイを降りると、急に緑豊かになった中を、ヒッグスはゆっくりと車を走らせる。この辺まで来ると交通量も少ないので、思い切りアクセルを踏めるのだが……基本的に住宅地のようだから、無理はできないということか。ヒッグスは、あまり無理をしないタイプなのだろう、と濱崎は想像した。車の運転には如実に性格が現れる。せっかちな男は、アクセルを思い切り踏みこむチャンスを絶対に逃さないものだ。

結局ヒッグスは、もうしばらく車を運転し、いきなり道端で停車した。こんなところで何なんだ……しかもこちらは停まりにくい。仕方なく、濱崎は先にあるカーブを曲がって車を停めるよう、運転手に命じた。クソ、とんだ出費だ。帰りはどうしよう……と思った瞬間、左手の方を電車が走っていくのが目に入る。ああ、この辺にはロングアイランド鉄道が走っているのか。しかもあのゆっくりしたスピードだと、恐らく近くに駅がある。帰りも困らないだろうとほっとして、タクシーを降りる。

電車が通り過ぎてしまうと、妙に静かになった。寒さは上から降り注ぐようで、思わず首をすくめる。ユニクロのダウン程度では、この寒さには勝てない。

「何なんだよ、いったい」

ぶつぶつ言いながら、濱崎は歩道と車道とを分ける芝生張りの路側帯を乗り越え、カーブをゆっくりと歩いて、街路樹の陰に身を隠した。ヒッグスのベンツは停まっている――しかもエンジンを切っていた。どうやら一時休憩ではないようだ、とほっとする。このまますぐに走り去ってしまったら、自分はここに置き去りだ。

どうやらゴルフ場の脇を通る道のようだ、と気づく。歩道の端のフェンス越しに見ると、暗闇の中でも、綺麗にグリーンが広がっているのが分かった。とはいえ、真冬の夜にプレーする人はいない。

しかし、マンハッタンから一時間もかからない場所にゴルフ場があるものか……いや、東京も同じだろう。多摩地区のゴルフ場なら、都心から一時間ほどだ。ニューヨークは意外に緑が多い――それが濱崎には驚きだった。確かに、マンハッタンはビルが立ち並ぶ人工的な街だが、その真ん中には巨大なセントラル・パークがある。一歩郊外に出れば、やたらと元気のいい街路樹が道路を埋め尽くし、さらに高速道路は森の中を走っていることも珍しくない。勝手にイメージするのと、実際に見るのとはだいぶ違うのだな、と濱崎はこの街に来て改めて実感していた。

煙草に火を点ける。ぼろぼろになった携帯灰皿をダウンジャケットのポケットから取り出しながら苦笑した。アメリカは喫煙者を迫害する国だと言われているが、それは公共の場所で吸えないせいではないかと思っている。歩き煙草などについては、日本の方がよほどうるさい。この携帯灰皿も、日本で使っていた習慣のままアメリカに持ってきて重宝しているのだが、さすがにずっと使い続けてぼろぼろになってきた。今度帰国した時に、新しいものを手に入れよう、と決めた。

無事に帰国できれば、だが。自分の立場は、何となくまだ不安定な感じがする。

ニコチンを肺に入れると、急に冷静になった。ヒッグスのベンツは、まだ道路端に停まっている。いったい何なのか……誰かを待っているようだが、だとしたらここは、待ち合わせ場所としてはあまりにも不適切である。誰かと待ち合わせるなら、もう少しはっきりした目印がある場所にすべきではないのか。あるいは馴染みの相手で、ここが待ち合わせ場所に適していると分かっているのか。先ほどから車は一台も通らないし、当然人通りもない。どうやらこの辺には民家もないようで、秘密の話をするには、いかにも相応しい。

ニューヨークの冬に手袋は必須だな、と濱崎は後悔した。両手をダウンジャケットのポケットに入れていても、ほとんど温まらない。ジッポーに着火して、温まったケースを握り締めるとわずかな温もりが生まれたが、こうやってオイルを消費するのも馬鹿馬鹿しい。歩道の端には結構枯れ枝が落ちているから、焚き火でもしようかと本気で考え始めた。通報されたらアウトだが、通報しそうな人間はヒッグスしかいない。

今度は、先ほどとは逆方向、西向きの電車が通って行った。やはりスピードは出ていない。スマートフォンを取り出し、自分の現在位置を確認すると、ガーデンシティの駅のすぐ近くだと分かった。

急に、ヘッドライトの光が瞬《またた》く。その光が大きくなり、すぐに消えた。一歩踏み出して確認すると、ヒッグスのベンツの後ろに、一台の車が停まったところだった。暗くて車種までは分からないが、ベンツよりも車高が低いのは間違いない。背の低い、スポーツタイプの車だろう、と想像した。目を細め、ナンバーを頭に叩きこむ。

太い街路樹の陰に身を隠し、様子を見守る。ヒッグスがようやくベンツから降りてきた。分厚いコートにマフラー、手袋という完全防備。後ろの車からも人が降りてきた。白人男性、ヒッグスよりは背が低い。もしかしたら、結構年がいっている感じだろうか。ヒッグスが手袋を外し、男と握手を交わす。初対面という感じではなさそうだった。二人は、一言二言会話を交わし、ヒッグスのベンツに乗りこんだ。ドアが開いて二人がシートに腰を落ち着けるまでのわずかな間、見知らぬ男の顔が車内の照明に浮き上がる。やはり六十歳ぐらいの男で……どこかで見た記憶があった。白髪を綺麗に撫でつけ、口髭も完璧に整えている。やや険しい表情だが、それは寒さのためかもしれない。仕立ての良さそうなキャメル色のコートの襟元から、浮かび上がるように金色のネクタイが覗いていた。

ほどなく車内の照明が自動的に消え、二人の顔が闇の中に溶けた。濱崎はカーブの奥にまで下がり、二本目の煙草に火を点ける。そう簡単には出てこないだろう、という読みがあった。

煙草を一本灰にして前へ出ると、二人はまだベンツに乗っていた。闇の中で何かが動いたが、何なのかは分からない。もう一本吸うか……しかし携帯灰皿が吸い殻でいっぱいだ。捨てなければならないのだが、この辺の道端に捨てるのは危険である。煙草がどれだけ、個人情報を提供してくれるか——血液型、DNA型など、一目瞭然である。ここニューヨークで追われる身ではないのだが、余計な証拠は残さないに限る。

煙草を取り出したところで、車の中が明るくなった。ドアが開いたのだ……先にヒッグスが車を降り、続いて助手席のドアも開く。どうやら話し合いは終わったようだ。反射的に腕時計を見ると、初老の男がベンツに乗りこんでから、十分が経っている。それほど難しい話し合いではなかったようだ。

ヒッグスが助手席側に回りこみ、初老の男の肩を何度か叩く。そこそこ親しそうな関係を連想させる動き……ヒッグスが右手を差し出した。今日のところはこれで終わり、お疲れ様でした、というところか。

しかし次の瞬間、濱崎は不穏な音を聞いた。「プス」という軽いが殺気を感じさせる音。次の瞬間には、ヒッグスが正面から強烈なパンチを食らったように、仰向けに倒れた。膝が折れ、体を仰《の》け反らせるようにして倒れたので、まず後頭部がアスファルトにぶつかる。初老の男は、右手を差し出す代わりに銃を出したのだ。何てこった、銃撃事件の現場を目撃してしまうとは。

濱崎は、本能的に走り出した。初老の男は、既に自分の車に向かっている。逃してはいけない——刑事の本能が告げていたが、同時に男を止める手が何もないことにも気づいていた。徒手空拳、武器が何もない状態で拳銃に立ち向かえるはずもない。

「待て!」考えるより先に、声を出してしまった。十メートル先には、倒れたヒッグス。血が広がり、芝生を黒く染め始めるのが分かった。ヒッグスはぴくりとも動かない。間違いなく死んでいる。

初老の男が振り返った。闇の中、その表情ははっきりとは見えなかったが、彼が右手をさっと動かすのは分かった。

次の瞬間には、濱崎も後ろに吹っ飛ばされていた。

意識が戻った瞬間、濱崎は吐き気を覚えた。何なんだ？　どこを撃たれた？　撃たれるのは初めてではないが、こんな吐き気は経験したことがない。次の瞬間には、揺れのせいではないかと訝った。寝ているのだが、激しい振動で、脳が揺さぶられている。必死で吐き気をこらえ、目を開ける。途端に、腹に痛みが走った。腹を撃たれたのか……これは多分、駄目だな。太い動脈が切断され、自分の命が流れ出す様を濱崎は想像した。

「心配しないで。大した怪我ではないです」

女性の声が上から降ってくる。クソ、目の焦点が合わない……ぼんやりした視界の中で、年齢不詳の女性が自分を覗きこんでいることだけは分かった。誰なんだ？　救急車のスタッフ？　そうだろう。しかし、大した怪我ではないとは何事だ。体の内部で何か爆発したような痛みに襲われているというのに。

「脇腹を撃たれたんです。多分、内臓には損傷はありません」

マジかよ。だったら、内臓を撃ち抜かれていたら、どうなってるんだ？　濱崎は静かに目を閉じた。何が何だか……いや、状況は分かっている。自分がこれから、面倒なことに巻きこまれるのも予想できていた。この窮地を救ってくれるのは……一人しか思いつかない。

「連絡を取りたい相手がいるんだが」声を出すと、喉がひりひりと痛んだ。長い間、水分を取っていない感じ……いったい、撃たれてからどれぐらい経つのだろう。

「誰ですか？」

「ニューヨーク市警……ESS1のブラウン隊長」

「知り合いなんですか？」

「ああ、親友だ」

「とんでもない嘘をついたそうだな」

冷酷なブラウンの声で、濱崎は我に返った。病院のベッドの上らしい……何とか生きているということか。ほっとして体を起こそうとしたが、それはさすがに無理だった。目を開けると、激怒寸前のブラウンの顔が目の前にあった。目が血走っている。

「嘘？　何のことだ？」

「私を親友だと言った」

「違うのか？」

「違う」

「今日からあんたを『ブラザー』と呼ばせてもらっても構わないかな」

「その言い方は、アフリカ系アメリカ人のコミュニティの外で使うと危険だ」

濱崎は唾を飲んだ。硬いものを無理に飲み下そうとする時のように、喉が痛む。

「そうなのか?」ようやく押し出した声はかすれていた。

「馬鹿にしているように聞こえる。特に君のような日本人が言うと、大変不自然だ」

「了解」

濱崎は両肘を使い、何とか上体を起こした。目眩《めまい》が襲い、右の脇腹に鋭い痛みが走った。

だが……体の中心部には痛みはない。今は、右の脇腹だけを怪我しているのだと、ようやく意識できるようになった。

ブラウンは手助けせず、腰に両手を当てたまま濱崎の動きを凝視していた。

「少しぐらい手を貸してくれてもいいんじゃないか」

「断る」ブラウンがあっさり言った。「君は、連絡を取りたいとだけ言ったそうだな。手を貸してくれというメッセージは受け取っていない」

「原理主義者か」

「ゲンリ……」ブラウンが眉をひそめる。

「融通が利かない人間っていうことだ」

「このまま帰ってもいいんだが」ブラウンが立ち上がりかける。

「ああ、ちょっと待ってくれ……あんた、俺から話が聴きたいんじゃないか」

「どうして？」ブラウンが椅子を引いて座る。

「警察官として。あんたにだけ、事情を話しておいてもいい」

「それは、捜査する刑事に言ってくれ。もう、外で待機してるんだ」

「マジかよ……」言って、濱崎は両手で顔をこすった。べったりとした感触が鬱陶《うっとう》しい。

「あんたに話すから、あんたから説明してやってくれないか」

「それはできない」ブラウンが首を横に振った。「それは私の仕事ではない」

「まったく……管轄の問題をすぐ持ち出すところなんか、警察は世界中どこへ行っても同じなのかね」濱崎はぶつぶつと愚痴をこぼした。

「そういう君も警察官だったわけだが」

「今は違う。民間人としての感想だ……ところでここは、どこの病院だ」

「ブルックリン」

「助かるね。それなら家まで歩いて帰れる」

「それは好きにしてくれ……大変なチャレンジになるとは思うが」

「ま、少しゆっくりするよ。最近働き過ぎだったから」

「無理だな」ブラウンが、どこか嬉しそうな表情を作って首を横に振った。「ここにいられるのは、二、三日というところだ。すぐに追い出される」

「おいおい、俺は重傷なんだぞ」濱崎は顔をしかめた。

「私も三日で病院から追い出された。君の場合、分厚い腹の脂肪を銃弾が貫通しただけだから、本当は今晩泊まる必要もないぐらいなんだ」

「ひでえ話だな、ええ？」

「それで？」濱崎の愚痴を無視して、ブラウンが訊ねる。

濱崎は一つ深呼吸して、自分が追いかけていたことを正直に話した。もちろん、先日話した後から起きたことを中心に。話しているうちに、ブラウンの眉間の皺がどんどん深くなり、クォーター（25セント硬貨）が挟めそうになった。

話し終えると、ブラウンは深く溜息をついた。この世の終わりが来たとでも思っているのか、と濱崎は皮肉に思った。

「馬鹿か、君は」

「何で俺が馬鹿呼ばわりされなくちゃいけないんだ」

「のこのこ出ていって『待て』なんて叫んだら、撃って下さいと言わんばかりだろう。そういう時は、さっさと911に通報すべきなんだ」

「ああ、アメリカの緊急通報は911だったな」

「君が、そういうことを知らないわけがないだろう」

「忘れてたよ」濱崎は肩をすくめた。痛みはそれほど気にならなくなっており、ブラウンをからかってやりたいという悪戯心が芽生えている。本当はそんなことをしている場合ではないのだが。濱崎の内心を読んだように、ブラウンがぴしゃりと警告した。

「いい加減にしてくれ。遊んでいる暇はない。相手の顔は見たのか」

「いや……なにぶん暗かったからね」それでも濱崎は、身長百七十八センチぐらい、推定年齢六十歳と、認識できた限りの情報を提供した。「それで、ヒッグスは？」

「死んだ。即死だったようだ。至近距離から一発くらっている」

「だろうな」濱崎はすっと右手を伸ばした。ブラウンの胸まで十センチ。「握手をするふりをして銃を抜いたんだと思う。あれじゃ、絶対に逃げられない」

ブラウンが、濱崎の手を横から払った。

「アメリカでは、こういうこともやっちゃ駄目だ。わざわざ相手を挑発して、撃たれたらどうする」

「そういう処世術よりも、銃規制を本気で考えるのが本筋じゃないのか」濱崎には納得できないことだった。銃が野放しになっているからこそ生まれたルールが多過ぎる。

「それは、今すべき議論じゃない。とにかく君も、アメリカで生きていくつもりなら、覚えなくてはいけないことがたくさんあるんだ」

「なるほどね。参考にさせていただきますよ」皮肉っぽく言って、濱崎は頭を下げた。

「今の話は、外で待機している刑事たちに話しておくが、もう一度自分の口からはっきり言ってくれ」

「二度手間は面倒だな」

「君が刑事でも、同じようにするだろう。パトロール警官がきちんと事情聴取した後でも、自分で直接話を聴くはずだ」

「パトロール警官は信用していないからな」

「とにかく、決まりは決まりだ」

「美里を調べろ」

「またそれか」ブラウンがうんざりした表情を浮かべる。「私には、捜査権限はない」

「だったら、権限のある奴に話せ」

「私も忙しいんだ」ブラウンは本気で怒っている様子だった。「今も、大事な人との面会をパスして、ここまで来たんだから」

「そいつはどうも……」濱崎はひょいと頭を下げた。「しかし、美里の調査はマストだ。だいたい、被害者の周辺を調べるのは当然だろうが」

「君に教えてもらう必要はない」

「ああ、あんたももう少し礼儀を覚えた方がいい」

「十分礼儀的だと思うが」

「俺に対しては、頭を下げてもらってもいいと思うけどな」

「いい加減にしろ」ブラウンは椅子を蹴るように立ち上がる。「時間の無駄だ」

「そうかな」濱崎はにやりと笑った。「もっと大事な情報を知りたくないか」

「まだあるのか？　隠していると、ろくなことにならないぞ」

「まあまあ……一番好きな物は最後に食べるタイプなんでね、俺は。犯人の車のナンバー、知りたくないか？」

　まさか。

　その情報を聞いた時、ブラウンは唖然として立ち尽くした。

　ダブルH？　あの男がアール・ヒッグスという投資アドバイザーを撃ち殺した？　あり得ない、という感想がまず頭に浮かぶ。ダブルHは功成り名遂げた人間である。金も持っている。社会的な評判もあるわけで……そんな人間がいきなり人を撃ち殺すとは考えられない。

「ブラウン隊長？」

　呼びかけられ、ブラウンははっと我に返った。目の前には、彼とそれほど身長の変わらない、白人女性が立っている。ガーデンシティ署のアン・ハーバード刑事。富裕層が暮らす街として有名なガーデンシティはナッソー郡に属し、ニューヨーク市とは別の行政区分に入る。当然、独自に警察もあるわけだ。ただし、ロングアイランド自体、ブルックリンやクイーンズと地続きであり、ニューヨークへ仕事で通っている人も多いので、警察同士の協力体制も緊密である。ただブラウンは、この女性刑事と会うのは初めてだった。

「失礼」咳払いして、廊下のベンチに腰を下ろす。濱崎の病室には、他の刑事が入って事情聴取をしている。アンは連絡係として、先ほどからあちこちに電話をかけまくり、情報を集めていた。

そして、車のナンバーから、ダブルHがヒッグスを撃った可能性が浮上したのだ。

「知り合いなんですか？」

「会ったことがある」

「それは、どういう……」アンの声に戸惑いが混じった。

「この前の、マンハッタンの立てこもり事件を覚えてるか？」

「ああ、そうですね」アンの顔に影が差した。「ダブルHの息子の犯行でしたね」

「犯人を射殺したのは、私の部下なんだ。一応、その件について説明しておこうと思ってね」

「それは大変でした」立ったままのアンが、ブラウンの腿に視線を落とす。「その怪我は……」

「ダブルHの息子に撃たれた」

「それなら、後ろめたい気持ちになる必要はないと思いますが」

「そう簡単には割り切れない」ブラウンは両手で顔を擦《こす》った。「人が一人死んでいるんだ」

「ESUは、もっと……クールに仕事をしているのかと思いました」

「そんなことはない。それより、ダブルHの情報を聞かせてくれ」

「車に関してですが、ガーデンシティの自宅、会社、両方ともに調べましたが、ありません」

「盗まれた形跡は？」

「少なくとも今日の夕方までは、自宅ガレージに停めてあったそうです。夫人が確認しています」

ダブルHは、自宅のガレージに何台かの車を停めている。今回、濱崎がナンバーを見た車は、最新型のコルベットである。愛国心に燃える金持ちがアメリカ製の車を買おうと考えた時、キャデラックと一緒に、まず頭に浮かぶモデルだ。六十歳の男が乗る車とも思えないが……ダブルHも、息子に劣らず車好きということか。

「手配は？」

「州警察を通じて手配しましたが……今のところ、行方不明です」

「分かった。銃に関しては？」

「所持許可は得ていません」

「だったら、彼が使った銃は……」

「現場で銃弾を発見しています。分析が終われば何か分かる——明日の朝には銃は特定できると思います」

ニューヨークは、銃には厳しい街だ。「全米で最も規制が厳しい」とも言われている。銃を持ち歩くことはもちろん、保管してある銃も、弾丸を装塡することは許されない。要は、この州ではほとんど、銃を撃つ機会がないということだ。それでも、手に入れようと思えば銃が手に入るのがアメリカという国である。実際、ジョー・ハインズは、銃を持って美里の店に押し入った。濱崎ではないが、警察官の立場からすれば、銃規制はもっと強く推し進めていかなければならないことである。

「いずれにせよ、ダブルH本人がアール・ヒッグスと目撃者を撃って車で逃走中、ということだね」

「ご指摘の通りです。自宅と会社は監視下に置いています……隊長、この件は、この前の立てこもりに関連する事件なんでしょうか」

「何とも言えない」ブラウンは松葉杖を廊下に叩きつけ、その勢いで立ち上がった。最近は、立ち上がる時は杖に頼るのではなく、右足一本で立つように努力している。これなら、バランス感覚を養う訓練にもなるし。

「隊長は、目撃者——あの日本人とはお知り合いなんですか」

「私が視察で日本に行った時に知り合った」隠すこともないだろうと思い、ブラウンは打ち明けた。濱崎は、全く別のことを話して、ガーデンシティの仲間たちを混乱させるかもしれないが。

「なるほど」アンが素早くメモ帳に情報を書きつける。

「彼も、元々は警察官なんだ。だから、観察眼は信用していいと思う」心は信用できないが。いつもふざけていて、どうにも本音を覗かせない性格は、一切変わっていない。

「そうですね……どうしますか？　事情聴取が終わったら、こちらとしてはこれ以上引き止めておく必要はないんですが」

「それは、本人が何とかするだろう」ブラウンは敢えて放置することにした。子どもではないのだから、自分のことぐらい自分で守ってもらわないと。しかし、見ているとどうにも危なっかしい。ニューヨークにはニューヨークの流儀があるのに、あの男は日本でのやり方を貫き通しているようだ。ボクシングのリングに上がったのにレスリングをやろうとしているようなもので、あれではいつか、本当に致命傷を負いかねない。

「分かりました。隊長も、とんだ迷惑でしたね」

「まったくだ」ブラウンは薄く微笑んだ。そう、迷惑……しかし何故か、怒りはない。人の心の動きは、そんなに簡単に割り切れるものではないということか。

「マンハッタンまでお送りしましょうか？」

「いや、心配ない。部下が迎えに来てくれることになっている」こちらの事情聴取は、リズとアレックスに任せた。果たして二人が、どこまで話を聞き出せたか……ことは野球である。プロの世界に、足の指先を突っこみかけた自分なら、深い話に持っていくことができるはずだが、あの二人はどうだろう。信頼していないわけではないが、専門分野ではないのだ。

スマートフォンが鳴った。アレックス。ショートメッセージは「病院前で待機中です」だった。こちらが誰かと話している可能性もあると思って、電話はかけなかったのだろう。いかにもアレックスらしい、慎重な気遣いだ。

「ちょうど迎えが来たところだ」

「そこまでお送りしましょうか？」

「いや」ブラウンは、左の腋の下に挟んだ松葉杖で、廊下の床を二度叩いた。「この松葉杖は、私にとってもう、第三の足となっている」

踵を返し、歩き出した。第三の足にしては、こっちの言うことを聞いてくれないな、と腹立たしく思いながら。

「どうでしたか？」

ブラウンが車に乗りこむなり、アレックスが訊ねた。ダブルHが犯人らしいと告げると、アレックスが黙りこむ。ハンドルに両手を置いたまま、車を出そうとしない。

「アル、そろそろ帰ろうか。夜も遅い」

「イエス、サー」アレックスにしては乱暴に、車を急発進させた。珍しく、気持ちの乱れが運転に現れている。

「今回の件、私のミスが引き金なんでしょうか」

「君がミスをしたという情報は、俺のところには入っていないが」言いながら、ブラウンは不気味な不安を感じていた。

「しかし、幾つかの要素がつながります」

それは間違いない——濱崎の情報を信じるとしたら、間違いない。ダブルHは、立てこもり事件の犯人であるジョー・ハインズの父親。今回の被害者は、立てこもり事件の人質であった美里の知り合い。

「ボス、ミズ・ワダは無事でしょうか」

「俺もそれが心配なんだ」

ブラウンはスマートフォンを取り出し、タッカー——最初にハインズの立てこもり事件を担当した刑事だ——に電話をかけた。公式には立てこもり事件の捜査は終わっているが、美里の身の安全を確保するためには、彼に動いてもらうのが筋である。ただ……自分の立場を説明するのが面倒臭い。

実際タッカーは、いかにも疑わしげに反応した。

「どうして君が、そんなことを言い出す？」

「事情は後できちんと説明しますが、その前にまず、彼女の身の安全を確保してもらえませんか」

タッカーが黙りこんだ。しかしすぐに「分かった」とだけ言って電話を切ってしまった。

ブラウンは汗をかいているのに気づき、手の甲で額をぬぐった。

「何とか大丈夫だと思う」美里がまだ襲われていなければ。

「ミスタ・タッカーですか？」

「ああ。後で事情を説明しないといけないだろうな。その際、君は見えないようにしていろ」

「どういう意味でしょうか、サー」

「この件は、俺が一人で調べていたことにする。君とリズは何もしていない。いいな？」

「それは事実に反しますが」

「怒られる人間は、少ない方がいいんだ」

「疑われますよ」アレックスも引かなかった。「ボスが、一人で動けないことぐらいは、市警の人間は誰でも知っています」

「自分の尻拭いぐらい、自分でできる。心配するな」

アレックスが黙りこんだ。命令だからどうしようもないと思っているのだろうが、不機嫌な波がはっきりと伝わってくる。だが、有能な二人をトラブルに巻きこむわけにはいかないのだ。絶対に。

二十分後、タッカーから折り返し電話があった。アレックスの運転する車は、まだブルックリンを走っている。

「彼女は家にいて無事だ」

「それはどうも――」

「念のために、自宅近くでパトカーを巡回させることにした。ただ、現段階ではこれ以上のことはできないぞ。それより、事情を話してもらおうか。もう手は打ったから、後づけの話になるが」

ブラウンは、今夜の出来事を説明した。タッカーは時折質問を挟みこみながら、素直にその説明を聞いていた。話し終えると、溜息を一つこぼす。

「本当に、お前が一人で調べ上げたのか?」

「信じられないようでしたら、ガーデンシティ署に確認して下さい。今夜、私は一人きりで病院にいましたから」

「お前を疑うことはなかったな――少なくとも今までは。今後も同じでいいのか」

「もちろんです」かすかに良心の痛みを感じながらブラウンは言い切った。

「分かった」タッカーがあっさり引いた。「お前がそう言うなら、信じるしかない」

「恐縮です」

「それで、だ」タッカーがやけに間延びした声で言った。「ガーデンシティ署の担当者の名前は？」

「アン・ハーバード。女性です」責任者は別にいるのだろうが、自分が直接話したガーデンシティ署の刑事は彼女一人だ。

「分かった。こちらから連絡を取ってみる」

「ちなみに、美人です」

「結構、結構」タッカーの声からようやく緊張が抜けた。「お前のような堅物を相手にしているよりは、美人と話している方が百倍気が楽だ。お前も、もう少し柔らかくなった方がいいぞ。俺からの忠告だ」

「話は聞きました」

「それだから……」タッカーが溜息をつく。「とにかく、余計なことはするなよ」

「承知しています」

電話を切り、ブラウンはさっそく「余計な」指示をアレックスに与えた。

「アル、ミズ・ワダの住所は控えてあるな」

「もちろんです、サー」

「そこへ向かってくれ」

ちらりと横を見ると、アレックスは眉間に皺を寄せていた。

「失礼ですが、今、ミスタ・タッカーとどのようなお話をされたんですか」

「君が知るべき必要があることではない」頭の上がらない先輩から釘を刺された、などと言えるはずもない。

「え？」

「イエス、サー」

それきりアレックスが黙りこんだ。まあ、いつものことで……アレックスは滅多に自分からは口を開かない。そうするのは大抵、指示を求める時だ。今、指示はした——あとは自分の目で直接、美里の無事を確かめるだけ。そして、話をしておきたい。タッカーが動き出す前に、自分でもきちんと事情を把握しておきたかった。

アレックスは、マンハッタン・ブリッジを使ってマンハッタンへアプローチした。この方が、ブルックリン・ブリッジを使うよりもソーホーには近い。さて、どんな顔をして彼女に会うべきか……ブラウンは顎に拳を当て、考え始めた。

結局、ストレートにいく手しか思いつかなかった。ソーホーの南側、チャーチ・ストリート沿いにあるコンドミニアムの前に車を停め、ブラウンはまたも苦労して車から降り立った。松葉杖を使っていて一番困るのが、車の乗り降りである。しかしアレックスには

「手助け厳禁」を言い渡していた。これぐらい自分でこなせなくてどうする。

外観はかなりぼろぼろの建物——ニューヨークではよくあることだ。内装は常に綺麗に改装されていて、中へ入ってしまえば快適な生活を送れるのだが。それにしても彼女も、結構稼いでいるのは間違いない。小さな会社でも、それなりに儲かっているのだろう。

インタフォンを鳴らすと、すぐに返事があったのが意外だった。タッカーは、彼女に警告している。用心して居留守を使うのではないか、とブラウンは想像していたのだ。

「市警のモーリス・ブラウンです」

「先ほどの方は……」

「別の者です。あなたの会社の現場でお会いしました」

「もしかしたら、撃たれた人ですか？」

「面目ありませんが、その通りです。ちょっとお話しさせていただいてよろしいですか？先ほどの続きです」

「外へ出てもいいでしょうか。家の中は……」

「結構です」

会話を終え、ブラウンは周囲を見回した。エントランスに引っこんでいるので、安全は安全だ……しかし、ここへ追い詰められたら逃げるのは難しい。ダブルHは今でも銃を持っている可能性が高いのだ。自分もアレックスも公務中ではないので、銃は持っていない。

何かあってもできないわけだ。いざという時は車だな、と判断する。何かあってもすぐに逃げられるわけだし。

五分ほど寒さに耐えて待っていると、美里が出て来た。寒さに用心して、ダウンジャケットを着こんでいる。こんな時間――午後十時を過ぎているのに化粧も髪型も完璧で、これからすぐにでも仕事に出て行けそうな感じだった。今の短い時間で、身づくろいを終えたとは考えられない。

「車に乗って下さい」バッジを示しながらブラウンは言った。「外で話していると凍死します」

美里が短く笑い、ブラウンは違和感を覚えた。知り合い――ヒッグスが射殺された直後だというのに、それほど衝撃を受けた様子がない。もしかしたらタッカーは、彼女にヒッグス襲撃について話していないのかもしれない……そうに違いない。彼に事情を話したのは、美里に忠告するよう依頼した後だった。自分が事実を告げるのか――それを考えると、途端に気が重くなる。

車に落ち着くと、ブラウンは間髪をいれず切り出した。こういう時は、下手な前置きはない方がいい。

「あなたは、ミスタ・アール・ヒッグスと知り合いですか」

「誰ですか？」

「ミスタ・アール・ヒッグス。彼が殺されました」おいおい……そもそも濱崎の情報が間違っていたのか？　あの野郎、ふざけた話を……しかし、気づくと美里は泣き出していた。

「知り合いだったんですか？」

「……仕事で、何度かお会いしたことが……殺されたって、どういうことなんですか」

「ロングアイランドで、今晩射殺されたんです。犯人は現在も逃走中で、それであなたに警告したんですよ。今後、自宅の周辺ではパトカーが巡回する予定です。十分、気をつけて下さい」

「でも、殺されたって……どういうことなんですか」

「状況的に、強盗や通り魔ではありません。顔見知りの犯行と思われます。ですから、ミスタ・ヒッグスの関係者には、十分気をつけてもらう必要があります」

「犯人は誰なんですか」鼻をぐずぐずいわせながら美里が訊ねる。

ブラウンは一瞬、判断に迷った。犯人は分かっている——濱崎の目撃証言が正しければ。ただしこれはまだ、極秘の捜査情報であり、漏れれば大騒ぎになる。何しろダブルHは、ニューヨークの社交界では有名な人物なのだ。

「まだ分かりません。私は直接捜査に関与していないので……」ここでまた迷う。濱崎の名前を出すべきかどうか——やめておくことにした。あいつは「ジョーカー」のようなものだ。最高の手札になる可能性もあるが、一気に全てをぶち壊してしまう恐れの方が強い。

「どうしてこんなことになったんでしょう。何でロングアイランドなんかに……」

「彼は、ロングアイランドに誰か知り合いでもいましたか？」

「分かりません。顔は広い人でしたから、クライアントがいてもおかしくないですけど……夜はあまり仕事をしないタイプでした」

「気を落とさないように」

ブラウンは日本語に切り替えた。泣いているせいか、美里の英語は怪しくなっていて聞き取りにくい。

「日本語……」

「私は元々、日本で生まれ育ったんですよ。その後も日本語は勉強していますから」

「そうなんですか」

「あなたも、こんな大きな街で、日本人一人で頑張るのは大変かもしれませんが、気を落とさないように。それに、身辺には十分注意して下さい。あんなことがあったばかりですし」

「でもあれは、偶然みたいな事件じゃないですか。一度あんなことがあったら、逆に悪運は逃げていくんじゃないですか」

「ずいぶん前向きですね」

「前向きにならないと、ニューヨークでは生きていけないじゃないですか」美里が指先で涙を拭きとり、笑みを浮かべた。「弱くなったら、その時点で負けですよ」

「それにしても、あなたは強い」

美里が肩をすくめた。この辺が潮時か……何となく釈然としない感じがするが、今夜はこれ以上攻めても何も出てこないだろう。それに、初めてまともに話した印象として、かなりしたたかな感じだった。いや、それは濱崎の話を聞いていたからかもしれないが。

「何か、危ないことはありませんか？」ブラウンは会話を英語に戻した。

「今のところは何もないですが……」

「ミスタ・ヒッグスは、仕事上の敵はいなかったんですか」

「それは……投資アドバイザーとしての仕事については、私はよく知らないんです」

「仕事で何度か会った、という話ですよね」説明が微妙にずれ始める。

「それは、彼の本業とは直接関係ないことなんです」

「どういう仕事ですか？」

「それは……」美里が唇を嚙んだ。「ビジネス上の秘密もありますから、言えません。相手もいることですし」

「相当重要な仕事なんですね」

「ええ。でも、彼が亡くなってしまったら、どうなることか」

「ミスタ・ヒッグスがいないと回らない仕事なんですか」

「かなり厳しいですね」

メッツ買収だ、と予想した。ヒッグスがどれほどの腕を持った投資アドバイザーかはまだ分からないが、金の動かし方は知っているだろう。数十億の金が動く買収劇で、その中心にいた人物が殺されたとなったら、挙げようと思っていた手を引っこめざるを得ないだろう。しかし、彼女もこの買収劇に嚙んでいるのだろうか？　確かに、スポーツ観戦専門の旅行代理店をやっていて、多少はメジャーリーグと関係があるかもしれないが……何か、彼女ならではの役回りでもあったのだろうか。

美里を解放し――エレベーターに消えるまで見送ってから車に戻り、ブラウンは溜息をついた。

「ボス、途中で日本語で話していたようですが、何の話だったんですか」アレックスが少し不満そうに言った。

「いや、動揺していたから落ち着かせようとしただけだ。英語より日本語の方が自然に話せるだろうし」

「ミスタ・ヒッグスの仕事は何だったんでしょうか」

こいつも俺と同じことを気にしていたわけか……ブラウンは思わず笑みを浮かべた。部下と一心同体、という感じで心強い。

「何だろうな。それより、俺抜きの会見はどんな感じだった」

「その件について、詳しくお話ししたいことがあります、サー」

第五章　買収工作

一晩経って、濱崎は銃創は重傷だと確信した。脇腹がずきずき痛み、夜が明ける前に目覚めてからほとんど眠れなくなってしまったのだ。銃創の治療方法は、日本よりアメリカの方がずっと進んでいるはずだが、そもそもアメリカ人は乱暴で不器用である。治療を担当した医師は信用できるのか……早く精巧な手術用のロボットを開発して、人間は引退すべきだと濱崎は思った。

痛みがひどかったので、朝食はパスし、ベッドでだらだらと時間を潰す。ふと気づいて左腕を突き上げ、腕時計を確認すると、既に十一時になっていた。痛みは和らぎ、唐突に空腹を覚える。脳裏に浮かんだのは、何故かラーメンだった。最近のニューヨークはラーメンブームで、街角のあちこちで日本人が経営する本格的なラーメン屋をよく見かける。いったいいつ、病院から抜け出せるのか。濱崎は痛みをこらえて、何とか身を起こした。その瞬間、病室のドアが開き、一人の男が入って来る。ノックもなしに無礼な奴だ……と睨みつけた。

日本人。

きちんとスーツとコートを着こみ、上質そうな革の手袋も着用している。どうやら自分と同年代。濱崎に向かってうなずきかけると、「座っていいですか」と訊ねた。

「どなたですか」濱崎は意識してむっとした表情を浮かべた。

「ニューヨーク総領事館の三島《みしま》と言います。座っていいですか？」座ることが世の中の何よりも大事であるかのように、三島が繰り返し言った。

濱崎はうなずいたが、警戒心はマックスだった。領事館の人間……犯罪に巻きこまれるよりひどいかもしれない。何か、日本国内で俺にまつわる問題が起きているとか。

三島が、小さな椅子を引いて座る。濱崎に近づくのを恐れるように、ベッドからは不自然に距離が開いた。手袋を取り、コートのポケットに突っこむ。病室の中はかなり暖かいのだが、コートを脱ごうとはしなかった。

「何の用事ですか」濱崎はぶっきら棒に訊ねた。

「怪我の具合はいかがですか」

「痛いですよ」濱崎は正直に答えた。「領事館の人は、わざわざこの程度の怪我で見舞いに来るんですか？」

「在留日本人の安全に気を配るのは、我々の大事な仕事なので」三島が素早くうなずく。

「それはどうも」濱崎はうなずき返した。「それで、見舞いの品はいただけるんですか?」

「領事館にはそういう予算はありません」三島が素っ気なく言った。

とっつきにくい男だな、と濱崎は思った。コートを着ていても分かるスリムな体型。顎は鋭く尖り、眼光も鋭かった。ただし……警察官ではないだろう。警察から外務省への出向組もいるのだが、彼らの性向は、勤める役所が変わっても変わらない。一度警察官になった人間は、死ぬまで警察官なのだ。この男には、警察官に特有の図々しさがない。

「……それで、何の用ですか?」濱崎は改めて訊ねた。

「私はメッセンジャーなんですが」

「誰の?」

「警視庁の、とある部署の」

濱崎は思わず唾を飲んだ。自分の出身母体……トラブルを起こして警察を辞め、その後また事件に首を突っこんで日本から逃げ出した──元同僚たちが、自分に対してどういう方針で臨むつもりなのか、まったく予想がつかなかった。もしも自分が巻きこまれた一件をきちんと立件するつもりなら、とうに手を出していたはずである。ニューヨークにいようがモスクワにいようが、追いかけて身柄を拘束しようとしただろう。

唯一、安心できる材料は、それこそ今まで警視庁が自分を追って来なかった事実である。出国記録などは当然把握しているはずだし、ビザの関係で何度か日本にも戻っている。警視庁がその事実を摑んだら――調べるのは極めて簡単だ――とっくに接触してきたはずだ。一種の結果論だが、「警視庁は許した」と自分を納得させようともしていた。

「詳しい事情は、私は知りませんが」前置きして三島が続ける。「警察としてはあなたを追及しないことに決めたそうです。今日はそれをお知らせに来ました」

「警視庁も、予算には苦しんでいるわけだ」

「は？」三島が目を細める。

「自分たちで知らせに来ないで、わざわざ人を寄越すんだから……ニューヨークへ出張する金もないんですかね」

「私も警視庁の人間ですが」

濱崎は思わず口をつぐんだ。どうしても刑事には見えないのだが……三島は、濱崎の疑念を鋭く読んだようだった。

「外務省へ出向中です。ですから、私を通じてメッセージを送ってくるのは、おかしくも何ともない」

「なるほど」濱崎は腹の上で手を組んだ。「じゃあ、パーティをしないといけないな」

「パーティ？」

「無罪放免の」

「どうぞ、ご自由に」呆れたように三島が首を横に振った。「招待状は不要ですよ。どうせ私は出席しませんから」

「それは残念だ。俺は友だちが少ないから、出席して欲しかったんだけど」濱崎は真顔でうなずいた。

「ところであなた……どうして撃たれたんですか？　何も知らないのか？　総領事館に勤めているくらいだから、情報収集はお手の物だと思うが。いくら物騒なニューヨークでも、発砲事件で負傷者が出たら、ニュースになっていそうなものだし」

「知らないんですか？」

「詳しい事情は分かりません。ニュースで見ただけですから……それにしてもあなたも、摑みにくい人ですね。普段は何をしてるんですか？」

「コーディネーターの手伝いを」

「金になりますか？」

「この街で暮らしていけるぐらいには」濱崎は肩をすくめた。

「なるほど……また何か、妙なことに首を突っこんでいるんじゃないでしょうね？」

「こっちは被害者ですよ！」濱崎はむきになった振りをした。「そういう言い方をされると、実にむかつくな」

「これは失礼」三島がさっと頭を下げる。「率直な言い方をするように、教育されていますから」

「あんた、公安じゃないね？」

「違います。公安だったら、率直に言わないように教育されるでしょう」

濱崎は思わずにやりと笑った。三島の表情に変化はない。鉄面皮《てつめんぴ》か……やはりやりにくい相手だ、と濱崎は苦笑した。

「私の仕事はこれで終わりですが」三島が立ち上がりながら言った。「一つ、忠告していいですか？」

「どうぞ」濱崎は両手を軽く広げた。脇腹の傷がかすかに痛む。

「ニューヨークは、どんな人間でも呑みこみます。度量が広い街だ。しかしあなたは、自分で自分の居心地を悪くしているんじゃないですか？　何もわざわざ、トラブルに首を突っこまなくても」

「別に、突っこんではいませんよ」

「私が知っている情報とは少し違いますね……とにかく、私の仕事を増やさないでいただきたい」

「そういうつもりはないけど」

「邦人保護は、領事館の大事な仕事ですよ。あなたのような人でも、怪我したり事件に巻きこまれたりしたら、面倒をみないといけないので」

「仕事だったら、私情を交えずに淡々とやって下さい」

「そういうわけにもいかないんですけどね。あなたにも覚えがあるでしょう？」

「俺は、一切私情を交えずに仕事をしてきたよ」

「私が聞いている情報とは違いますね」

こいつは……やはり俺の過去にも探りを入れていたのだろう。元々警視庁の人間だから、少し電話をかければ情報はいくらでも手に入ったはずだ。辞めた男に対する悪評を集めるのは、難しくもない。

「言いたいことがあるなら、言ったらどうだ？」濱崎は凄んだ。

「もう、用件は済みましたよ」三島が腿を叩いた。「とにかく私は、面倒なことは大嫌いなんです」

「ということは、あんた、優秀な警察官じゃないな。優秀な警察官は、むしろ進んで厄介ごとに突っこんでいくものだ」

三島が鼻を鳴らした。ゆっくりと首を横に振り、一礼して部屋を出て行く。まったく、気にくわない奴だ……濱崎はベッドの上で姿勢を変え、痛みに呻《うめ》いた。そこでスマートフォンの着信音が鳴る。誰だよ……まさか、こんな時に仕事の話じゃないだろうなと思いつつ手に取ると、見慣れぬ電話番号が浮かんでいる。いや、かすかに記憶があるような……日本からの電話である。

「濱崎か？」

「大塚《おおつか》？」

まさかの相手——警視庁の同期で、濱崎が日本を逃げ出した時には刑事総務課にいた。

「何だか、怪我したって聞いたぞ」

「まあね。お前も早耳だな」

「それで、だ……三島っていう男が会いに行かなかったか？」

「たった今、病室から出て行ったよ」

「じゃあ、話は聞いたな？」探るように大塚が言った。

「無罪放免、らしいな」

「そもそも逮捕もされていないんだから、放免もクソもないだろう。とにかく、お前が発砲した件については、責任を問わないことになったから」

「意外だな」

正直な気持ちだった。濱崎が撃った相手は、いろいろと因縁のあったヤクザ、石本《いしもと》である。石本は逮捕されたが、自分を撃った相手として濱崎の名前を挙げたのは間違いないと思っていた。取り調べ、あるいは裁判で自分の名前が出れば、当然銃刀法違反、あるいは傷害容疑で逮捕状が出ると考えていたのだが……。

「石本は、俺の名前を出さなかったのか？」

「出したが……揉み消した」

「警察は、まだそういう悪いことをやってるのか」

「警察官は、基本的に面倒臭がり屋なんだよ」実際大塚も面倒臭そうに言った。「これ以上事件が複雑になったらたまらないだろうが。事件の筋書きは、常にシンプルであるべきだからな」

「とんだ怠慢だな、ええ？」逮捕される恐れがなくなったのに、何故かそれが不満でならない。「だいたい、石本がこのまま黙ってると思うか？」

「奴にはもう、そんな力はないよ。ヘマしたヤクザは、部下を失う。奴がお前に復讐しようとしても、手がないんだ。奴自身が服役を終えるのは、ずっと先の話だろうし」

「なるほど」ヤクザはしつこい。しかも「義理」と「筋」を大事にする——それは表向きで、実際にはコストパフォーマンスが最優先だ。金をかけるだけの価値があるかどうか、まずそれを考える。石本と濱崎のトラブルについては、わざわざニューヨークに人を派遣して決着をつけるようなことではない、と判断しているはずだ。

「だからお前、いつ日本に帰って来ても大丈夫なんだぜ」

「考えたこともなかったな」もちろん最初は、ニューヨークは単なる逃亡先だった。世界有数の大都会——ということは、隠れる場所はいくらでもある。しかし今、この街で暮らす刺激が、濱崎にはどうしても必要だった。金のことも、何とかなっているし。

「いつの間にか、すっかりニューヨーカーか？」からかうように大塚が言った。

「そうだよ。この街は、一度暮らすと離れがたくなる。不思議な街なんだよな」

「そうか……実は、帰ってくれれば仕事もあるんだけどな」

「俺は辞めた人間だぜ」濱崎は鼻を鳴らした。今更復職できるはずもないし、フリーの立場で警視庁の仕事を引き受けるのは気が進まない。いつの間にか取りこまれ、向こうのコントロール下に置かれてしまう。そんな人生は願い下げだった。「利用価値があるとは思えない」

「そんなこともない。適材適所っていう言葉があってな――」

「そんなことは分かってる」濱崎は大塚の言葉を遮った。「とにかく、今は日本に帰る気はない。ここが気に入ってるんだ」たとえ撃たれようが。余計なことに首を突っこむと危険な目に遭うのは、ニューヨークだろうが東京だろうが変わらないだろう。

「そうか……まあ、帰って来るつもりになったらいつでも連絡してくれ」大塚が気楽な調子で言った。

「俺に会いたいなら、お前がニューヨークに遊びに来ればいい」

「そんな金と時間の余裕はないよ」白けた調子で言って、大塚が電話を切った。

「参ったな」濱崎は思わず独り言をこぼした。「参った」は本来この場で口にすべき台詞ではないのだが、何だか気が抜けたのは事実である。三島、そして大塚から立てつづけに話を聞かされ、これまでずっと自分を貫いていた緊張感が、突然、完全に消えてしまったのだ。

スマートフォンをサイドテーブルに置いた瞬間、ノックの音が響く。先ほど、三島はドアを開けたまま帰ってしまったのだが、今度の相手は礼儀正しいようだ。すらりと背の高い、ブロンドの女性——昨夜濱崎から事情聴取した、ガーデンシティ署のアン・ハーバード刑事。こういう状況でなかったらお近づきになりたいタイプの女性だったが、今はとてもそんな気になれない。だいたい昨夜、病院で事情聴取を受けたばかりなのだ。一晩経ったぐらいで、新たに話すことができるわけではない。

「怪我の具合はいかがですか？」アンは丁寧に第一声を発した。

「痛みます」追及の手が厳しくならないようにと、濱崎は顔をしかめた。

「そうですか、それはよくない……いつまで入院している予定ですか？」

「病院の方からは、まだ何も聞いていないんですけどね」

「重傷ではないですから、すぐに追い出されるでしょう」

「重傷じゃない？　撃たれたんですが」濱崎は目を見開いてみせた。

「日本ではどうか知りませんが、アメリカでは入院は短く、が基本です」

「なるほど」

アンがうなずき、椅子を引いて座った。かすかに香水の香りが漂う……勤務中の女性刑事も香水をつけるものだろうか、と濱崎は訝った。警視庁時代、同僚に何人か女性刑事がいたが、彼女たちは一様に、化粧っ気がなかった。もっともアンの香水は、不快感を呼ぶ類のものではなかったが。

「昨日、聴き損ねたことがあります」

「どうぞ。答えられる限り答えます」濱崎は両手を広げた。

アンは、新事実を求めてきたのではないようだった。事実関係のすり合わせ……というより、俺を疑っているのだと濱崎はすぐに確信した。昨夜は撃たれて運びこまれたこの病院で、他の刑事たちから事情聴取を受けた。彼女にも会ったはずだが、記憶がいささか頼りない。いずれにせよアンは、証言の内容に矛盾がないかどうか、チェックしようとしているに違いない。

これは危険だ。昨夜は濱崎自身、何を喋ったか覚えていない。何しろ痛みと撃たれたショックで、半ば意識が朦朧《もうろう》としていたからだ。そうであっても、二回目の事情聴取で昨夜と矛盾したことを話せば、アンは遠慮なく突っこんでくるだろう。その追及から逃れられるかどうか。

濱崎はサイドテーブルに手を伸ばし、ミネラルウォーターのボトルを摑んだ。一口飲むと、食道と胃が冷え切り、空腹を強く意識する。体が順調に回復している証拠だろう……だが濱崎は、脇腹に手をやって体を前に折り曲げた。

「痛みますか？」アンが訊ねたが、心配そうな様子ではなかった。

「昨夜撃たれたばかりですよ」

「医者からは軽傷だ、と聞いています」アンがさらりと言った。

「まさか」

「脇腹をかすめただけですよ。多分、今日の午後には追い出されます」

「まさか」二度目の「まさか」。アメリカ人が長い入院を嫌うのは本当らしい。しかし、脇腹に穴が空いた状態で街に放り出されるのは恐怖以外の何物でもなかった。

「全治一週間」

「え？」濱崎は思わず聞き返した。

「医者の説明です。絆創膏でも貼っておけば治る、と」

「それはあり得ない」濱崎は反論したが、それが本当か嘘かは分からない。痛みは確実に感じているのだが、自分ではまだ傷を見ていないのだ。

「ご心配なく」アンが薄い笑みを浮かべる。どうやら、人を安心させるのが得意な人間ではないようだ。笑みの裏に、鋭い刃物が隠れている感じがする。「手短に済ませます」

「どうぞ」諦め、濱崎は溜息をついた。

アンの事情聴取は手際がよかった。短い質問をポンポンとぶつけ、こちらからも短い答えを引き出す。会話のリズムは心地好かったが、次第に居心地が悪くなってくる。どうやらアンは、濱崎が昨夜何故あそこにいたのか、疑っている様子である。そう、確かに昨夜もこの話は出た……自宅のブルックリンから遠く離れたあんな場所で……昨夜は何と答えたか、記憶がない。

「どうですか？」アンが身を乗り出した。

「そうですね」相槌を打ったまま、濱崎は口をつぐんだ。

「仕事だ、と言っていましたけど、その内容を詳しく」

ああ、彼女は刑事としてはまだまだだ、と濱崎は一安心した。自分からヒントを投げかける必要などないのに。

「仕事ですよ」

「どういう関係で？」

「それは申し上げられない」

「どういうことですか？」アンがすっと眉を上げた。ボールペンを構えた手が、手帳の上で止まっている。

「仕事上の秘密、ということです」

「あなた、コーディネーターだという話でしたね」アンがボールペンの先で手帳を突く。

「ええ。正確には、手伝いをしているだけですが」これに関しては、嘘はつかなかった。探りを入れられれば、すぐにばれてしまう可能性が高いと思ったから。

「そういう仕事で、秘密があるんですか？」

「ありますよ」

「守秘義務は、法的には保証されていないと思いますが」

「道義の問題です」濱崎は肩をすくめた。「表沙汰にできない仕事を引き受けることもありますから……違法な仕事というわけじゃないですよ」

「きちんと説明してもらわないと、納得できないんですけどね」

アンはしつこかった。しかし濱崎は、しつこい人間に対する対処方法はよく知っている。ひたすらはぐらかし続ければいいのだ。持久戦になっても、会話を交わしているだけなら体力を消耗することもない。そこに公務員の限界――時間切れもある……喜んで超過勤務をこなす公務員など、まずいないのだ。

同じ話題で十分ほど……結局アンが折れる。別の話題に移ったところで、濱崎はにやけないように気をつけながらうつむいた。質問が途切れたところで、濱崎は逆に質問をぶつけた。

「私を撃った人間は、見つかっていない？」

「ナンバーの車は手配しました……しかし本当に撃ったのかどうかは確定していませんよ」

「まさか」濱崎は眉間に皺を寄せた。「俺は間違いなく、車のナンバーを見ている」

「他に、証言してくれる人がいないので」アンがさらりと言った。「あなた一人だけの証言だと弱いでしょう」

「それはそうかもしれないけど……」

「あなたは、日本で警察官をやっていたと聞きました」

「それはそうだが」

「警察官なら、一本の線だけに頼るのが危険だということは分かっているでしょう」

「しかし、俺には他に言うべきことがない。車のナンバー以外に、何も知らないんだから。車の持ち主は何者なんですか」濱崎はさりげなく切り出した。

「容疑者に関することは言えません」

アンの顔が強張る。引っかからなかったか、と濱崎は内心舌打ちした。

「車のナンバーが分かっているんだから、犯人の特定は済んでいるでしょう。だいたい、『車を手配した』というのはどういうことですか？　容疑者と確定したからでしょう？」

「難しい面があります」

「どこが？」濱崎はさらに突っこんだ。アメリカの警察は、そんなに間抜けなのか？

「車のナンバーが分かっていれば、手がかりとしては十分でしょう。逮捕状が請求できるはずだ」

「そう簡単にはいかないんです」アンの表情がますます硬くなる。

「そう言われても、納得できないな。俺は被害者なんだけど」

「それは承知していますが、警察官には言えないことがあります。それは、あなたもよくご存じでしょう？」

「俺は常に、被害者に寄り添うようにして仕事をしてきた。時には犯人逮捕より、被害者を納得させることに力を入れていた」濱崎は適当な話をでっち上げた。実際にはまったく逆――犯人を逮捕することこそ被害者の悲しみを晴らす手段だと考えていた。そのために、被害者の感情を逆撫でしてしまったことも、一度や二度ではない。

まあ、昔の話だ。

「慎重になってるようですね」

「それには理由があります」

「厄介な犯人だとか？」

アンが口を閉ざす。その表情を見て、濱崎はピンときた。

「社会的に高い地位にある人？　要するにセレブ？」

無言。当たった、と濱口は確信した。仮にギャングの類なら、警察は遠慮はしない。警察が手をつけにくい人間ということになれば……セレブだ。

しかもアメリカの場合、セレブの犯罪は一定の割合で起こっている。その原因は概《おおむ》ね、社会に蔓延するドラッグだ。

「警察としては、申し上げられないことも多いんです」

「分かりますよ」濱崎は愛想よく言った。「とにかく私は、全てお話ししましたから」

「そうですか」アンが手帳を閉じる。「ありがとうございました。いつでも連絡が取れるようにしておいて下さい」

「そんなに何度も話をする必要はないと思いますが。個人的な話なら、いつでも歓迎するけど」

「私の方では、個人的な用件は一切ありません」冷たく言い放って、アンが立ち上がった。来た時よりも態度はずっと硬くなり、敵意さえ感じた。

取り残された濱崎は、ベッドを抜け出してみた。自分を撃ったのが誰か、気になる……もちろん自分が狙われたわけではなく、向こうは反射的に引き金を引いたのだろうが。

細いロッカーを開けると、昨夜着ていた服がかかっていた。小さな鏡があるのを見て、病院で着せられていた服をめくり上げてみる。腹をぐるりと一周する包帯。血が滲んでいるわけではなく、やはり重傷という感じではない。

自分を甘やかさないことにした。包帯を気にしながら着替え、もう一度鏡を見る。ジャケットとコートは裂けているが、着られないことはない……それに、ぼろぼろの服を着ていても何も言われないのがニューヨークという街だ。

脱出はスムーズにいった。止められるのではないかと思ったが、そんなこともなく、あっさり病院を抜け出す。

雨だった。

湿気で傷が痛む気がしたが……気のせいだ、と自分を叱咤する。とにかく動こう。動くことで、怪我の回復も早まるはずだ。


やはり自分も会っておくべきだった、とブラウンは後悔していた。ウィンターズが紹介してくれた女性――メッツ買収を狙っている投資家グループの一員である。

実は、昨夜遅くには会えることになっていた。しかし面会の直前、濱崎からのＳＯＳが入って、約束の場所を離れざるを得なかったのだ。事情聴取はアレックスに任せたのだが、彼からの報告を受けて、後悔することしきりだった。直接話を聴くのとはだいぶ違う。

報告を受けた翌朝、ブラウンは問題の女性、エヴァ・アンダースに連絡を入れた。まず、丁寧に謝罪する。

「昨日は申し訳ありませんでした。知り合いが撃たれて、お会いすることができませんでした」

「その話は聞きました」

エヴァの声には抑揚がなかった。特に驚いた様子も、ショックを受けた様子もない。タフな女性だろう、とブラウンは判断していた。アレックスの報告もそういう感じだった。

「二度手間で申し訳ないんですが、もう一度会っていただけませんか?」アレックスの報告を信じていないわけではなかったが、あの男は刑事ではなく「戦士」である。現場での戦いには強いが、人に話を聴くのが得意なわけではない。

「結構ですよ」エヴァがあっさり言った。「元ドラフト候補の人に会う機会はあまりありませんから」

「そんな話まで……」

「実際私は、その事実を昔から知っていましたけどね」

「どうしてまた」

「チームのあらゆる情報を収集するのが、正しいファンの姿勢です」

「つまり、あなたは……」

「筋金入りのメッツファンです」そう宣言するエヴァの声は、誇らしげだった。

エヴァ・アンダースは五十歳ぐらいのアフリカ系アメリカ人だった。昼食で混み合う少し前に、六番街沿いにあるダイナーで落ち合ったのだが、一発で分かった。「白髪でコーンロウ」——あらゆる髪型が許容されるニューヨークでも、さすがに目立つ。奥のボックス席に一人で座っていて、店に入って来たブラウンに向かってすぐに手を挙げ、うなずきかけた。自分はそんなに目立つ容貌ではないのだが、と訝ったが、松葉杖が目印になったのだろう。席に落ち着くと、エヴァが柔らかい笑みを浮かべた。

「メッツはもったいないことをしたわ」

「と言いますと？」

「やはりあなたは取っておくべきだったと思う。たぶん、十五年ぐらいは、外野手の心配をする必要はなかったでしょうね」

「怪我で諦めたんですが」

「怪我は治ります」エヴァが妙に力強く言った。「その判断を間違うと、もったいないことになる」

「買い被り過ぎですね」

「昔のメモを見つけたの」エヴァが自信ありげに言った。「あなたのことも、ちゃんとチェックしてあったわ。Aランクがついていました。Sではないけど、Aでも十分ね。殿堂入りは無理でも、オールスター級」

「昔の話です」ブラウンは苦笑した。「そういう人生もあったかもしれませんが、今は想像もできませんね」

「人生には、多彩な選択肢があるから」

エヴァがうなずく。うなずき返して、ブラウンは店内をぐるりと見回した。何か怪しいもの……怪しい人がいないか確認してしまうのは、警察官の習性のようなものである。

この店に来たことがあったかどうか――マンハッタンには、星の数ほどダイナーがある。値段も千差万別だ。この店は、インテリアを見た限りでは、それほど高級ではない。寄木細工の床、緑色のソファ、合板作りのテーブル……まだランチタイムには早いのにほぼ満員なのは、いかにもマンハッタンの中心部にあるダイナーである。しかし、高い。ランチスペシャルのサンドウィッチとコーヒーでも、軽く十五ドルを超える。さすがにセントラル・パークに近いだけあって、「所場代《しょば》」もかかるのだろう。

ブラウンは、無難にツナメルト・サンドウィッチを頼んだ。エヴァはアボカド入りのカリフォルニア風BLTサンドウィッチ。二人とも飲み物はコーヒーにして、まずは天気の話から入った。今日もクソ寒く、朝方は雪がちらついていた。

「ニューヨークで雪が降る確率は、圧倒的に週末が多いって知ってる?」エヴァが気さくな調子で話しかけてくる。

「そういう噂は聞いたことがあります。実感もしていますけど」

「金曜日か土曜日……週末に降っても、ニューヨークの経済活動にはあまり影響がない」

「なるほど」

料理が運ばれてきて、二人はしばらく食べることに専念した。エヴァは旺盛な食欲を発揮して、ブラウンよりも早いペースでサンドウィッチを食べ続けている。それにしても、正体不明の女性だ。情報では「投資家」なのだが、コーンロウに編んだ髪型といい、胸元が緩く開いたTシャツにカーディガンというラフな格好といい、巨額の金を動かすような人物には見えない。

「失礼ですが、個人投資家としての資金はどこから出ているんですか？」

日本だったら、こういう質問はタブーだな、とブラウンは思った。自分の中にある、わずかな日本的奥ゆかしさ——少なくとも東京では、ランチタイムに相手の資産の話を聴くような人間はいないだろう。

「二度の離婚」エヴァがVサインを作った。「私には、いい弁護士がついていたわけです」

「慰謝料ですか？」

「そう。二度の離婚で残ったのは、三人の子どもと巨額の慰謝料。ついでに私には、投資の才能もあったようです」

「それで、ついにメッツの買収に乗り出したんですか？」

「子どもの頃からの夢だったので」

「我々の夢が大リーグの選手になることだとすれば、ファンの夢は球団を持つことでしょうね」

「代償行為ね」エヴァが人差し指を立ててみせた。「自分が選手になれるわけではないから、代わりに球団を持とうという考えですよ。もしも私が男だったら、まずは選手を目指したでしょう」

「分かります」ブラウンはうなずいた。「メッツの買収問題は、いろいろ複雑な経緯を辿っているようですね」

「しかもそれが、まったく表に出ないわけよ」

エヴァが紙ナプキンを引き抜き、指先についたマヨネーズを拭った。コーヒーカップを引き寄せ、砂糖を加えて一口啜る。

「水面下の交渉は、複雑過ぎて、当事者の私たちにも分からない。メッツの現経営陣にしても、できるだけ高く売るという原則の他に、社会的な評判も問題でしょうしね」

「妙な相手に売れれば、批判される可能性もある」

「そうなのよ」エヴァがうなずく。「その点で言えば、今回は私たちが一歩リードしたことになるけど」

「名乗りを上げている――表立っては違いますけど――投資家グループは、三つあるんですね」

「そう。ミスタ・ヒッグスを中心にしたグループが一つ。殺されたダブルHの息子さんが関わっていたグループが一つ」エヴァが人差し指、中指と順番に立てて見せた。「そしてもう一つが、私たちのグループ」

「あなたがリーダーなんですか？」

「違うわ」エヴァが首を横に振った。「私たちは、合議制が基本。誰がリーダーということはありません」

「でも、実際に買収すれば、球団経営者に名前を連ねることになるでしょう。その際の肩書きは……」

「それは、決まってからの話です。それに、事態は単純だから。金を多く出した順番に、重要なポジションにつくことになるでしょう」

「あなたの場合は？」

「さしずめ、副社長でしょうね」エヴァがさらりと言った。

「それは重職だ」

「実現すれば、ですよ」エヴァが笑みを浮かべて言った。「ただ、その可能性は高くなっていると思います」

「ミスタ・ヒッグスは殺されました」

「恐ろしい事件ですね」うなずいたエヴァが、はっとした表情になった。「もしかしたら、昨日知り合いが撃たれたというのは、そのことですか？」

「まだはっきりとは分かりません」今のところ、結びつける材料はない。エヴァとの会談が重要な手がかりになるのでは、と期待しているのだが……。

「しかし、ミスタ・ヒッグスが亡くなったのは、大きなダメージでしょうね」エヴァが真剣な表情でうなずく。「買収に関しては、彼がリーダーシップを取っていたわけだから」

「後を継ぐ人はいないんですか？」

「求心力はなくなるでしょうね。それに、もう一つのグループについても……いろいろ悪い噂がありますから」

「それは、ダブルHの息子に関してですか？」

「何しろ、あんな事件を起こして射殺されたわけですから。イメージは最悪ですよね」

「彼が——ジョー・ハインズが金を出していたんですか？」

「その辺の詳しい事情は知りませんけどね。他の投資家グループのメンバーについては、詳しいことは分からないので。ただ、彼の名前を見た時には、ちょっと違和感を覚えましたけど」

「どうしてですか？」ブラウンはサンドウィッチの載った皿を押しやった。もう食欲は失せている。

「彼が父親——ダブルHの仕事を手伝っていたことは分かっています。ただ、ダブルHも完全に引退したわけではないですよね？」

「最近は、マイアミの不動産開発に力を入れているようです」そして今は……ヒッグスを射殺して逃げた。

「半引退のつもりかもしれませんけど、まだまだ息子に事業を譲るつもりはなかったでしょうね。だから、ミスタ・ジョー・ハインズが自由にできる金がどれぐらいあったか」

「なるほど。ミスタ・ジョー・ハインズが投資家グループに関わっていることを知ったのはいつですか？」ブラウンはコーヒーを一口飲んで喉を湿らせた。

「一月《ひとつき》……二月《ふたつき》ぐらい前でしたか」エヴァがうなずく。「それを聞いた時点で、そのグループは脱落するな、と思いましたよ」

「どうしてですか？　ミスタ・ジョー・ハインズの関係で？」

「そうですね」

「ドラッグですか？」ブラウンは声を潜めた。

「ええ」エヴァの眉間に皺が寄る。「褒められた話じゃないですからね。そういう人が関わっていることが分かれば……メッツの現経営陣も、ちゃんと判断するでしょう」

メジャーにおいては、球団の買収はさほど珍しくはない。しかし時には、失敗もあるものだ。新しいオーナーが反社会的な行為に走っていたり、借金まみれだったり――選手に対して非常識な要求をするぐらいなら、まだファンの間で馬鹿にされるだけで済むが、問題がドラッグ中毒だったら洒落《しゃれ》にならない。

「となると、メッツ買収は、あなたのグループとミスタ・ヒッグスのグループのマッチアップになる……」

「今のところは」

「しかし、ミスタ・ヒッグスのグループも、リーダーをなくして危うい状況でしょう？あなたたちが有利では？」

「それは何とも言えません」エヴァはあくまで慎重だった。「大きな金額が動く話です。一時の勢いや動向だけでは、決まりません」

「なるほど……」ブラウンには想像すらできない世界だった。言葉を切り、コーヒーをまた一口飲んで考えをまとめる。手帳を取り出してあれこれメモしたいところだが、エヴァがいる手前、それは控えた。

「怪物が跋扈《ばっこ》する世界ですよ」エヴァが薄い笑みを浮かべながら言った。「いろいろな人の欲望、金……それにスポーツを愛する純粋な気持ち。メジャーリーグというのは、遊びというには金がかかり過ぎ、ビジネスというには純粋過ぎます」

「金言ですね」ブラウンは思わず微笑んだ。今でも、もしも怪我なくメッツに入っていたら、と考えることもある。いったいどれくらい金を稼いでいただろう。何万人もの観客の前でプレーし、さらにその何百倍もの人々が自分のプレーをテレビで見る——今とはまったく違う人生を送っていたのは間違いない。

そうなった時、自分は子ども時代と同じように野球を愛せていただろうか。ただの「仕事」になっていたかもしれない。

ゆっくりと首を振り、話をまとめに入る。

「現段階で、メッツ買収に関しては三つの投資家グループが陰で動いていた。それは確かですね」

「陰で、はやめましょう」エヴァが訂正した。「水面下で、と言っていただきたいですね」

「失礼」ブラウンは咳払いした。「確かにマイナスの響きがありますね……とにかくミスタ・ヒッグスのグループ、ジョー・ハインズが関係していたグループ、そしてあなたたちのグループ、この三つが、メッツ買収に動いている」

「ええ」エヴァが素早くうなずく。

「このうち二つは脱落するでしょうね」

「その可能性はあります」

「得をするのはあなたたちだ」ブラウンの中で、急に疑念が高まっていった。まさか一連の事件は、ライバルを追い落とすためにエヴァたちが仕組んだことでは……。

突然、エヴァが爆笑する。他の客が振り返るほどの笑いで、ブラウンも思わずびくりと体を震わせた。

「私たちは、そんな馬鹿なことはしませんよ——あなたが考えているようなことは」

「失礼しました」ブラウンは視線を下げた。「失礼ついでに、もう一つお聴きします」

「どうぞ」エヴァがすっと両手を広げた。「私で答えられることなら」

「あなたたちのグループは、民主的に運営されている。でも、代表者はいるでしょう」

「それは、もちろん……」

「教えていただけますか？」

「そこまで突っこむようなことですか？」エヴァが疑義を呈する。

「今は、何でも情報が欲しいんです」

エヴァはしばらく渋っていたが、結局情報を明かしてくれた。ブラウンは礼を言って金を払い、先に店を出た。途端に六番街の喧騒に巻きこまれる。車と人、そしてあちこちで行われている工事……マンハッタンでは常にどこかで工事が行われており、街がいつまで経っても完成しないように見える。

今の情報をどう解釈すべきか、頭が混乱していた。メッツの買収でどれだけの金がかかるかは想像もできないが、人の命が絡んでもおかしくない額なのは当然だ。とはいえ、これはあくまでマネーゲームである。法律すれすれで汚い手を使うことはあるかもしれないが、誰かを殺してまで……とは考えにくい。もちろん、ブラウンが知らない裏の状況がまだあるのかもしれないが。

ジャケットのポケットに入れたスマートフォンが鳴る。考えを邪魔された――舌打ちして電話を引っ張り出すと、よりによって濱崎である。無視してしまおうかと一瞬思った。

どうもあの男は、余計なことをして状況を混乱させているだけのような気がする。だが、怪我人を放置しておくわけにはいかず、溜息を一つついて電話に出た。

「ああ、俺だけど」

「分かってる」

「退院した」

「それはどうも」おめでとう、と言うべきかもしれないが、あの男に祝福の言葉をかけるのは気が進まない。

「で、俺と話がしたいんじゃないかと思って」

「どうして」ブラウンは思わず立ち止まった。あの男らしい、ふざけた態度。どこまでが本気でどこからが冗談なのか分からないが、今のは間違いなくからかわれたのだと確信している。

「だってあんた、事件のネタが欲しいだろう?」

「この件についてはタッチしていない」ブラウンは言い切った。

「へえ。じゃあ、あの女刑事——アン・ハーバードが嘘をついたのか?」

「彼女が何を言った?」

「まあ、その件については、会った時に話そうか」

「別に、話すこともないと思うけど」

「会えば話題も浮かぶさ。俺たちは相棒だからな」

「そんなことはない」ブラウンは即座に否定した。

「飯でも奢ろうか？」

濱崎はブラウンの言葉をまったく聞いていないようだった。ブラウンはスマートフォンを強く耳に押し当てた。

「食事は済ませた」

「じゃあ、お茶でも。これからマンハッタンに出るから」

「だいたい、今、どこにいるんだ？」

「家に戻って来た。一時間後ぐらいには、マンハッタンのどこへでも行ける」

ブラウンは素早くニューヨークの地下鉄網を思い浮かべた。互いに時間をロスせず会える場所といえば……マンハッタン南部。濱崎の方は複数の路線を利用できるはずだ。自分は南へ下る場合、B、D、F、Mいずれかという感じか。

「チャイナタウンでどうかな」ブラウンは提案した。

「ああ」

「待ち合わせ場所はどうする？」

「そうだな……『ジョーズ・ダイナー』という店は知ってるか？」

「場所は？」ブラウンの記憶にはない店だった。

「マルベリー・ストリートとベイヤード・ストリートの角。コロンバス・パークの近くだ」

「分かった。そこで一時間後」

「了解」

どこか弾んだ声で言って、濱崎が電話を切る。ブラウンはまた溜息をつき、スマートフォンをポケットに落としこんだ。まったく、あの男は……どこまで俺を悩ませれば気が済むんだ？　あるいは俺は、どうしてあの男につき合っているんだ？

退院した直後の食事として、小籠包《しょうろんぽう》は選択ミスだったな、と濱崎は後悔した。クソ熱い小籠包は、口を火傷せずには食べられない。それに熱さで慌てているうちに、脇腹の傷がまた痛み始めた。

ブラウンは、あたふたと小籠包を食べる濱崎を唖然として見ながら、烏龍茶の椀を口元に運んでいた。

「何も、そんなに慌てなくても」呆れたように言う。

「小籠包は、熱いうちに食べないと、ただの小さい肉まんになる」

「ニクマン……」

「小籠包の大きいやつ。アメリカでは食べないか？」

「食べたことはないな」

「日本で見ただろう？　どこのコンビニでも、レジの隣にでかい保温容器が置いてある」

「どうだったかな」

「あんたの記憶力も適当なものだな」濱崎は鼻を鳴らした。「それにしても、アメリカ人というのは本当に不器用だな」

「何が」ブラウンがむっとした口調で訊ねる。

「見ろよ、この生姜」濱崎は、細切りされた生姜を箸で挟んだ。「こんな太く切ってたら、全部生姜の味になっちまう。日本の中華料理屋で出す小籠包は、髪の毛ぐらい細く、生姜を切ってるぞ」

「ここは中国人の経営だと思うが」

ブラウンに指摘され、濱崎は厨房の方を向いた。確かに……明らかに中国人っぽいスタッフが忙しそうに立ち働いている。聞こえてくる言葉も、乱暴な中国語だ。濱崎は一つ咳払いし、小籠包を一つ摘んでレンゲに載せた。細切りの生姜を三本。醬油をほんの一垂らし。それだけで口に運ぶ。口中で皮が破れた瞬間に、まだ熱い肉汁が流れ出して、口の粘膜にさらにダメージを与えた。必ず火傷することが分かっているのにやめられないんだよな、と自虐的に思う。

小籠包十二個を一気に食べ終える。数は多いが、一つ一つが小さいので、遅いランチとしては物足りないぐらいだ。たこ焼きを十二個食べた方が、まだ腹は膨れる。ただ、仮にも退院した直後だから、少し大人しくしておいた方がいいだろう。濱崎は、食べた小籠包が脇腹の傷から漏れ落ちる様を想像してぞっとした。

「さて、と」紙ナプキンで口元を拭い、濱崎はお茶を一口飲んだ。熱い小籠包を食べた直後だけに、生ぬるく感じられる。「犯人は？」

「その件には、俺は関与していない」

「へえ」濱崎はブラウンに疑いの視線を向けた。「でも、犯人が捕まったかどうかぐらいは分かるんじゃないか？」

「捕まったという話は聞いていない」

「ということは、捕まってないわけだ……セレブの相手は大変なんだな」

「警察は、相手が金を持っているかいないか、有名であるか否かによって、動きを変えることはない」

「警察は、じゃなくてあんたが、だろう？」濱崎はにやりと笑ってみせた。「あんただったら、目の前で大統領がスピード違反をしたら、すぐに捕まえるだろう」

「自分で車を運転する大統領もいないだろう……この会談は、無駄だったようだな」

ブラウンが茶を飲み干す。そのまま立ち上がろうとしたので、濱崎は「まあまあ」と声をかけて動きを止めた。ブラウンが、しぶしぶといった感じで椅子に腰を落ち着ける。

「今回の事件は、えらく複雑だと思う」

「君は、全体像が見えているのか？」ブラウンが馬鹿にしたように言った。

「いや」

「何だ、重要なヒントを教えてくれるかと思っていたのに」

ブラウンの皮肉を、濱崎は軽くやり過ごした。この男は基本的に真面目一辺倒で、ジョークや皮肉は苦手である。

「重要かどうかは分からないけど、知っておいて損はない話がある」

「なるほど」ブラウンはうなずく。

濱崎は煙草を取り出し、一本引き抜いた。

「ここでは吸えないぞ」ブラウンがすかさず忠告する。

「分かってるよ。匂いを嗅いだだけだ」

「ニコチン中毒者は、手に負えないな」

「何とでも言え」濱崎は煙草をパッケージに戻した。「和田美里はどうしてる？　最近、彼女と会ったか？」

「それをどうして、君に言う必要がある？」

「まあまあ」お堅いことで、と思いながら濱崎は宥《なだ》めにかかった。「同じ日本人同士として、気になるところでね」

「昨夜、会ったよ」

「何の話をしたんだ？」

「それは捜査の秘密だ」

「この件については、捜査してなかったんじゃないのか？」

「いちいち揚げ足を取らないで欲しいな」ブラウンの顔が赤く染まる。

「失礼」濱崎は咳払いをした。「俺は彼女とは昔からの知り合いだ」

「聞いてるよ」

「事件の被害者として、いろいろ話も聴いたんだろう」

「――ああ」ブラウンが低い声で答えた。

「彼女のこと、どう思う？」

「どうって？」警戒したのか、ブラウンが低い声で訊ねる。

「警察官としての印象。どんな人間だと思う？」

「それは――」ブラウンが声を上げかけたが、すぐに口をつぐんだ。個人的な感想はご法度、とでも思っているのかもしれない。

「ニューヨークで一人で暮らす日本人。しかもビジネスをやっている。大変な事件に巻きこまれたけど、あっさり立ち直って仕事も再開した――タフな女だと思わないか？」

「タフなのは間違いない」

「どうしてタフか、分かるか？」

「クイズはやめてくれ。時間の無駄だ」

ブラウンがまた立ち上がりかける。濱崎は思い切り上体を前に突き出し、彼の左腕を摑んだ。

「落ち着けよ」

「私を苛立たせているのは君なんだが」渋々といった感じで腰を下ろしながら、ブラウンが不平を漏らした。

「失礼」濱崎は拳の中に咳をした。「彼女は、日本のヤクザとつながりがある」

「それはまさか、例の……」

「石本じゃない」その名前を口にすると、やはりかすかな不快感がある。

「そうか」ブラウンもほっとした様子だった。石本という名前は、ブラウンにとっても嫌な記憶とつながっているのだ。

「別のヤクザの女だった。そいつと組んで、水商売をしていたんだが……」

「水商売？」

「ああ、西麻布でスナックをやっていた。女の子を何人も使ってね」

「なるほど」

「その店が、ヤクザの資金源になり、さらに金の洗浄のために使われていた疑いがある。

ああ、洗浄というのは——」

「マネー・ロンダリングだな。洗浄は分かる」

「あんたの日本語も、なかなか上達したな。俺とつき合ってるせいか？」

「違う」ブラウンが即座に否定する。「犯罪関係の言葉なら、以前からよく分かっている」

「骨の髄まで警官だな、あんたは」

「ホネノズイ？」

「心底。徹底して。生まれつき」濱崎は言葉を並べ立てた。「どこを切っても警官ということだ」

「否定はしない」

低い声で言ってブラウンがうなずく。やはり冗談は通用しない男だなと思い、濱崎はうつむいて苦笑した。俺が笑っているのを見ただけで、激怒するかもしれない……。

「とにかく、彼女はそういう女だ。成人してからずっと、闇の世界と関わって生きてきたんだ」

「それがどうして、ニューヨークなんかにいる？　しかも、まともな仕事をしているじゃないか」

「本当にまともなのかねえ」濱崎は首を捻った。彼女が経営している会社の実態については、調べている余裕はなかったのだ。

「今のところ、疑うべき材料はない」ブラウンが淡々とした口調で言った。

「なるほどね」濱崎は茶を一口飲んで、腕組みをした。「不思議な話だ」

「ニューヨークに来てからの、彼女の足跡を追うことはできる」

「やってみた方がいいんじゃないかな」

「それはこちらで判断する」ブラウンの表情は、いつもより硬かった。「ヤクザとは、簡単に切れるものなのか？」

「相手に利用価値があると考えれば、ヤクザはどこまでも追いかけてくる。ただし、海外に出ると話は別だろうな」

「ニューヨークは、日本からは遠い」

「ああ」濱崎はうなずいた。「ただ、彼女がヤクザと切れたという話は、俺は聞いていない。もちろん、俺が警察を辞めてずいぶん時間が経っているから、正確なところは分からないが……調べてやろうか？」

「どうやって」

「昔の仲間に連絡して。非公式に頼んだ方が、話は早いんじゃないか？　ニューヨーク市警から警視庁に話を通すにしても、時間がかかるだろう」

「ニューヨーク市警と警視庁は、友好関係を保っているが」

「お役所のやることは時間がかかる──それはアメリカでも日本でも変わらないだろう」

「それは──認めざるを得ないな」ブラウンが渋い表情でうなずく。

「俺なら、ちょっと裏から手を回して情報が取れる」

「しかし君は──逃亡者じゃないか」

俺は思わず笑みを浮かべていた。逃亡者──確かに今朝までの俺は、心のどこかに、「自分は逃げている」という意識を抱えていた。だが今、その恐怖からは完全に逃れている。晴れて自由の身だ、という意識は強烈だった。

「その件について詳しく話すつもりはないけど、俺は自由だ」

ブラウンが眉を上げてみせる。テーブルにぐっと身を乗り出し、濱崎の顔を正面から睨みつけた。

「意味が分からない」

「あんたが、正式ルートでどんな情報を得ているかは知らないけど、俺には何の容疑もかかっていない」

「そうか」

ブラウンの顔に、さほどの驚きはなかった。何か知っていたな、と濱崎は確信したが、それ以上突っこむのは避けた。

「一連の事件に関して情報が欲しいか？」

「欲しくないわけではない」

「何だよ、中途半端だな」濱崎は鼻を鳴らした。

「この件に関しては、捜査権限がないんだ。情報を知っても、それを活かせない」

「あんたの友だちに情報を流せば、恩も売れる。警察官はお互いに助け合うものだから、そういうのは大事じゃないか」

「それは確かだ」

「よし、決まりだな」濱崎は笑みを浮かべた。「俺は和田美里に関する情報を探る。日本でしか分からない情報だ。分かればすぐに、それをあんたに流すよ」

「見返りは？」

「この一件の全体像を知りたい。新聞を読んで知るのは勘弁して欲しいな」

「それを喋る権限はないんだが」

「その辺は、上手くやってくれよ」濱崎は苦笑した。この男は、どこまで堅苦しいんだ……。


しばらく押し問答を続けたが、濱崎は結局バーター取り引きをする約束を取りつけることができなかった。まあ、いいだろう。まずは、事件そのものを解決することが優先だ。それにどうせ、ブラウンのことは別にしても、美里の事情は個人的にも知りたい。

「和田美里が、ヒッグスと関係があることは知っているか？」

「前に、君がそう言っていたな」

「和田美里は、ヒッグスと実際に何度か会っていた」

「恋人なのか？」

「それは分からない。ビジネスかもしれない」

「ビジネス……」ブラウンがまた眉をひそめる。「投資ビジネス？」

「そんなことは、俺には分からない。ただ、あんたたちが揺さぶれば、何か分かるんじゃないか」

「彼女は被害者だ」ブラウンの顎に力が入る。

「被害者が実は加害者だったっていうことも、よくある話だ」まったく、何という理想主義者的な戯言《ざれごと》か、と濱崎は白けた。警察官になれば、世の中の多くは白でも黒でもなくグレーだと、嫌でも分かるはずなのに。「正直、俺は疑ってるね。あの女が、そんなに簡単に更生するとは思えない。日本でヤバい商売に手をつけていた女が、突然ニューヨークでまともなビジネスをする？　あり得ないだろう」

「人間は、簡単に悪の道に落ちるけど、意外に簡単にまともになる」真面目な顔でうなずきながらブラウンが言った。

「それはお題目だよ……お題目っていうのは元々仏教用語だけど、建前というぐらいの意味だ」

「タテマエ……タテマエね」ブラウンが馬鹿にしたように言った。「日本文化を理解するために、絶対必須のキーワードだ」

「さすが、よく勉強している」

「日本は第二の故郷だから」

「なるほどね」濱崎は顎を撫で、煙草のパッケージを手にした。鼻先を突っこみ、香《かぐわ》しい匂いを楽しむ。「乗り気じゃないな」

「簡単に乗るわけにはいかない」

「だったら、ご自由に。俺は俺で情報を収集するし、何か分かったら連絡を回す」

「どうしてこの情報を、俺に喋る気になったんだ？」

腰を浮かしかけた濱崎は、また椅子に座った。これを訊かれることは予想していたが……答えたくない話である。しかし、一方的にこの会合を終わらせるわけにはいかないだろう。

「俺には限界があるからだ」

「ほう」ブラウンが片目だけを見開く。

「俺は警察官ではない――だから公的立場にはいない。それに、言葉がろくに通じない国で、話を聞いて回るにも限界がある。でも、何が起きてるかは知りたいんだ。そのためには、あんたの力を借りるしかない」

「虫のいい話だ」

「分かってる」濱崎はうなずいた。「でも、これは俺からのお願いだ。俺は結局……辞めても刑事なんだよ。目の前に謎が転がっていると、知らないで済ませるわけにはいかない」

「そうか」

ブラウンがうなずく。しかし、濱崎の説明に納得した様子ではなかった。単なる話の接ぎ穂。

「とにかく、何か分かったら連絡する」濱崎は手を振ってウェイトレスを呼んだ。勘定を済ませるために財布を取り出す。中身は何とも心許ない……しかし金がないことより、謎が残っていることの方がよほど嫌だった。

店を出て、コロンバス・パーク沿いにマルベリー・ストリートを歩き出す。寒い……寒気に湿気が混じり、雪を予感させる天気だった。しかし寒さにもかかわらず、公園内には人が大勢集まっている。ほとんどが中国系の高齢者たち。マンハッタンの中でも、最も中国色が濃い街だけに、ごく当たり前の光景だ。そして濱崎にすれば、どことなく懐かしい……漢字が踊る看板のせいだ。中国語をきちんと読めるわけではないが、漢字を見ると何となくほっとする。

自分はしょせん、この街で暮らしてはいけないのではないか。ふらりと来て、ふらりと去って行く異邦人。ニューヨークはそういう人を平然と受け入れ、あるいは送り出していく。言葉の壁という問題もあるが、やはり東京の方が居心地がいい。

フェンスに囲まれた公園の中のバスケットボールコートでは、今しも子どもたちの熱戦の最中だった。雪が降りそうなクソ寒さにもかかわらず、子どもたちの動きは俊敏で、そこだけ少し気温が高いようだ。しかし立ち止まった子どもたちの顔の周りには、白い息が渦巻いている。

公園の南の端、ワース・ストリートまで出てスマートフォンを取り出す。日本との時差は……向こうは朝の五時か。いくら何でも、電話をかけるには早過ぎる。ショートメッセージを送ろうかとも考えたが、短い字数ではこちらの質問を伝えきれない。後から電話しようと思ったが、思い直してメッセージを打ちこんだ。

濱崎です。和田美里という女を覚えているか？　情報が知りたい。後でまた電話する。

何となく傲慢な感じのメールになってしまったが、仕方ない。後できちんと電話して、事情を話そう。もしかしたら、警視庁の連中の手柄になるかもしれない――まさか。美里がニューヨークで何をやっているか、本当のところは分からないのだ。東京からの情報で何かが分かればいいのだが、当てにはできない。

ということは、自分でも何とかしないと。何ができるかは分からないが、人に投げっ放しは駄目だろう。

俺にも面子《メンツ》がある。

突然、ガシャンという大きな音が響いて振り返る。フェンスのところで、ほっそりとした少年がへたりこんでいた。仲間たちが駆け寄り、助け起こす。少年は額に手をやった……どうやらボールを追って、勢い余ってフェンスに激突してしまったらしい。額からは細く血が流れていたが、少年は意に介する気配もない。代わりに一つ雄叫びを上げ、コートに駆け戻って行った。

いいガッツだ。

濱崎は一人うなずき、また歩き出した。俺はあういうガッツを忘れていないだろうか、と自問しながら。

濱崎の奴……一人店に残ったブラウンは、何となく釈然としなかった。行動原理があまりにも自分勝手で、簡単に要求を呑むわけにはいかない。

だが、何かが引っかかる。真実を求める濱崎の欲望は、ブラウンにも十分理解できるものだ。

この事件は、広がり過ぎている。一か所にきちんと収束するかどうか分からなかったが、必ず収束させてやる、とブラウンは心に誓った。

一度、分隊に戻らなければならない。隊長が席を外していても、業務にはほとんど影響がないのだが、座っていること自体に意義がある。隊員たちはブラウンの意図をよく理解して留守を守ってくれているが、それでも本部に知れるとまずい。最近のニューヨークは平穏で、ESUの出動はまったくないが、それでも二十四時間三百六十五日の警戒体制が崩れるわけではない。ブラウンも傷が癒えて、いつまでものんびりしているわけにはいかないのだ。

戻ると、まずリズと目が合った。うなずきかけてきたので軽く目礼し、自分の部屋へ向かう。リズはブラウンの背中に向かって「コーヒーでも？」と声をかけてきた。立ち止まって振り向き、「頼む。君の分も」と言った。

メールをチェックしている間に、リズが部屋に入って来た。デスクにブラウンの分のコーヒーを置き、自分は折り畳み式の椅子にこぢんまりと腰かける。

「何か、異状は？」モニターに視線を据えたままブラウンは訊ねた。

「平穏です」

「腕が鈍るんじゃないか」

「それならそれで、平和な証拠です」リズがさらりと言った。

「その通りだな」肩をすくめ、ブラウンはコーヒーを一口飲んだ。

「エヴァ・アンダースとはお会いになりましたか？」

「ああ。君も見習うべきところが多い女性だね。離婚ビジネスの名手だ」

軽くリズに睨まれ、ブラウンは「失礼」と言って咳払いした。危ない、危ない……今のはセクハラになりかねないところだ。

「彼女の説明は、大いに役にたった。ただし、被害者と加害者のバックグラウンドが分かったぐらいで、事件の筋はつながらない」

「そうですね……私も、話を聞いてかえって混乱したぐらいです」

「大金が絡むといろいろ事情が複雑になるんだろうが、我々には縁遠い世界だ。想像するのも難しい」

「仰《おっしゃ》る通りです」リズが素早くうなずく。「これからどうするんですか？」

「実のところ、現段階では打つ手はあまりない」ブラウンは渋い表情を浮かべた。「ミズ・エヴァ・アンダースの投資家グループのトップについては、教えてもらった。彼に会って話を聴く手はあるだろうが、事件の真相解明につながるかどうか……」

「そうですね」リズが顎に手を当てた。「ダブルHが捕まれば、もう少し詳しく事情が分かると思いますが……息子の敵討ちでしょうか」

「まさか」ブラウンは即座に否定した。

「一概に否定はできないと思います」リズが背筋をすっと伸ばして反論する。「そもそも投資家グループの中で、息子が何をやっていたかもよく分かりません」

「ドラッグに溺れて立てこもりをするような人間が、ビッグビジネスに参画できるとは思えないが」

「それはそうですけど……」リズが唇を嚙む。

「会うべき人はいるが、少しタイミングを見ようか」濱崎のことは気にかかっていたが、彼の要求は必ずしも最優先ではない。しょせん、この街では一人のアマチュアに過ぎないのだ。

「電話です」

「ああ……」ブラウンは自分のスマートフォンに手を伸ばした。

「失礼します」私用の電話かと思ったのか、リズが素早く立ち上がり、部屋を出て行く。実際には私用ではなかった。かといって公用でもない。相手はアン・ハーバード。

「今、話して大丈夫ですか、隊長?」

「ああ」

「車が見つかりました」

「どこで」ブラウンは思わずスマートフォンをきつく握り締めた。

「ベルローズ駅の近くです」

「彼の家の側じゃないか」ダブルHの自宅と会社は、隣の駅——ガーデンシティにある。

「どういう状況で見つかったんだ？」

「駅のすぐ近く――クロックス・アベニューに放置してありました」

ブラウンはすぐ、パソコンの画面上に地図を呼び出した。ロングアイランド鉄道の路線の南側、閑静な住宅地である。

「発見されたのは？」

「発見は今朝です。通報が今日の昼過ぎ」

ブラウンは左腕を突き出してロレックスを見た。午後三時五分。

「ずいぶん時間がかかったようだが」

「近所の人が朝から認知していたんですが、いつまで経ってもドライバーが現れないので、不審に思って警察に通報してきました」

「なるほど。ダブルＨ本人は？」

「もちろん、見当たりません。現在、周辺の捜索を続けていますが、望み薄でしょうね」

「それは分かる」ブラウンは一人うなずいた。「他に、立ち寄り先はないんだろうか？彼は今、仕事の拠点をマイアミに移しつつある」

「それは了解しています。もう、現地の警察とも連絡を取り合っていますが、マイアミで借りているコンドミニアムには姿を見せていないようです」

「あの男なら、他にも隠れる場所はいくらでも持っていそうだが」

「手は尽くしています」ブラウンの指摘を侮辱と受け取ったのか、アンが硬い口調で言った。

「もちろん、それは了解している」ブラウンは慌てて言い繕った。「そちらは盤石の手を尽くしていると信じている」

「もちろんです……とにかく、立ち回り先は全部チェックしていますから。それより隊長、そちらでは何か情報はないんですか？」

「どうして私に聞く？」ブラウンはスマートフォンを握り直した。

「公式ルートで、ニューヨーク市警には協力を要請しています……しかしこういう事件では、非公式なルートで重要な情報が出てくる場合も多いでしょう」

「ご指摘の通りだな」ブラウンはうなずき返した。仕事熱心なこの女性刑事に、何か有益な情報を投げてやりたい——しかし今のところ、情報がばらけ過ぎている。この状態で話せば、かえって混乱させるだけだろう。「情報はいくつかある。しかし現段階では、話さない方がいいと思うんだ」

「秘密主義ですか？」アンの声が硬くなる。

「いや、あまりにもバラバラで、参考になりそうにない。君に話すなら、もう少しきちんとまとめてからにしたいんだ」

「私は、パッケージになった情報が欲しいわけではないんですが」一度食いついたアンは、簡単にはブラウンを解放しそうになかった。「何でも構いません。ヒントになれば、こちらで必ずものにします」

「混乱させたくないだけなんだ」

しばらく押し問答が続いた。ブラウンは途中で気持ちが折れかけ、今手にしている情報を全て彼女に投げてしまおうかとも思ったが、何とか持ち直して言いくるめた。アンも納得したようだった。

「何か分かりましたら、よろしくお願いします。すぐに教えて下さい」

「もちろん。そちらの捜査には全面的に協力するよ」

電話を切り、椅子に体重を預ける。疲れた……目を閉じ、背中をぐっと反らす。リズが指示通りきびきび動くタイプだとしたら、アンはそれにしつこさを加えた感じだ。

ゆっくりと姿勢を戻し、コーヒーを一口。すっかり冷めていたが、気合いを入れ直した。さて、今のうちに本来の仕事をこなしておくか――パソコンに向き合い、勤務ダイヤをチェックする。このところは出動もなく、ローテーションに乱れはなかった。それでも、隊員たちの休日の希望などを確かめて、一週間に一度は勤務シフトを組み直す必要がある。今回は、飛びこみでの休日希望はなし。シフトを変える必要もなかった。

ほっとして立ち上がる。新しいコーヒーを淹れようと思ってドアを開けた瞬間、飛びこもうとしたリズとぶつかりそうになった。

「どうした?」

「重要人物が面会に来ています」

「というと?」面会と言われても……ESUの分隊の所在地は、それほど知られているわけではない。

「ミズ・エヴァ・アンダースからの紹介だそうですが……ミスタ・ジョージ・ヤマシタ」

「日系か」予想外の展開だった。まさか、向こうから会いに来るとは。

「そのようです」

　リズの表情には硬さがあった。よほど扱いにくい相手なのか……とブラウンは警戒したが、居留守を使うわけにもいかない。

「ここに入れてくれ」

「いいんですか?」リズが眉をくっと上げた。「部外者を立ち入りさせるのは……」

「いいんだ。俺にはもう前科がある」実際、メッツのスカウトだったジョシュ・ウィンターズをこの部屋に招き入れたのだし。

「分かりました」

「ドアは開けたままにしておく。君は近くにいて、何かあったら突入してくれ。標準A装備でいい」拳銃携帯。

「了解です」

強張った表情のままリズがうなずき、引き下がった。すぐに、一人の中年男性を連れて戻って来る。

「ミスタ・ジョージ・ヤマシタです」

ヤマシタはがっしりした体型で、いかにも長年ジムで体を鍛え続けた感じだった。握手も力強く、視線にも揺るぎがない。

「どうも。いきなり押しかけて申し訳ない」声は低く、深みがあった。

「ミズ・エヴァ・アンダースとは、午前中にお会いしました」

「彼女から話を聞いて、いてもたってもいられなくなってね」

「どうぞ」

ブラウンは椅子を勧めた。簡素な折り畳み椅子なのが申し訳なくなってくる。元々この部屋は客をもてなすような造りになっておらず、隊員たちの打ち合わせ用に折り畳み椅子が何脚か置いてあるだけなのだ。しかしヤマシタは気にする様子もなく、ゆっくりと腰を下ろした。上質そうなキャメルのコートを膝に置き、背筋をぴしりと伸ばしてブラウンに相対する。がっしりとした四角い顎に細い目。ほぼクルーカットの長さに刈り揃えられた髪にはだいぶ白髪が混じっているが、顔に皺がまったくないせいか、老けた感じはしない。

「メッツファンですか？」ブラウンはこの話題から切り出した。

「もちろん」ヤマシタの顔に笑みが浮かぶ。「そうでなければ、球団を買おうとは思わない。私はビジネスとして球団を買収しようとしているわけではないですから」

「球団買収はビッグビジネスだと思いますけど」

「夢ですよ、夢」

「ええ……」曖昧な言い方だが、ブラウンは素早くうなずいた。

「私の祖父が、日本で野球をやっていたんです。一応、プロの選手だったんですよ」

「ほう、それはすごい」ブラウンは思わず身を乗り出した。メジャーに比べれば日本のプロ野球のレベルがそれほど高くないのは知っているが、それでも野球をやることで金を稼ぐ「プロ」なのは間違いない。

「実際に活躍したのは三年か四年でした。戦争やら怪我やらがあって引退して、その後アメリカに渡ったんです」

「それはまた、ずいぶん思い切りましたね」

「ええ」ヤマシタがうなずく。「祖父は、チャレンジャー精神のある人でした。アメリカでは、元所属していた球団の在米スカウトをやったりして、何かと野球に関わる仕事をやっていたんです。最終的には市民権を取って、死ぬまでアメリカで暮らしました。父も野球選手だったんですが、大学レベルで終わりました」

ずいぶん昔にアメリカに渡ってきた一家なのだと思いながら、ブラウンは訊ねた。

「あなたは？」

「私は、石の手を持った人間でして」ヤマシタが苦笑する。「キャッチボールもろくにできないほどです。でも、野球は好きでした。メッツの試合は、子どもの頃から、年間三十試合は必ず見ています」

「なるほど。それが高じて、メッツ買収に乗り出したんですね？　失礼ですが、お仕事は何をされているんですか？」

「投資関係です。ベンチャーキャピタルですね」

「アメリカン・ドリームですね」

「そう言っていいでしょう」ヤマシタが笑みを浮かべる。ブラウンが日本でよく見たアルカイック・スマイルではなく、しっかりとした自信に溢れた笑み。見た目は日本人でも、中身は完全にアメリカ人ということなのだろう。「まだ夢が叶ったわけではありませんが」

「球団買収が成功したわけではない――しかし、成功に確実に近づいているんじゃないんですか」

「客観的に見れば。しかし、これから何が起きるかは分かりませんよ？　他の投資家グループが名乗りを上げてくる可能性もありますし」

「ぎりぎりまで分からないでしょうね」

「そこは、シビアなビジネスの話になります。夢といっても、金の話に関しては、当然シビアにならざるを得ない……エヴァから話を聞いて、あなたとは話しておく必要があると思いましてね」ヤマシタが急に話を切り替えた。

「ええ」かすかな緊張感を覚えながら、ブラウンは相槌を打った。

「我々と競っていた他の二つのグループ……敵対関係にあったと言っていいでしょう」

「敵対、ですか？　それは確かに、ライバル関係ではあったでしょうけど、極端な表現ではないですか？」

「シビアな敵対関係です。あなたが想像するより、ずっと激しい」

「よく分かりませんが……」

「これまでは、あの二つのグループが有力でした。うちは一歩遅れた感じで……熱意ではなく、金の問題ですけどね」

「高い額を提示した方が有利、ということですか」

「我々のグループは、全員がニューヨーカーです。地元のチームを地元の人間が買い取るのが普通でしょう」

「それが理想の形でしょうね」ブラウンはうなずいた。

「ただし、理想と現実は違う。最後は金がある人間が勝つでしょう。しかし……こういうことに手を出してはいけない人間もいる」

「どういうことですか？」ブラウンは両手を組み合わせ、デスクに身を乗り出した。「適格者ではない、という意味ですか」

「ええ」ヤマシタが真剣な表情でうなずく。「反社会的組織が球団経営に関わる——表立って出てこなくても、裏で暗躍されたら、最悪です」

「まさか、マフィアが絡んでいるとか？」ジョー・ハインズとドラッグの関係。その背後にはマフィアの臭いがする。

「マフィアではありません」

「というと？」

ヤマシタが重々しい口調で告げた事実——ブラウンは濱崎の顔を思い出していた。やはりあの男を、非公式にでも捜査に加える方がよさそうだ。

第六章　スタジアム

突然ＥＳＵを訪ねて来たヤマシタを送り返した後、ブラウンは一人になってじっくりと考えた。相棒は、冷めたコーヒーだけ。腕組みをし、壁のカレンダーを凝視しながら推理を巡らせる。

今回の事件の背景に、投資家グループの競り合いがあるのは間違いなさそうだ。しかし、それが事件全体にどうつながっているのか……いくら想像しても、つながらない部分が多過ぎる。

コーヒーを飲み干し、もう一度腕組みをする。右手の人差し指を上唇に当て、じっと意識を集中した。この情報は、捜査を担当している人間に早く上げるべきではないか……いや、こんな曖昧な情報を投げられても、向こうも困惑するだろう。もう少しきっちりした形に仕上げて、刑事たちが動きやすいようにしてやりたい。

しかし、自分が積極的に動き回るわけにはいかない。ここに座って情報を収集するためには、自由に動ける人間の手が必要だ――濱崎の顔が脳裏に浮かぶ。

電話を取り上げようとして躊躇った。濱崎も、ブラウンが頼めば喜んで動いてくれるだろう。彼自身が追いかけようとしていた線ともつながるわけだし……しかしそれでは、彼を危険な目に追いこんでしまう可能性がある。一民間人、しかもアメリカ人でさえない彼を窮地に追いこんだら、大問題だ。

もう少し考えよう。

濱崎を動かすにしても、危険が少ない方法を考えねばならない——既に何人もの人間が傷ついた。濱崎も自分も。そしてこれ以上、濱崎を傷つけてはいけない。

しかしあの男は、こちらが何を言わずとも勝手に動いてしまうだろう。網をかけようとすればするほどもがき、そこから逃れようとする、そういう男なのだ。

監視だ、とブラウンは決めた。密かに監視し、動きを見守る。危険な状況になったら介入すればいいし、あるいは「いよいよこれから」という時に手柄を横取りしてもいい。その際、むっつりとした表情を浮かべるであろう濱崎の様子を想像すると、何故か気持ちが沸き立つようだった。

「お前ねえ、朝からぼけてるのか」濱崎は思わずぼやいた。東京の朝九時——とうに公務員の仕事は始まっている時間だ——に合わせて電話をしたのに、大塚は反応しなかったのだ。三度かけ直してようやく電話に出たのだが、何とも頼りない寝ぼけ声である。

「昨夜、遅かったんだよ」

「刑事総務課の人間が、そんなに遅くなるわけないだろう……どうせ呑んでたか、麻雀だろう」最近は麻雀をする人間も少なくなったが、大塚は数少ない愛好家の一人である。

「まあ、いいじゃないか」言い訳するように、大塚がもごもごと言った。

「メール、見たか？」

「ああ、どういうことなんだ？」大塚が急に声を潜めた。

「和田美里《よしみ》は知ってるだろう？」

「昔の好で名前だけは、な」大塚もかつては、組織犯罪対策部にいた。「それがどうした」

「今、ニューヨークにいるぞ」

「何と、まあ」

驚く大塚に、濱崎は人質事件以来の事情を説明した。喋りながら小さな窓に歩み寄る……ここからはほとんど何も見えない。午後七時、すっかり暗くなっている今は特に。夕方から雪が降り始めており、外を歩く人も少なくなっていたのだが。この寒々とした雰囲気は、ブルックリン独特の感じである。マンハッタンの中心部なら、二十四時間人の流れは絶えないが、イーストリバーを渡ると、同じニューヨークとは思えなくなる。最近はブルックリンにも尖った店が増えて、観光客も増えてきたのだが、それでも基本的には静かな住宅地である。濱崎が住む辺りは、マンハッタンに通う勤め人が多い街なので、東京の郊外と同じように夜も静かだ。

「彼女が、まだヤクザとつながっているんじゃないかと思うんだ」濱崎は推理を披露した。

「巌本《いわもと》組だな」

「ああ」巌本組は、西麻布に本拠を置いている。広域暴力団広元《ひろもと》連合の傘下組織として知られる、いわゆる「経済ヤクザ」だ。濱崎が警察を辞めた頃には、「オレオレ詐欺」に関わった疑いで捜査の手が伸びていた。「あそこは最近、どうなんだ」

「大人しくしてるよ。特に事件も起こしてないな」

「下っ端のチンピラ連中も？」組織の下の方にいる人間たちは何も考えずに動く。引き締めが強い組だとそういうこともないのだが、巌本組は緩い方だった。事実、西麻布辺りの呑み屋でしばしばトラブルを起こし、警察に引っ張られる連中が後を絶たなかった。

「それもないね」大塚があっさり言った。

「何で静かにしてるんだろう。上手い金儲けの方法でも見つけたのかな」

「それは知らないけど……俺は今は、ヤクザの捜査からは外れてるからな。それで、和田美里がどうしたんだ？　ニューヨークくんだりで何をやってるんだ」

「旅行代理店。日本人向けだけど」

「そういう才覚がある女だとは思わなかったな。せいぜい、雇われママが精一杯な感じだったけど」

「今回も雇われママかもしれない」

「ヤクザが旅行代理店をやるか？　それもニューヨークで？　あり得ないだろう」大塚が鼻を鳴らす。「アメリカでも、簡単にそういう商売は始められないんじゃないか？　許可なり何なり、必要だろう。和田美里にしろ巌本組にしろ、チェックをすり抜けられるとは思えない」

「どういう仕組みになっているかは分からないんだ」濱崎は認める。「ただ、旅行代理店を隠れ蓑にして、何かやってる可能性もあるんじゃないかな」

「えらく複雑だな。状況をメールで送ってくれないか？」

「面倒だ。話す方が早い」

「お前が、報告書を書くのが苦手なのは知ってるけど、それぐらいは何とかしてくれよ」大塚が愚痴を零した。「間違いがないようにするためだから」

「……分かった」

「で、見返りは？」

「そっちでも、事件に一枚嚙めるかもしれないじゃないか。アメリカの事件の捜査に警視庁が参加できたら、名誉な話だろう」

「そういうことを言われても、ねえ」大塚は及び腰だった。「一枚嚙むって言っても、ニューヨーク市警がこっちに捜査に来た時、道案内するぐらいが精一杯じゃないか？」

「それのどこが不満だ？」濱崎はいい加減じれてきた。大塚は昔から、何かと愚痴の多い男である。それは以前と変わらない——いや、昔よりも面倒な男になっているようだ。それでも今は、この同期に頼らざるを得ない。「とにかく、何か分かったら教えてくれ」

「お前も、ヤクザとは縁が切れないなあ」大塚が呆れたように言った。「せっかくニューヨークにまで行ったのに、まだ日本のヤクザに引っかかってるとはね」

「好きでやってるわけじゃない。たまたま事件にぶつかったから——」

「いや、違うね」大塚が急に低い声で言った。「お前は結局、こういうのが好きなんだよ。世界中どこへ行っても、同じようなことをするんだろうな」

「同じようなこと？」

「ワルを追いかける」

夜の時間を休養に当て——何しろ昨夜撃たれたばかりだ——濱崎は翌日早朝から動き出した。大塚の調査は時間がかかるだろう。彼は今、捜査部署にいるわけではないのだ。知り合いの伝を辿り、しかも疑われないように情報を収集するには、慎重にやらねばならない。
大塚に過大な期待を寄せるのはやめ、自分で動く——美里の動きを観察することにした。

思い切って直接会いに行くことも考える。ビジネスパートナーかもしれないヒッグスが殺されて、彼女の行動パターンにも変化が生じている可能性がある。

昨夜の雪は降りやんでいたが、寒さが厳しい。ニューヨークというのは本当に寒い街で、真冬に街角で何分か立っているだけで、命の危険を感じることさえある。濱崎は意識して歩幅を広くし、歩き始めた。体を大きく動かして、冷えないようにしないと……無理な動きに脇腹の傷が痛んだが、すぐに慣れるだろうと自分に言い聞かせる。

美里の店の近くまで出て、まずは朝食。ブルックリンに比べれば一・五倍ぐらい高いダイナーに滑りこみ、卵二個のスクランブルエッグとベーコンの朝食を摂った。パンは一枚。既にバターが染みこんでおり、半分はジャムを塗って食べる。それにしてもアメリカのジャムは……小さなパックに入っていて、やけに粘度が高い。いかにも添加物たっぷりで、できれば食べたくないのだが、時には体が甘いものを欲することもある。怪我している今が、まさにそうだった。そう言えば一度、小さな子どもを連れていた若い父親が、パックに直接口をつけてジャムを吸いこむ様を目撃したことがある。そういう嗜好も当然だ、と納得できるくらい太った父親だった。自分もそういう食生活に傾きつつある。最近体重を計っていないが、どれだけ太ったか考えると心配になる。

そそくさと食事を終え、二杯目のコーヒーをもらう。前の客が忘れたのだろうか、USAトゥデイが向かいのシートに置いてあるのに気づいて取り上げた。ヒッグスが殺されてからまだ二日、ニュースは大きく紙面を飾っている。銃による犯罪が珍しくないアメリカでも、こういう殺人事件はやはり大きな話題になるようだ。

しかし、濱崎が知らないような情報はない。捜査は難航しているようだ。そう言えば……犯人が誰かはとうに分かっているはずである。少なくとも、乗っていた車は判明しているのだから。車は乗り捨てられ、犯人は別の方法で逃走しているのか、あるいは先行きに不安を感じて自殺でもしたか——どちらの可能性もあり得る。そしてニューヨークの——アメリカの警察官が、犯人の追跡に苦労するであろうことは、簡単に想像できた。やはりアメリカは、日本に比べてずっと広いのだ。

ダイナーを出て、美里の店「ニューヨーク・スポーツ」の前での張り込みに入った。美里は用心しているかもしれないし、ヒッグスの死に恐れをなして家に閉じこもっている可能性もあるが、まずは待ってみることだ。

開店時間である十時の十分前に、富澤由真が出社してきた。ごく自然な様子でビルの奥に姿を消すと、その直後、店の灯りが灯る。店の中で彼女が忙しく動き回り、開店準備を進めているのが見えた。早番ということか……美里も開店時間までには出て来るはずだが、今のところ姿は見えない。

濱崎は腕時計と店の間で、何度も視線を往復させた。十時を過ぎたが、彼女が出勤してくる気配はなかった。何か事情があったのか……スマートフォンを取り出し、手の中で弄《もてあそ》ぶ。電話を入れて、さりげなく美里の所在を聞き出すか。

だが、濱崎のスマートフォンの時計で十時を一分過ぎたところで、美里が小走りにやって来た。まだ昨夜の雪が少し残っているのだが、滑るのを恐れる気配も見せず、大急ぎで店に駆けこんで行く。ヒッグスの死は、彼女の普段の生活に何の影響も与えていないようだった。

まずは監視か……ビルの壁に背中を預けてリラックスした姿勢を取った瞬間、スマートフォンが鳴った。こんな時に——と思ったが、見ると電話してきた相手は大塚である。無視するわけにもいかない。

「何だよ、そっちは真夜中じゃないのか」時差の関係で、午後十一時ぐらいだろう。

「まったく、いい迷惑だよ」大塚がぼやく。「先延ばしにすると面倒臭いから、大慌てでいろいろ調べたんだ」

「そりゃどうも。お前にしては仕事が早いな」

「褒められても嬉しくも何ともないよ……おい、お前、何か当たりを摑んだかもしれないぞ」

「というと？」鼓動が高鳴るのを意識しながら、濱崎は訊ねた。

「厳本組の相本《あいもと》という奴、知ってるか？」

「そいつは、謹慎中じゃないか？」濱崎の記憶にはあった。

「いつの話だよ」大塚が笑い飛ばす。「もうとっくに出世ルートに戻ってる。今や若頭だぜ」

　相本は、濱崎たちもよく分からない厳本組内部の事情によって、一時干されていた。濱崎にとっては、「美里に店を持たせていた男」である。相本が干され始めた時期は、美里が渡米したタイミングと同じだったはずだ。となると美里は、パトロンを失って新天地に夢を求めたのか……。

「今はでかい顔《つら》をしているわけだ」

「文字通り、な。奴の顔のでかさは折り紙つきだ」

　思わず吹き出しそうになり、濱崎は唇を嚙んで堪えた。相本の顔の大きさは、マル暴担当の刑事にとって、笑いのタネだったのである。もちろんそれが、一種独特の迫力を生む原因になっていたのも間違いないが。

「で、相本がどうかしたのか」

「最近、頻繁に渡米しているのが分かった」

「奴は、入国審査を通れるのかね」犯歴などで引っかかりそうな感じがしていた。

「そこは上手く切り抜けている」

「目的は？」

「そこまでは分からないが、行先はニューヨークだな……女と会ってるんじゃないか？

つまり、和田美里と」

可能性はある。まさかヤクザが、アメリカで商談でもあるまいし……だがそう思った瞬間、濱崎の頭の中である推理が閃《ひらめ》いた。

「金の動きはどうなってる？　奴がアメリカへ大金を送金した記録はないか？」

「今のところ、出ていないな。もちろん、俺たちが摑みにくいルートで金を送ることもできるわけだが」

「その線、洗えるか？」

「相当難しいな」これは、大塚の言葉の意味では、「不可能」とイコールである。

「他には？」

「奴が最近、妙な相手と会っているという噂がある」

「誰だ？」

「弁護士」

「弁護士ぐらい、会うだろう。奴らは弁護士のお世話になることも多いだろうし」

「それが、代理人なんだ……プロ野球選手の代理人。大リーグともつながっているらしい」

「何だって？」濱崎は思わずスマートフォンをきつく握り締めた。ここで一気に線がつながったことになる。「野球賭博とかの線じゃないのか」

「今のところ、巌本組が野球賭博に絡んでいるという情報はない」大塚が断言した。

「なるほどね」濱崎はスマートフォンを握った左手の力を抜き、右手で頬を撫でた。剃り残しの髭が鬱陶しい。「となると、何だろう」想像はついていたが、ここは大塚の意見も聞きたかった。

「さあね。俺は調べるのが仕事で、そこから先のことは何も考えていない。だいたい、これだけ調べるのも大変だったんだぜ」

「少しは推理しろよ。一応、刑事だろう」

「刑事総務課にいると、そういう感覚はどんどん消えていくんだよ」大塚が皮肉っぽく言った。「とにかく、俺の方で調べられたのはそれぐらいだ」

「和田美里は、どれぐらいの頻度で日本に帰ってる？」

「過去三年で、三回。毎年三月に二週間ぐらいだな」

「なるほど」濱崎は頭の中でカレンダーをめくった。三月は、大リーグは開幕直前、フットボールは全米最大のスポーツイベント、スーパーボウルが終わった時期である。バスケットボールとアイスホッケーはシーズンの最中だが、年間通してみれば比較的暇な時期と言っていい。

「向こうで仕事をやっていると、こんなものじゃないか」大塚が言った。

「そうだな……彼女、グリーンカードは持ってるそうだな？」

「ああ」

「簡単には取れないものらしいけど」

「その辺の事情はこっちでは分からない。何か、特別な伝でもあったんじゃないか？」

「例えば？」

「それこそ、お前の方で分かるんじゃないか？　アメリカでないと調べられないだろう」

「まあな……」一応同意してみたものの、今の自分にはそういう事情を調べる力がない。ブラウンに頼む手はあるが、あの男も刑事ではないのだ。ＥＳＵは機動隊にＳＷＡＴ、さらには消防隊の役割をかけ持ちするような緊急出動部隊である。日本の警察だったら、機動隊の隊長に調査を頼むようなものだ。

礼を言って電話を切り、頭の中で推理をまとめようとする。しかしどうにも集中できないのは、道路の向こう側にある「ニューヨーク・スポーツ」のせいだ。十時を過ぎて、ぽつぽつと客が訪れるようになり、美里は応対に追われている。特に変わった様子もなく、時には笑顔も浮かべていた。

クソ、考えがまとまらない。

ヒッグスたちの投資家グループ――ここに美里も関わっていた可能性がある。さらに美里の陰には巌本組の存在が……いや、それは想像を走らせ過ぎか。日本のヤクザが、アメリカで大リーグチームの買収計画に関わるなど、万に一つの可能性もない――いや、正体を表に出さず、陰で利益だけを吸い取る方法もあるのではないだろうか。そもそもそういうのがヤクザの金儲けである。

もしもこの推理が当たっていたら、話はぐっと大きくなる。それこそ自分の手には負えないレベルだし、ニューヨーク市警だけでも解決不能だろう。それこそ、海を越えた協力が必要になってくるはずだ。自分もそこに一枚嚙んで……と一瞬考える。訴追される恐れがなくなった今、警視庁に恩を売れれば、さらに動きやすくなる。

より自由になるためなら、もっと傷ついてもいいかもしれない。死にさえしなければ、何とでもなるのだ。

——情報が少な過ぎる。より多くの情報があれば、推理を先へ進めることができるのだが……やはりブラウンに会うしかないようだ。昨日も会ったばかりだが、そんなことは気にしていられない。

「ニューヨーク・スポーツ」の店内にちらちらと視線を投げる。美里はこちらの存在にまったく気づいていない様子で、誰かと電話で話していた。しかし、何となく表情が険しい。眉間に皺が寄り、目が細くなっていた。単なる仕事の話とは思えない——というのは、自分が彼女に疑いを抱き始めているからだろうか。美里が受話器を置き、立ち上がった。バックヤードに姿を消し、すぐにまた出て来る。外出用にダウンジャケットを着こんでいた。客は誰もいないが……由真に声をかけて店を出る。歩道で一瞬立ち止まり、左右を見回して、ブロードウェイの方へ歩き出す。目指すのは地下鉄の駅だろうか。

雪こそ降っていないものの、今日も気温はぐっと下がっている。つい体を丸めてしまうぐらいの寒さなのだが、美里はしっかり背筋を伸ばし、大股でアスファルトを踏みしめていた。多くのニューヨークの女性がそうであるように、ひたすら自分を鼓舞しているようだった。この街で粘り強く生きていくために、何より大事なのは「自信」である。中身が空っぽでも、少しでも自分を大きく見せることで、周りの評価も高くなる。

もちろん俺のように、目立たずひっそり生きていくこともできる。世界で一番、紛れるのに相応しい街でもあるのだ。

どうするか……美里の背中が小さくなってきた。彼女は、ちょっとその辺に買い物に出かけただけかもしれないが、遠出する可能性もある。しかしいずれにせよ、逃してはいけない。一瞬で判断して、尾行を始める。

美里はダウンジャケットのポケットに両手を突っこんだまま、プリンス・ストリートを大股で歩き続けた。この辺は、建物は古いのだが、多くのビルにハイブランドのショップが入っている。こういうミスマッチな雰囲気が人を惹きつけるのだろうな、と濱崎はぼんやりと考えた。

美里は駅ではなく、一軒のカフェに入った。濱崎はそのまま通り過ぎ、次の手を考えた。店の中に入って彼女と同席するのは危険だ。あくまでこちらの姿は晒さずにいきたい……

周囲を見回すと、道路の向かいに別のカフェを見つけた。張り込み、尾行していたのはほんの短時間だったのだが、既に体も冷えきっている。少し温まって、監視しながら考えるのも手だろう。

エスプレッソ専門店だった。やけに明るい内装で、基本的には立ったままさっと飲んですぐに出ていくような店である。長居はできないし、エスプレッソはほんの少量だから、体も温まらない……しかし眠気覚ましにはいいだろうと判断し、濱崎は店に入った。

暖房で解凍され、ほっと一息つく。注文する時に、正体の推測すらできないフレーバーを選択しなければならなかったが、どうでもいい……適当に指差して選んだ。エスプレッソは機械で淹れるものだから、どこでどう飲んでも同じ味だろう。日本の喫茶店の、一杯一杯丁寧にペーパードリップで淹れたコーヒーが恋しくなることもある——アメリカのコーヒー文化は、あまり自分には合わないようだ。

エスプレッソに砂糖を加え、ちびちびと飲む。二口か三口で空にするのが本当のエスプレッソの飲み方だというが、それはイタリアの話だろう。

窓辺にある小さなカウンターにつき、向かいの店を眺める。大きな窓から店内の様子は窺え、美里がテーブルについているのは確認できた。ただし、ガラスの透明度が低いので、表情までは窺えない。一休みというところか、あるいは誰かと待ち合わせしているのか。

濱崎はスマートフォンを取り出し、ブラウンに英語でショートメッセージを送った。あの男は、話す分には日本語に不自由しないが、読む方はどうだろう。日本語を母語としない人から見ると、漢字かな混じりの文章は暗号のように見えるらしい。

昼飯でも食わないか？　情報がある。

すぐに返信があった。

何か余計なことをしているのか？

余計と言えば余計……しかしこの情報にはブラウンも食いつくだろうと思い、必死で英語で文面を考えてまたメッセージを送る。

ミサト・ワダに関して新しい情報がある。

三分待った。ブラウンの返信には戸惑いが感じられる。

会うのは構わないが、こちらからは言うことはない。

まったく、面倒臭い男だ……濱崎は店を出て、改めてブラウンに電話をかけた。アメリカは携帯電話のマナーに関してはいい加減な国で、混み合う飲食店の店内でも、平気で大声で話している人間がよくいる。しかし濱崎の中には、まだ日本的なマナーの感覚が残っていた。

「この情報は聞いておいた方がいい」ブラウンが電話に出ると、濱崎はいきなり切り出した。

「ずいぶん自信があるんだな」ブラウンは疑わし気だった。

「自信がなければ電話はしない」

「電話で済む話じゃないのか？　いちいちランチで時間を潰すのも馬鹿馬鹿しい。こっちは勤務中なんだ」

確かに。ブラウンは既に公務に復帰しており、ランチで抜け出すのも大変なのかもしれない。

「そう言わず……電話よりも直接会って話す方が、いいアイディアも浮かぶかもしれないじゃないか」

「こっちは、君と違ってフリーじゃないんだ」

「分かってる。しかし、一緒に飯を食うのは楽しいだろう」

「認識の相違だな」ブラウンが鼻を鳴らす。「俺は、君と一緒にいると食欲がなくなる」

「まさか。気のせいじゃないか？」濱崎は額を揉み、煙草を取り出した。素早く火を点け、冷たい空気に向かって煙を吐き出す。「そっちへ行くよ。どこか適当な店はないか？　時間は合わせる」

「十二時だ」ブラウンが素っ気なく言った。「近くへ来たら電話してくれ。日本食のレストランがある」

「日本食ねえ……」濱崎は顎を撫でた。アメリカの日本食には毎度悩まされる。少なくともレストランで食べる限り、「どこが日本食だ」と突っこみたくなる料理ばかりなのだ。とにかく何でも「照り焼き」になっている。しかもそれが、蜂蜜か何かを大量にぶちこんだのではないかと思えるほど甘ったるい。日本人シェフがいる高級な店にでも行けば、本格的な和食が食べられるかもしれないが、常に財布の中身を心配している濱崎にとって、そういう店は縁遠かった。

「いちいち文句は言わないで欲しいな」

「あのな、前から気になってたんだけど、あんた、日本でちゃんとした和食を何度も食べたよな」

「ああ。濃厚な豚骨《トンコツ》ラーメンまで経験した」

「日本で本当の和食を経験した後で、アメリカの和食を食べて、何かおかしいと思わないか？」

「いや」ブラウンがあっさり否定する。

「そうか」濱崎は溜息をついた。「まあ、あんたたちアメリカ人の舌を信用する方が間違ってるんだろうな」

「それで、ランチに来るのか、来ないのか」

「行くよ、もちろん」ブラウンの焦《じ》れた声を聞いて、濱崎は慌てて言った。「十二時に改めて電話する」

「それで」ブラウンが電話の向こうですっと息を呑む気配がした。「今は何をしてるんだ？」

「それを言う必要があるのか？」

「また勝手なことをして……どこにいる？」

「ソーホーだ」

ブラウンが黙りこむ。嫌な沈黙で、濱崎は反射的に、正直に言ってしまったことを後悔した。一つ咳払いをして、「俺にもいろいろ用事があるんだ」と言い訳する。ブラウンがそれを信じたかどうかは分からなかったが……少しでも彼の機嫌をとっておこうと、濱崎は「和田美里は、今でも日本のヤクザと関係しているかもしれない」と打ち明けた。

「どういうことだ？」ブラウンの声に急に熱が入り、話に食いついてくる。

「それは、会った時に話す」

「大事な話は、できるだけ早く聞かせてくれるべきじゃないか？　公益の方が個人的な事情より大事だろう」

「公益？　ずいぶん難しい日本語を知ってるんだな」

「いいから、どういうことか説明しろ」ブラウンの声に焦りが生じる。

「まだ確定していない情報だ。もう少しはっきりしたら話す。俺の推測だけ聞かされても困るだろう」

「しかし――」

「じゃあ、後で」濱崎はいきなり電話を切った。ブラウンがかけ直してくるかもしれないが、無視しよう。多少なりとも、精神的に優位に立たないと。

　顔を上げると、濱崎は予想もしていなかった顔を見つけた。相本？　濱崎は思わず目を細めた。何年も顔を拝んでいないから確証が取れず、思わず声をかけてみようかとも考えた。

　まさか。あの男が一人でニューヨークにいるということは……美里に会いに来たに違いない。相本はまったく迷う様子も見せず、真っ直ぐ店に入って行った。膝丈のウールのコート、そして巨大な顔――改めて見ると、顔が大きいわけではなく頭が巨大なのだと分かった。まるで、ロシア人が冬場に被るような帽子を載せている感じである。凶暴な表情は昔のままで、濱崎は「更生」という言葉が何の意味も持たないことを実感した。

「おいおい……」思わず一人つぶやいてしまう。目を細めて店内を見ると、相本は迷う様子もなく美里の席に向かった。美里がうなずきかけるのが見える。こいつらの腐れ縁はどこまで続いているのか。

ランチミーティングは、延期せざるを得ないかもしれない。

ESUには出動がない日の方が圧倒的に多いのだが、ブラウンは心落ち着かない午前を過ごしていた。部下たちは、日課のトレーニングに出かけていて、分隊に人は少ない。

ブラウンはリズとアレックスを自室に招き入れ、状況を整理していた。

「二つの投資グループの間で、何かトラブルがあったんじゃないかと思う」ブラウンは初めて、はっきりと推測を口にした。

「Aグループが、ミスタ・ヒッグスのグループですね？」リズが口を挟む。

「ああ。そしてもう一つ……Bグループには、ダブルHの息子がいたわけだ」

「ダブルHは絡んでいたんでしょうか」

「彼はメッツ買収には関係していないはずだ」

「だったらどうして、ミスタ・ヒッグスを殺したんでしょう」

「息子の敵討ち」リズが以前に言った疑問をブラウンは口にした。

「でもジョー・ハインズは、勝手に人質事件を起こして射殺されたんですよ？　それは、メッツの買収とは何も関係ないでしょう？　彼の個人的な問題で起きた事件です」リズはなおも反論した。

「何か絡んでいるんじゃないかと思うんだが」

「かなり無理な推測だと思います、サー」アレックスが、遠慮がちにリズに同意した。

「そうだな」ブラウンは顔を擦った。「確かに無理があるかもしれない。ただ、何かがつながっているような気がしてならないんだ。ハインズが襲ったミズ・ワダは、ミスタ・ヒッグスと関係があった」

「どういう関係ですか？」リズが疑わしげに言った。「男女の関係？」

「それは分からないが……違うとは思う。彼女は、ミスタ・ヒッグスの死を知らされた時に、パニックにならなかった。男女の関係だったら、もっと取り乱すはずだ」

「そうですね……」リズが腕を組んだ。「つまり、ミズ・ワダはビジネスでミスタ・ヒッグスと関係があった──それがメッツの買収であってもおかしくはないですね。ミスタ・ヒッグスは、他にも多くのビジネスを手がけているでしょうが」

「そうだな」ブラウンは腕組みをした。まだまだつながらない。拾っていないパーツが多過ぎるのだ。ここは一つ、濱崎とのランチに期待しよう。これはチャンスなのだ。こちらから働きかけようと考えていた矢先に、向こうから電話がかかってきたのだから。

「メッツの将来に、何だかケチがついた感じですね」リズが残念そうに言った。

「ああ。オーナーグループは表には出ないだろうが……イメージは悪い。今回の買収交渉は失敗に終わるかもしれないな」

「ミスタ・ヤマシタのグループが漁夫の利をさらうかもしれません」

「彼のグループは、資金力で劣る。メッツの現在の経営陣は、それでは納得しないかもしれない。交渉決裂の可能性もあるな」野球談義に流れそうになったので、ブラウンは話を引き戻した。「とにかく今日の昼に、もう少し情報を仕入れられるかもしれない」

「独自の情報源ですか？」

「ああ」

「一人で大丈夫ですか？」心配そうにリズが訊ねる。

「危険な人間ではない」言ってはみたものの、自分の言葉が信じられなかった。濱崎は、自分は何もしなくても、トラブルを呼び寄せてしまうタイプなのだ。ましてや余計な動きをすれば、さらに大きなトラブルに巻きこまれる可能性が高い。ブラウンは、日本でそれを散々思い知っていた。

「私たちが同席した方が……」

「君たちには紹介したくないんだ」ブラウンはぴしりと言った。「俺の人間性を疑われる可能性もあるからな」

「そんな人なんですか、サー?」アレックスが目を見開く。

「最低の人間なのは間違いない」それは事実だと思いながらブラウンはうなずいた。「最低だが、時々ホームランを打つ」

「我々に必要なのは、アベレージヒッターだと思いますが」アレックスが真顔で言った。

「一か八《ばち》かに賭けるのは、警察としてはいかがなものかと思います」

「分かった、分かった」ブラウンは降参の印に両手を挙げた。この男の四角四面——融通の利かない考え方には、ブラウンでもついていけない時がある。

「その人……ボスのネタ元は、危険な状態にはないんですか?」リズが訊ねた。

「そうだな」ブラウンは顎を撫でた。電話してきた時、彼はソーホーにいると言っていた。何をしているかは明かさなかったが、美里の監視をしているに違いない。あるいは既に接触している可能性もある。危険な感じがした。美里がトラブルに巻きこまれているのは間違いない。そこへ濱崎が首を突っこんだら、さらにトラブルが拡大するのは目に見えている。濱崎自身のトラブルではなく、もっと影響の大きな話……濱崎の存在は部下たちにも内緒にしておこうと思っていたが、ブラウンは気持ちを切り替えた。トラブルを最小限に抑えるのも、ESUの仕事と言えるのではないか?——かなりの拡大解釈ではあるが。

「ちょっと待ってくれるか」ブラウンはスマートフォンを取り出し、濱崎を呼び出した。二人に背を向け——日本語で話すのだからどうせ内容は分からないだろうが——濱崎と話し始めた。

「何だ」

濱崎は迷惑そうだった。しかし電話に出るぐらいだから、追いこまれた状況ではないだろうと判断して続ける。

「ミズ・ワダを監視してるのか」

沈黙。電話の向こうで、濱崎が小さく舌打ちする音が聞こえたような気がした。

「当たり、だな？」

「俺を監視でもしてるのか？」

「まさか。君のためにそんな人員を割く余裕はない」

「どうぞ、俺はそういう位置づけのままで放置しておいてくれ」憎まれ口を叩きながらも、濱崎の口調はどこか不満気だった。

「何かあったのか？」

「いや」

短い否定。しかしブラウンは、その答えとは裏腹の肯定を感じ取った。何かあった――それも濱崎一人では処理しきれない何かが。

「日本のヤクザがどうのこうのという話があったな。あれはどういうことなんだ」

「まだはっきりしない」

「まさか、そのヤクザがこの街に来てるんじゃないだろうな」

「どうかな。そんなのは、入国記録を調べれば分かるだろう」

「名前も何も分からないのに、入国記録をチェックできるはずがない」

「——相本。相本という名前だ」濱崎がいきなり名前を明かした。

「どこに住んでる？」

「東京のはずだけど、詳しくは知らない。俺のデータベースは、だいぶ前からアップデートされていないんだ」

「だらしないな」

「俺はもう、刑事じゃない」濱崎がむっつりした口調で反論する。

「だったらどうして、捜査に首を突っこんでる？」

「別に何もしていない」

「意地を張るのはやめた方がいいんじゃないか？　この件では死人も出てるんだぞ」

「俺は、逃げるのだけは上手いから」

「俺の記憶にあるのとは違う」

「思い違いじゃないか？」

短い沈黙。ブラウンは「まだソーホーにいるのか」と訊ねた。

「まあな」

「何をしているか、言うつもりはない？」

「ない。今はまだ話せない」

微妙な返事だが、ブラウンはこれでよしとした。取り敢えずソーホーに人をやって濱崎を監視させよう。何もなければ数時間後にはランチ。監視もさほど長く続ける必要はあるまい。

電話を切り、二人に向き直る。リズは脚を組んでリラックスした様子だったが、アレックスは例によってぴしりと背筋を伸ばし、両手を腿に置いている。視察に出かけた日本で見た、剣道の選手たちのようだな、と思った。彼らは硬い板敷きの道場で、こういう格好で自分の出番を待っていた。真剣こそ持っていないが、現代のサムライたち——アレックスにも、彼らに通じるものがある。

「アル、一つ頼まれてくれないか？」

「イエス、サー」アレックスが即座に反応した。

「せめて内容ぐらい聞いてからにしないか？」ブラウンは苦笑した。こいつは「死ね」と命令されても、瀕死の重傷を負ってから「どういう意味だったんですか」と確かめるようなタイプだ。

「どういうご命令ですか」代わりにリズが訊ねる。

「ある男を監視して欲しい」

「ボスのネタ元ですね？」リズが鋭く察して指摘した。

「ああ」

ブラウンはパソコンを操作し、濱崎の写真を呼び出した。彼が日本を離れた後、念のために警視庁経由で手に入れていたものだ。彼が警察にいた頃――数年前の写真だが、今もそれほど顔つきは変わっていない。写真をすぐに二人のスマートフォンに転送した。

「今、そいつの顔写真を送った」

「前科のある人間なんですか？」リズが自分のスマートフォンを取り出しながら言った。

「いや、明確な前科はない。ただし……」

「グレーゾーンですか？」リズが訊ねる。

「そんなところだな……名前はハマサキ。日本人だ。話しかけないで、監視だけして欲しい。ソーホーの美里の店の近くにいると思う。俺はここで待機しているから、何かあったらすぐ連絡してくれ」

「すぐに出ます」アレックスが立ち上がる。

「監視はそれほど長く続かないと思う。彼とは、ランチを一緒にする約束をしているんだ。何もなければ、彼はこの近くまで来ることになっている。尾行して、彼が俺と会ったらそのまま解散、ということにしよう」

「イエス、サー」

アレックスがすぐに部屋を出て行った。リズが苦笑しながら彼を見送り、自分も立ち上がる。

「彼は優秀な戦士だ。それは間違いない。ESUには絶対に必要な存在だよ」ブラウンはしみじみと言った。

「それは分かっています。ただ私は、もう少し自分の頭で考えて動きます」

リズが耳の上を人差し指で突き、部屋を出て行った。確かに……彼女の場合、戦士としての優秀さにプラスして、刑事らしい観察力・判断力もある。ESUでずっと働かせておくのはもったいない気もする。ただし、部下としては絶対に手元に置いておきたい人材だ。

一人になり、ブラウンはしばらく考えた。これから事態が急速に大きく動く可能性がある。新たな事態は、自分たちの手に負えないかもしれない。

意を決して、スマートフォンを手に取る。かけた相手はタッカーだ。

「どうした」タッカーは、ブラウンから電話がかかってきたのが意外そうだった。

「例の事件の関係なんですが……今はどうなっていますか」

「一段とややこしくなってるよ」タッカーが不機嫌に言った。「せっかく終わったと思ったら、ダブルHが余計なことをしてくれたからな」

「その捜査は担当していないのでは？」

「ガーデンシティ署が、やいのやいのと言ってきてる。向こうは小さい署だから、人手も足りないんだろう。うちでも、ダブルHの捜索に人手を割いてる」

「そういうお忙しいところ、申し訳ないんですが、ガーデンシティ署とそちらと私、三者で会議ができませんか」

「どういう組み合わせだ、それは」タッカーがますます不機嫌になる。

「この事件に関係した三人ですよ」

「お前は関係ないだろう」

「もちろん、私には捜査権はありません。ただし私は、情報を持っています」

「おいおい」タッカーが非難するように言った。「何で突撃部隊のお前が情報を持ってるんだ？　意味が分からん」

「機会があれば説明します。でも取り敢えず、情報だけはお伝えしたいんです。今日の午後、時間は取れませんか？　また連絡します」

「まあ、お前がそう言うなら……」不承不承といった様子だが、タッカーは結局同意した。

「場所と時間はどうする？」

「まことに勝手ながら、ここでやれればと思います。中間地点ですから」

「ガーデンシティ署からは相当遠いぜ」

「事前にこちらまで来てもらいます」

「だったら、俺が電話しておこう。アニーの声を電話で聞くのも、なかなか心地好いものだよ」

「もうアニーと呼んでるんですか？」ブラウンは疑わしげに言った。

「アン・ハーバードだからアニー。何か変か？」

「いえ、まったく変ではありません……ではあなたにお任せします。時間は改めてお知らせしますから」

「分かった。役に立つ情報なんだろうな？」

「それは、ご自分で判断していただければ」

「お前は、セールスマンにはなれないな」タッカーが鼻で笑った。「騙してまで何かを売りつけようという根性がない」

「私は骨の髄までＥＳＵの人間ですから」

「結構、結構。お前はプロ中のプロだ……ただし捜査に関してはプロじゃないんだ。それを忘れるな」

「もちろん、それは理解しています」

「では、後で連絡する」

電話を切って、ブラウンは肩を上下させた。二人に会う前に、何とか濱崎と情報をすり合わせたい。そうすれば、今後の捜査を大きく推進できる情報が入手できるかもしれない。

それからの時間はじりじりと過ぎた。ソーホーに向かった二人からは早々と「濱崎を捕捉」の連絡が入った。プリンス・ストリート沿いで時間を潰している――誰かを監視しているようだという。間違いなく美里だ、とブラウンは確信した。

「何を監視している？」

ブラウンは、電話をかけてきたリズに訊ねた。

「店、だと思います。向かいのカフェを注視しています」

「そこに、ミズ・ワダがいると思う」

「中を確認しますか？」

「できれば。さりげなくやってくれ」

「分かりました」

電話を切ってさらに十分後、リズからまた報告があった。ただし今度は電話ではなくメール。


ミズ・ワダを確認。日本人らしき男と一緒にいます。深刻そうな様子で何か相談しています。

ブラウンは「男の特徴は？」と質問をメールで返した。すぐに返信がある。「身長六フィート（百八十センチ）ほど、地味なグレーのスーツ。左頬にかなり目立つ傷あり」取り敢えず確認のポイントになるのは傷ぐらいか。何とか名前を割り出したいところだが……いや、この男こそ、濱崎が言っていた「相本」ではないか？　名前さえ分かっていれば、タッカーなら簡単に情報を割り出すだろう。それこそ、警視庁との正式ルートを使ってもいい。

メールを受け取った直後、アレックスから電話がかかってきた。

「女が店から出てきました」

「男が一緒にいたはずだが、どうした？」

「一緒です。どこかへ向かう様子ですが」

「一人で申し訳ないが、できるだけ二人の後をつけてくれ」

「別れたら、どちらを優先しますか」

「男だ」これまでは、美里が重要人物だった。しかし今、相本という男の存在がクローズアップされている。

「イエス、サー」

「ハマサキはリズに任せる」

「イエス、サー」

電話を切って、即座にリズにかけ直す。

「今、電話しようと思っていました」リズの声は弾んでいた。「二人が店を出ました」

「君は？　今どうしてる？」

「私も店を出たところです」

「ハマサキは？」

「二人を尾行し始めました」

それはそうだ……濱崎が二人を監視していたのは間違いないのだから。つまり美里は、濱崎、そしてアレックスを引き連れて、相本と一緒に歩いていることになる。奇妙な一団だ。

「君は最後尾から尾行してくれ。でも、最終的に食いついて欲しいのはハマサキだ」

「了解です」

「ミズ・ワダともう一人の男がどんな動きをしても、ハマサキに食いついてくれ」

「分かりました」

電話を切り、ブラウンは立ち上がった。ずいぶん長い間、座りっ放しだった感じがする。足の傷が痛むことはもうないが、体を動かさないでいると、力が抜けていくような感じだった。

トイレに向かい、冷水を顔に振りかける。ひりひりと痛むような冷たさに、一気に目が覚めた。さて、これから数時間の間に何が起きるだろう……唇を引き締め、鏡を覗きこむ。普段、自宅でもあまり見ない表情――やけに凶暴に見えた。本能が危機を察知している。

しかし数時間後、事態はブラウンの予想をはるかに超える様相で転がり始めるのだった。

相本を見逃すか——濱崎は判断に迷ったが、カフェを出た二人は、結局一緒に「ニューヨーク・スポーツ」に入って行った。相本が、まるで自分の店であるかのように偉そうにしているのが、外からも見える。店に置いてあるソファに腰を下ろし、ふんぞり返って足を組んだ。客が来ても、その姿を見たら逃げ出してしまうだろう。もしかしたらこの店にも、相本が金を出したのか……。

相本が店を出て来る気配はなかった。反射的に腕時計を見ると、十一時半。約束通りにブラウンとランチミーティングをするなら、そろそろここは離脱しなければならない。よし、相本は放置しよう。というより、ブラウンたちに任せよう。ニューヨーク市警の捜査力をもってすれば、相本を追いこむのは難しくあるまい。こっちはその様子をしっかり確認し、事件の行く末を見守る——俺も馬鹿じゃない、と濱崎は思っていた。できることと、できないことは理解しているつもりだし、暴走して怪我でもしたらつまらない。いや、怪我するぐらいならともかく、命に関わる可能性もあるのだ。本当の敵の存在がまだはっきりしないだけに、用心に越したことはない。

濱崎は右手を上げ、人差し指を伸ばして手で銃を作った。人差し指を相本に向けたまま撥ね上げる——お前は絶対仕留めてやる。

その前に、ランチの約束だ。

ブラウンに指定されたのは、本格的な日本料理店だった。店に入った瞬間、「いらっしゃいませ」の日本語で出迎えられる。従業員は全員日本人のようで、情けないことに、ほっとしてしまう。ただしほっとしたのは店に入った瞬間だけで、メニューを見て顔から血の気が引いた。寿司にてんぷら、蕎麦《そば》と、いかにもニューヨークの日本料理店らしく何でも揃っているのだが、とにかく高い。一番安い「おろし蕎麦」でも十六ドル。蕎麦一杯でこの値段は馬鹿馬鹿しいし、ブラウンの分まで持たなければならない——最初に誘ったのはこっちだ——と考えると、財布の中を寒風が吹きすさぶようだった。

「いくら丼というのは？」ブラウンが真剣な表情でメニューを観察しながら言った。

「この店、来たことがないのか？」

「俺のランチの予算を超える」

「なるほどね」人の財布を使える時に来る店か——こいつは俺にダメージを与えようとしているのだろうか、と濱崎は疑った。しかしこの際、金のことであれこれ言ってはいられない。「いくら丼は、鮭——サーモンの卵の丼だ」

「それにしよう」

「生物《なまもの》だぜ？　あんたらは、生の魚は食べないのかと思ってた」

「ニューヨークに、何軒寿司屋があると思ってる？　生の魚――寿司なんか、まったく普通の食べ物だよ」

「なるほど。じゃあ、それにするといい。コレステロールの塊だ」

「幸い俺は、そういうことをまったく気にする必要はない」

「じゃあ、俺もいくら丼にするか」二十四ドルが二つ……このダメージは後々財布に響くだろう。「何でニューヨークっていうのは、こんなに物価が高いのかね」

「それは東京も同じだろう」

「いや、東京だったら、三ドルでも昼飯は食べられる」

「まさか」ブラウンが疑わしげな視線を向けてきた。

「向こうにいる時、立ち食い蕎麦を試さなかったか？　牛丼は？　ああいうものなら、三ドルでそれなりに腹も膨れる」

「そういえば昔、ブロードウェイの真ん中に、そういう蕎麦屋があったはずだ」

「ブロードウェイの真ん中に？」あり得ない。濱崎も散々お世話になったチェーン店が、よりにもよってあんな場所に出店したのだろうか。

「入ったことはないが、あれは間違いなく立ち食い蕎麦屋だったと思う」

「試してみた？」

「いや。俺には立ったまま食事するような習慣はない」

「あんたのような人にとって、食事は単なる栄養補給かと思ってたが。座ってようが立ってようが、同じじゃないか」

「緊急時にはそうだ。でも、緊急事態がそんなにあるわけじゃない」

「なるほどね」濱崎は軽く肩をすくめた。この男とは……やはり、どうにも上手くいかない。接近してはすれ違い、肝心のポイントは一致しないまま、という感じだ。

二人はいくら丼をあっという間に平らげた。ブラウンの箸の使い方が堂に入っているので改めて感心する。心は日本人……というほどではないが、日本について知っているだけのレベルではない。

「それで？　情報とは？」

濱崎はお茶を一口飲んで喉を湿らせた。どこまで話すべきか――

ここで全部話してしまおう、と決める。今更隠し事をしても、何にもならない。事態は間違いなく、大きく動きつつあるのだと確信していた。

「――ということは、ヤクザがメッツを買おうとしている？」

「そういう直接的な証拠は何もない。あくまで傍証――間接的な証拠だけだ」

「状況が、可能性を示唆《しさ》しているわけだな」

「えらく難しい日本語を使うな」濱崎は思わずからかった。日本人でも「示唆」を普通に使う人は多くない。

「そういうことだろう？」無表情なまま、ブラウンが言った。

「ああ。だから、相本を引っ張る手はある」

「何の容疑で？」

「そんなもの、何とかでっち上げろよ。警察はそういうのが得意だろう」

「ニューヨーク市警は、日本の警察とは違う」

「アメリカの警察の方が、エグい手を使いそうだが」

「一部の警官が乱暴なのは認める」ブラウンが素早くうなずく。「しかし、現段階では無理だ」

「調べてみろよ。絶対ボロを出すと思うぜ。あるいは美里の方でもいい。あいつだって、綺麗な体じゃないんだ。巌本組のアメリカ進出に関して、美里がアンテナ代わりになっていたのかもしれない」

「なるほど」ブラウンが顎を撫でる。

「彼女なら、引っ張る言い訳があるだろう。一応事件の被害者なんだから、事情聴取ということにして、叩けばいい」

「難しいな。彼女の方でも、その辺は用心しているはずだ」

「何だったら俺がやってもいい。相本は昔からの顔見知りだから、油断するかもしれない」

「むしろ警戒するだろう」ブラウンが指摘した。「しかもあんたは、警察官でも何でもない」

「警察の施設を使わせろ、とは言わない。場所はどこでもいいんだ。俺なら吐かせられる」

「あんたはそんなに優秀な刑事だったのかな」

「刑事もクソもあるか」濱崎はこめかみがひくひく動くのを感じた。「人間としてやってやるよ」

「無理だ」ブラウンが断じた。「危険だ。首を突っこむな。警察で何とかする」

「だけど、事情聴取もできないんだろう?」濱崎は確認した。弱腰過ぎる……。

「ニューヨーク市警にはニューヨーク市警のやり方がある。部外者は口を出すな」

「そうかい」濱崎は鼻を鳴らして立ち上がった。「こっちは、貴重な情報を話してやってるんだぜ? 体を張って摑んだ情報だ……まあ、警察っていうのはそういうものだよな。自分からは与えず、奪っていくだけだ」

「こっちは、あんたの安全を心配しているだけなんだが」

「そういう言い訳もできるか」濱崎はブラウンを睨みつけた。「散々利用しておいて、肝心な時には外すわけだ」

「外すも何も、あんたと組んでいた覚えはない」

「結構だ。俺は勝手にやる」

濱崎はそのまま店を出て行った。ブラウンに支払いを押しつけた結果になったが、気持ちは晴れない。金で解決できない問題も、世の中にはいくらでもあるのだ。

ブラウンの態度を見た限り、警察がすぐに動き出すとは思えなかった。濱崎はまた、美里の動きを監視することにした。彼女が一人になるタイミングを見計らって、何とか話を聴こう。直接対決すれば、口を割らせる自信はある。さらに、大塚から新しい情報が入ってくる可能性にも賭けていた。

午後二時。「ニューヨーク・スポーツ」に相本の姿は見当たらなかった。バックヤードに姿を隠している可能性もあるが……どこかで誰かと会っているのではないかと濱崎は想像した。ブラウンとの会食をパスして、相本を監視・追跡しておくべきだったのではないかと悔いる。昔と違い、今は追跡途中でも携帯電話で連絡が取れるのだから、何かヤバいことに巻きこまれたら、ブラウンに助けを求めればいい——いや、冗談じゃない。あいつと組んで何事かを成し遂げられると考えていた自分が間違っていたのだ。あいつは所詮、頭の固い——濱崎が知る限り、一番スクエアな警察官に過ぎない。心が通い合うことなど、絶対にないだろう。

三時。動きはない。やはりアメリカのスポーツ界は動きの少ない時期であり、「ニューヨーク・スポーツ」も閑散期なのだろう。煙草を何本か灰にしただけで、手がかりは一つもなし。時折美里の姿は見えたが、その様子にも特に変化はない。いつも通りに、淡々と仕事をこなしているだけのようだった。

四時──を五分過ぎたところで、美里が立ち上がるのが見えた。どこかへ出かけるのか？　一度バックヤードに消えて、また出て来た時には、再びダウンジャケットを着こんでいた。外へ出ると寒さに首をすくめ、前屈みになって歩き出す。先ほど行ったのと同じ、ブロードウェイの方へ向かっている。また誰かと会う予定なのだろうか……もしもそうなら、相本ではないはずだ。あの男は、「ニューヨーク・スポーツ」で、オーナー然として振る舞っていた。用事があれば、また店に来ればいいだけの話で、何も外で会う必要はないだろう。

美里はブロードウェイ沿いにある地下鉄の駅に入っていった。ニューヨークの地下鉄駅の入り口はだいたい小さく、気をつけないと見過ごしてしまいそうになる。N、R線が通るプリンス・ストリート駅の入り口も、濃い緑色に塗られた目立たないものだった。階段も、人のすれ違いが難しいほどの狭さである。濱崎は美里の背中を見失わないように気をつけながら後を追った。

ニューヨーク、特にマンハッタンにおいて、地下鉄は交通の大動脈である。まさに

「網」という感じであらゆる場所を網羅していて、渋滞にも天気にも影響されない――そういう意味では東京と同じなのだが、濱崎は毎日のように使っているニューヨークの地下鉄が好きになれなかった。非常に古いせいもあるのだが、どこの駅も天井が低く、圧迫感がある。昔に比べればずいぶん安全になったとはいうが、それでもホームの暗いところには、未だに悪が潜んでいる感じがする。しかしこの街で生きていく以上、地下鉄は生活必需品なのだ。

美里はN線に乗って北上した。降りたのは……タイムズスクエア。ここは地下鉄のハブ駅で、複数の路線に乗り換えられるのだが、後から継ぎ足し継ぎ足しで作ったせいか、構内が複雑である。しかし美里は迷うこともなく、人ごみを縫うように歩いて行く。それにしても歩きにくい……ここはまさにマンハッタンのど真ん中で、劇場街やポート・オーソリティ・バスターミナルなどが近くにあるので、利用者も多い。裏道に入れば、怪しげな土産物を売る店が軒を連ね、ニューヨークの猥雑《わいざつ》さを象徴するような場所である。濱崎としては、あまり近づきたくない場所ではあった。

美里は七番線のホームに向かった。クイーンズへ向かう路線で、ずっと先には……と考えた時、濱崎は嫌な予感を覚えた。このままメッツの本拠地であるシティ・フィールドの最寄駅まで行けるのだ。彼女は、そこに用があるのだろうか。

郊外へ向かう七番線はがらがらだった。クイーンズに入って少し走ると、路線は地上に出る。マンハッタンとは違う、低層の建物が並ぶ街並み……しかしざわついた雰囲気はマンハッタンと同じである。

美里は足を組んでシートに座ったまま、ずっとスマートフォンを弄《いじ》っていた。濱崎は車輛の端と端になるよう気をつけて監視していたのでかなり距離があり、表情までは窺えない。しかし、全身から漂う雰囲気から、やけに緊張しているのが分かった。眉間に皺が寄っていそうな感じである。

結局美里は、シティ・フィールドの最寄り駅であるメッツ・ウィレット・ポイント駅で降りた。この近くには、テニスの全米オープンが行われるナショナル・テニスセンターやアーサー・アッシュ・スタジアムなどが固まり、ニューヨークのスポーツの中心地なのだが、今は野球もテニスもオフシーズンである。午後――夕方早い時刻とあって、人気《ひとけ》はほとんどなかった。

距離に気をつけながら、尾行を再開する。美里は周囲を見回すようなことはしなかったものの、やけに急いでいる様子だった。まるで待ち合わせに遅れているように……。

この駅とシティ・フィールドはほぼ隣接していると言っていい。駅を出るとすぐ目の前に、巨大なスタジアムが威容を現すのだ。特にスポーツが好きでもない濱崎でも圧倒される。ここへはコーディネーターの仕事で何度か来たことがあったが、衝撃が薄れることはない。一見したところでは、ベージュと茶色を基調にした、普通の二階建ての建物のように見える。しかし視線を上に向けると、巨大な照明塔やスコアボードが目に入り、嫌でもここが野球場だと意識させられる。

正面入り口の前には、球場名物、リンゴのオブジェ――ビッグ・アップルということだ――の小型版が置いてある。美里は真っ直ぐ、そこへ向かった。いかにも誰かと待ち合わせている感じだが……。

相本。

だだっ広い球場の近辺では、冷たい風が強く吹きつける。相本は、膝丈のコートを着ているのだが、寒さに耐えかねている様子だった。美里を認めると、「遅い」とでも言いたげに厳しい視線を向けてくる。美里が慌てて駆け出した。パトロンを怒らせるとどうなるか……よく分かっているのだろう。

二人は並んで歩き出した。相本はかなり背が高い――百八十センチほどあるので、美里が遅れまいと足の回転を速くする。濱崎の目からは、ほぼ小走りに見えた。二人は正面入り口を避けて歩き続け、通用口に入って行った。離れたところから見ていた限りでは、悶着を起こしている感じではない。どうやら事前にアポを取っていたようだ――濱崎は思わず大声で警告したくなった。その男はジャパニーズ・マフィアだ、中へ入れるな！

しかし叫ぶわけにもいかず、濱崎はその場に立ち尽くした。二人の後を追いたいところだが、中へ入る言い訳が見つからない。クソ、あいつら、本当に球団の本拠地で買収交渉でもしているのか？

自分の限界を、濱崎は思い知っていた。もしも自分が今も警察官なら——ここはアメリカだが——何とか中へ入る方法を見つけ出しただろう。しかし今の自分は、何の権限もない民間人だ。

このままここで、指をくわえて待っているしかないのか……頭は沸騰しそうになっていて、落ち着けそうにない。

なす術もなく立ちすくむ濱崎は、一人の男が近づいて来るのに気づいた。

「失礼ですが……ミスタ・ハマサキ」

「あんたは？」濱崎は男の顔をねめつけた。ラテン系、がっしりした体型に短くクルーカットにした髪——殺気がある。素人ではないな、とすぐに分かった。軍人だろうか。

「我々は、モーリス・ブラウン分隊長の部下です」

我々？　濱崎は視線を巡らせた。リンゴのオブジェの陰から、女性が姿を現す。こちらは中国系だろうか。小柄だが俊敏な感じがする。メルティングポット（坩堝《るつぼ》）と言われるニューヨークらしい、多彩な隊員の顔ぶれだ。

「エリザベス・ワンです」女性が挨拶した。続いて最初の男が「アレックス・ゴンザレスです」と名乗りを上げる。濱崎はどう反応していいか決めかね、無言で頭を下げるだけにとどめた。

しかしすぐに、自分が尾行されていたのだと気づく。クソ、美里の尾行に集中するあまり、自分が尾行されていたことに気づかなかったとは……舌打ちして、己の失敗を悔いる。

「君たちは、俺を監視していたのか」

「ボスの命令です」リズが低い声で打ち明ける。

「何とまあ、間抜けな話だ」濱崎は両手を広げてみせたが、二人は反応しない。相当優秀な隊員――自分の個人的な感情を押し殺すように教育されているのだろう。ブラウンは、そういう非人間的な男なのか……いや、ＥＳＵの仕事では、人間らしい感情を無視しなければならない場面も出てくるはずだ。

「あなたと落ち合うように命令されました」

「何のために」

「この状況です」リズがスタジアムに向けて顎をしゃくった。「怪しい二人が、シティ・フィールドに入って行った……何かあったとしか考えられません」

「俺もそう思う」濱崎はうなずいた。「だけど俺には、ここに入る権限がない」

「だから私たちが来たんです」リズがうなずく。「中へ入ります。二人が何をしているか、状況を確認します」

「俺は置いてきぼりじゃないだろうな」濱崎は一歩リズに詰め寄った。

「まさか」リズが肩をすくめる。「一緒に入れるように、とボスから命じられています」

「あいつも、少しは物分かりが良くなったのか」濱崎は思わずニヤリとした。

「いえ」リズが唇の端を持ち上げるようにして、皮肉に笑う。「一人だけ外に放置しておくと、大騒ぎしそうだから、と」

「見抜かれてるな」濱崎は彼女に向かって皮肉に笑ってみせた。「とにかく、一緒に連れて行ってもらえるなら、喜んでお供するよ」

「一つだけ、忠告があります」

「何だろう」

「あなたは民間人です」リズがフライトジャケットの前を開いた。ちらりとグリップが覗く。「何も言わないこと。何もしないこと。あの中で何が起きているか、見ることはできますが、それ以上のことは一切駄目です。手出し無用です」

「そんなのは、状況次第で――」

リズが無言で首を横に振るのを見て、濱崎は言葉を呑んだ。この二人は、相当な強敵のようだ。余計なことを言わないのが肝心だ。今はとにかく、スタジアムの中に入って、美里たちの動きを確認することが大事だ。

「分かった。君たちに従う」

「結構です」

リズがうなずき、アレックスに視線を向けた。アレックスがうなずき返したように見えたが、瞬きしただけかもしれない。彼は、命じられたら、まったく動かずに十時間でも立ち続けることができるだろう。

「中へ入る時、あなたは我々のバックアップ要員ということにしておきます。何も喋らないで一緒に来て下さい」リズがてきぱきとした口調で指示する。

「疑われたら？」

「こちらのバッジで何とかします。ニューヨーク市警のバッジの威力は絶大です」

「では、お手並み拝見」

リズがすっとうなずき、先に立って歩き出す。続いて濱崎。最後をアレックス……何だか二人に挟まれて護送されているようだ、と嫌な感じになった。しかしここは、少しの我慢。真相を見届けるためなら、自分を殺すぐらい何でもない。

リズが言う通り、バッジの威力は絶大だった。オフシーズンのせいもあるだろう。これがシーズン中だったら、そう簡単にはスタジアムに入れないはずだ。もっとも試合中は、警備のために制服警官が中に配されているのだが。

中に入ると、濱崎は違和感に襲われた。これまでこのスタジアムを訪れた時には、必ず正面入り口から入った。何となく、球場というよりデパートの趣で、円形のホールから緩く弧を描く階段とエスカレーターを使い、二階へ上がれるようになっている。天井には、古い鉄道駅を思わせるような球形の照明。

しかし、通用口は素っ気なかった。普段観客が目にしない場所は、あくまで選手と球団職員のもの、ということだろう。まだ新しさの欠片《かけら》は残っていたが、ここには金がかかっていないのが分かる。

リズが、腹の突き出た中年の職員と早口で話していた。あまりにも早口の英語で、濱崎はすぐについていけなくなったが……「日本人」という言葉が聞こえ、リズが美里たちのことを話しているのだと辛うじて分かった。どうやらこの職員は、先に入った二人のことは知らなかったようで、何度も首を傾げている。最後には「ちょっと待ってくれ」と言って、緩くカーブする廊下の先に消える。濱崎はリズの元に歩み寄って、「どういう状況だ?」と訊ねた。

「先に入った二人が何をやっているか、聴いたんです」

「彼は何も知らない?」

「ええ」リズがうなずく。「今のは、受付の人だから」

「今、この中では――」濱崎は通路をぐるりと見回した。静かだ。この季節、誰かが練習しているわけでもあるまい。

「職員はいつでも忙しいでしょうね。でも――」

リズが口を閉ざす。アレックスがいきなり駆け出した。濱崎はその場で固まってしまった。銃声だと認識するのにコンマ数秒の時間がかかる。リズも走り出した。世界中どこでも変わらない警察官の習性──音がした方へ走れ。

一歩遅れた濱崎は、慌てて二人の背中を追った。長く湾曲した通路を、二人は短距離走者のようなスピードで走っており、姿はどんどん小さくなる。クソ、鍛え方が違う……だいたい俺は、銃声には慣れていない。日本では銃撃の場面に遭遇することなどほとんどなかったし。自分が撃たれたばかりだというのに、その記憶も鮮明ではなかったのだ。

もう一発。濱崎は走りながら首をすくめた。先ほどよりも銃声が近い。発砲した人間は動かず、自分たちが近づいているのか。見ると、先頭を走るアレックスは既に銃を抜いていた。リズは走りながらスマートフォンを耳に押し当て、誰かと話している。ブラウンだろう、と見当がついた。もしも本当に発砲事件なら、援軍がいるはずだ。ESUの彼のユニットは、この辺りまでは管轄していないだろうが。

先ほどの太った職員が駆け戻って来た。顔は真っ赤になり、興奮して早口でまくしたてている。濱崎にはほとんど聞き取れなかったが「撃たれた」という言葉だけは耳に入った。

誰が撃たれた？　アメリカだから、いつどこで銃が発射されてもおかしくはない。ニューヨーク州は銃規制が厳しい州だが、やはりアメリカである。

太った職員も交えて、四人で走る。アレックスがスピードを緩め、「どこだ？」と怒鳴るように訊ねた。

「ついて……来て……」既に息も絶え絶えになった職員が、何とか先頭に出る。

「どこだ！」今度は怒気をこめてアレックスが叫ぶ。

「グラウンド……」

グラウンドで銃撃？　あり得ない、と濱崎はまず思った。そもそも、職員以外の人間が簡単にグラウンドに入りこめるのだろうか。

いや、スタジアムに入ってしまえば、それほど難しくはあるまい。スタジアムをぐるりと一周するこの通路からグラウンドへ直接抜けられるドアは、何枚もあるはずだ。

太った職員が、左へ折れて消える。アレックス、続いてリズがそちらへ飛びこんだ。濱崎も続く――左へ曲がった瞬間、冷たい風が吹きつけてきた。その先にグラウンドが見えている。これは……どこなのだろう。一塁側か、三塁側か。廊下はグラウンドよりも一段低い造りになっているようで、直接視界に入るのは、向かい側にあるスタンドだけだった。三階席まである造りだろうか。一階部分は傾斜が緩いが、二階から上は結構急である。センターの大スクリーンが視界の端に入った。

濱崎は、三人に続いてグラウンドに飛び出した。何度も来ているシティ・フィールドだが、グラウンドに入ったことはなかった。銃声が聞こえた直後という緊張した場面なのに、濱崎はまず、スタジアムの巨大さに圧倒されていた。

足下には土。そのすぐ先には、真冬だというのに青々と芝が生い茂っている。一瞬、「穴に落ちた」と思った。あるいは巨大なすり鉢の底。野球に関してそういう表現はよく聞くが、自分でグラウンドレベルまで降りてきて初めて、それが本当なのだと気づく。グラウンド自体は広々としているのに、奇妙な圧迫感があった。選手はこういう環境に自然に慣れるのだろうか、と訝る。

誰もいない――いないように見えたが、自信はなかった。暗いせいである。夕方、既に自然光はまったく当てにならない状況だ。そして試合ではないので、当然照明灯に灯は入っていない。二階席、三階席の通路から漏れ出てくるわずかな灯りだけが頼りの状態で、グラウンドで探し物をするのはほぼ不可能だろう。

だが……ところどころに、ぽつりと灯りが見える。例えば、グラウンドを挟んで向かい側にあるダグアウト。自分たちは一塁側ダグアウトの横に出て来たのだと気づく。灯りの灯った三塁側ダグアウトまでは、当然数十メートルある。

まず、誰かがいるのが見えた。グラウンドレベルよりも一段低くなっているのではっきりしないが、一人……いや、二人だ。一人は立っている。そこで濱崎は、座っているのが誰かに気づき、愕然とした。慌ててリズの元へ駆け寄る。さすがにESUの隊員である彼女は、装備がいい。単眼鏡を覗いていた。

「ダグアウトの中にいるのが、ミズ・ワダじゃないか？」

「おそらく」

「おそらく？　あんたたちも彼女のことは知ってるだろう。あの立てこもり事件の被害者なんだから」苛立って、濱崎はついきつい言葉を叩きつけた。

リズが黙って単眼鏡を寄越す。右目に押し当て、神経を集中して数十メートル先のダグアウトを見詰めた。

間違いない。美里がベンチに腰かけていた――腰かけさせられていた。彼女の姿がふらりと揺れる。彼女が揺らいだのではなく、こっちのせいだ。クソ、ちゃんと単眼鏡を持て、と自分を叱咤する。一つ息を吐いて手に力を入れると、今度は美里の姿がはっきりと見えるようになった。

彼女はうなだれていた。それが突然顔を上げ、隣にいる男に向かって何か話しかける。少し遅れて、彼女のわめき声がかすかに伝わってきた。この距離を置いても聞こえるぐらいだから、ほとんど叫んでいると言っていいだろう。小声が反響し、そのせいもあって何を言っているかまでは聞き取れない。ただ、その表情から見て、相手に対して罵詈《ばり》雑言《ぞうごん》をぶつけているのは容易に想像できた。ダウンジャケットがやけに引き攣れている――後ろ手に縛られているか、手錠をかけられているのだろうと想像できた。

隣に立っているのは、初老の男だった。見た事のない顔だが、パニックに陥ってはいない。見ると、右手に銃を握り、美里の頭に向けていた。小柄。短いダウンジャケットを着て、ニット帽を被っている。薄いサングラスのせいで、表情は曖昧だった。濱崎は自分の顔から血の気が引く音が聞こえたような気がした。美里はヤクザの一員のようなものだが、今この瞬間、命の危機に晒されているのは間違いない。

「手前」

リズに言われ、単眼鏡を少し動かす。ダグアウトの手前――二人の大柄な男がうつぶせに倒れていた。

「相本だ」日本語でつぶやいてしまう。体格、巨大な頭、そしてグレーのウールのコート。つい十分ほど前まで美里と一緒に歩いていたのに。

「誰？」リズが不機嫌な口調で訊ねる。

「たぶん、アイモトという日本のヤクザだ。ヤクザ、分かるか？」

「ジャパニーズ・マフィア」リズが平然と答える。

「彼女とアイモトは、シティ・フィールドの前で落ち合って中へ入って行った」

「その場面は私たちも確認したわ」

濱崎はわめきたくなってきた。見ていただけか？　警官だったら止めるべきだったのではないか？　しかし自分も同罪だと思い直す。声をかければ、あの二人は中に入らなかったかもしれない。そうすれば相本は撃たれずに済んだ――もちろん濱崎は、相本の死を悼《いた》んでいるわけではない。正義のためには、あんなクソ野郎は一人でも少なくなった方がいいのだ。だが、一連の事件の真相を知るチャンスが失われたと考えると、死ぬほど悔しい。

相本は頭を打ち抜かれたようだった。流れ出した血が、明るい茶色の土を黒く染め始めているのが見える。

「彼女に銃を突きつけているのは誰だ？」濱崎はリズに訊ねた。上品な紳士という感じで、銃がまったく似合わない。

「単眼鏡を」

リズが濱崎から単眼鏡を取り戻して目に押し当てようとした瞬間、アレックスが低い声で言った。

「ダブルHだ」

「それは――」濱崎は思わず声を上げた。

「あなたを撃った男」リズが答える。「正確には、あなたは巻きこまれただけだと思うけど。殺されたのは――」

「アール・ヒッグス」

「そう。現場を見られたと思って、あなたを始末しようとしたんでしょうね」

それを指摘されると、脇腹の傷がまた自己主張するようだった。

「クソ、そいつがここで何をしてるんだ？」

「それは分からないけど、危険な状況だわ」リズがスマートフォンを取り出した。「正式にESUを出動させます。あなたはすぐに、この球場から出て下さい」

「しかし――」

「民間人を危険に晒すことはできません」リズの口調は硬かった。彼女はすぐに太った職員に視線を向け、「球場を完全封鎖して下さい。今後はESUが処理します」と指示した。

職員は事情が分かっていない様子で、少しの間、その場に突っ立ったままだった。しかしすぐに、弾かれたように走り出す。リズが慌てて引き止めた。

「こちらの男性を連れて行って下さい」冷静な口調で言って俺を指差す。

ここで逆らうのは得策ではないと判断して、俺は職員の後に続いた。通路に入った瞬間、銃声が響く。慌てて首をすくめ、振り返ると、ファウルラインの内側まで進んだアレックスがしゃがみこんでいるのが見えた。撃たれたのか？　しかしアレックスは、すぐに立ち上がって後退した。

犯人――ダブルHは追いこまれている。しかしそれは、むしろこちらにとって危険な状況だろう。追いこまれた人間は、何をするか分からない。

第七章　射　撃

シティ・フィールドへ急ぐ車の中で、ブラウンは旧知の仲である十一分隊長のアントニオ・クレメンティに電話をかけた。

「もうおっ始まるぞ」ブラウンと同年齢のクレメンティは気が短い。今日は特に急《せ》いた口調だった。

「トニー、俺が行くまで待てないか」

「状況次第だが……どうして？」

「うちの部下が二人、シティ・フィールドに潜入している」

「ああ？」クレメンティが甲高い声を上げる。「何のために？　今は野球なんかやってないだろうが」

ブラウンは手短に事情を説明した。短く済ませられる話ではないのだが……しかしクレメンティはすぐに了解した。気が短い分、理解も早い男である。

「要するにあんたの部下二人は、得体の知れない日本人と一緒にいるわけだ」

「そういうことだ」

「よく分からないんだが……犯人の狙いは何なんだ？」

「それはまだはっきりしない」情報は分断されたままで、一本につながっていない。

「うちとしては、射殺の方針でいく」クレメンティが断言した。「人質がいるし、犯人はもう一人殺している。長引かせたくないんだ」

「ああ……」ＥＳＵとしては当然の方針だ――最小限の被害で事態を収めるためには、犯人射殺も厭わない。「しかし何とか、犯人を無傷でおさえられないか？」

「何言ってるんだ」クレメンティが非難するように言った。「被害が拡大してからじゃ遅いぞ」

「ダブルＨはキーパーソンなんだ。この複雑な事態を解くカギは、ダブルＨが持っている。きっちり話を聴きたい」

「それは俺たちの仕事じゃないぞ」

「それは分かってるが、俺はこの件に深く関わり過ぎているんだ」

「今、どこにいる？」クレメンティの口調が変わった。

「ミッドタウントンネルを抜けた」

「……分かった。よほどのことがない限り、すぐには動かない。状況把握には時間がかかりそうだ」

「ああ」

「でも、急げよ。俺が奴の頭を吹き飛ばす前に、ここへ来い」

電話を終え、ブラウンはゆっくりと息を吐いた。頭を吹き飛ばす――それは誇張でも何でもない。陸軍時代のクレメンティは、アフガニスタンに派遣され、狙撃兵として活動していたのだ。戦争の現場なら、一マイルを超える距離の狙撃も珍しくない。球場での狙撃など、それに比べれば楽勝だろう。

もっともそれは距離だけの問題だ、と思い直す。シティ・フィールドはややいびつな形状で、ライトがレフトよりわずかに狭い。しかし左中間がほぼ一直線で膨らみがないのに対し、右中間は奇妙に凸凹している。ホームプレートからバックネットまでは十四メートルぐらい――いや、それは「グラウンド」のことだ。リズたちの報告によると、ダブルHは人質を取って三塁側ダグアウトに立てこもっている。当然、グラウンドレベルよりもやや低くなっており、しかも金網で仕切られている。まさに「塹壕」という感じで、少なくともグラウンドレベルから狙い撃つのは不可能だろう。となると、角度のあるスタンドの上方から狙撃するしかない。だが、それほど簡単なことではないだろう。いかにクレメンティが優れた狙撃手でも、条件はよくない。

狙撃以外の方法を検討すべきだ、とブラウンは考えた。ダグアウトの背後から侵入して制圧する……しかし、出入りするためのドアは一か所のはずだ。ダブルHは当然それを分かっているだろう。人質を取りながらでも、守りを固めるのは難しくないはずだ。ダグアウトの両サイドから近づくのは、現実味がない。ダブルHからは丸見えになるはずで、人質の命が危ない。

そう考えると、この救出作戦はかなり難易度が高い。人質を無事に解放し、しかもダブルHを無傷で逮捕する条件となれば、難易度はさらにアップする。絶対に油断してはいけない、とブラウンは気持ちを引き締めた。

それでも表情が緩むのを感じる。これが——この緊張感溢れる状況こそ、自分が生きていくべき場所なのだ。

「なあ、あいつら、何でここへ入れたんだ」濱崎は、自分を球場の外へ誘導しようとする職員に訊ねた。

「それは、私には分からない」

「ボディチェックはしてないのか？」

「試合じゃないからな」

「甘いなあ」思わず言ってしまう。「ニューヨークは、銃の所持に関しては煩いはずだけど」

「私にそれを言われても困る」職員の表情が強張った。

このまま追い出されるわけにはいかない。しかし、職員を騙して中に居座るのは……濱崎は腕時計を確認し、頭の中で素早く計算した。グラウンドを追い出されてから、三分。リズたちは、この状況を当然、ブラウンに報告しているだろう。しかしESUはニューヨーク市内にいくつもの分隊を持っているので、この現場に駆けつけるのはブラウンたちではなく、シティ・フィールドを管轄する分隊のはずだ。当然、所轄からも人が出るだろう。しかしシティ・フィールド全体が封鎖され、騒動が最高潮に達するには、まだ時間がかかるはずだ。ニューヨーク市警のレスポンスタイムは悪くないとはいえ、配置を完了するのはそれなりに大変だ。

一度外へ出てしまったら、中へ入るのは不可能だろう。何とかここにいて事態を見守るためには……濱崎は、原始的な方法を取ることにした。

「ちょっと、トイレを借りられないかな」濱崎は腹を押さえて立ち止まった。

「それは困る」職員の顔が歪んだ。「さっさと出てくれないと、俺の立場がない」

「いや、本当に……ちょっと困る」濱崎は身をよじった。

「トイレは外で借りてくれ」

「この辺、何もないじゃないか。トイレなんか見つかるわけがない」

「それはそうだが……」

「人道的な問題だぞ」濱崎は真顔で言った。「出口はすぐそこだろう？　終わったら一人で出るから」

「そういうわけには……」

「頼むよ」濱崎は顔の前で両手を合わせた。「本当に、時間はかからない……」

「すぐに済ませてくれよ。俺はここで待ってる」職員が腰に両手を当て、仁王立ちになった。「あんたを無事に外まで送り出さないと、立場がなくなるからな」

「いやあ、申し訳ない」

濱崎はトイレに駆けこんだ。個室に飛びこみ、すぐにスマートフォンを取り出す。ブラウンを呼び出すと早口で告げた。

「ちょっと待て」濱崎が話し始めようとした瞬間、ブラウンが制する。「今、どこにいるんだ」

「ああ、まあ、現場に」ブラウンの声は冷たくきつく、濱崎は彼が助けにならないと悟った。作戦失敗。

「外へ叩き出すよう、指示したんだが」

「腹が痛くてね。ちょっとトイレを借りてるんだ」

ブラウンが沈黙する。濱崎は、本当に胃に痛みを感じ始めた。

「ええと、あんたも現場に向かってるんだろう？」

「間もなく到着だ。念のために言っておくが、現場で君の顔は見たくない」

「現場の展開は?」

「十一分隊が仕切る。隊長は陽気なイタリア系だ」

「俺とは気が合いそうだな」

「それは知らないが、狙撃の名手だ。一マイル離れたところからでも、君の額の真ん中を撃ち抜く腕がある」

「そういう人間は、警察官じゃなくてオリンピック選手になるべきだな」

「彼は戦場で戦った人間だ」

また嫌な沈黙。ブラウンは、この球場が「戦場」になる、と予告しているようでもあった。

「とにかく、そこは危険だ」

「ピンとこないな。俺は現場の様子を直接見てるんだけど、危ないことはないと思うよ」

「人が一人死んでいる。それで危なくないと思うのは、危機意識が低過ぎる。とにかく俺は、そこで君の顔を見たくない。さっさと撤収してくれ。もしもシティ・フィールドに君がいたら、ケツを蹴飛ばして、ラガーディア空港まで吹っ飛ばしてやる」

「あんた、フットボールの選手だったのか?」

「野球だ」ブラウンが言葉を切る。「しかもシティ・フィールドは俺にとって大事な場所なんだ」

「何だかよく分からないけど、俺には関係なさそうだな」

「そもそもこの一件自体が、君には何の関係もない」ブラウンがぴしりと言った。「とにかくすぐに撤収するように。素人が手に負える一件じゃない」

電話が切れた。素人、素人……自分は絶対に素人ではないと濱崎は自負している。しかしこの状況は、やはりまずい。銃を持った――他にも武装しているかもしれない――相手に対して、自分は丸腰なのだ。

それでも、この状況を見逃すわけにはいかない。後でCNNで詳細を知るのは嫌だし、何より自分で何とか事態を打破したい。ダブルHは自分を殺そうとした人間だから恨みがあるし、美里にも話を聴いてみたかった。

俺はこの一件に、首までどっぷり浸かっている。

そのためには、どうしてもこのままシティ・フィールドに居座る必要がある。球場には出入り口はいくらでもあるはずだが、いずれ全て塞がれてしまうだろう。ふと、選手はどこから球場に入るのだろう、と考えた。ファンとの無用な接触を避けるため、どこかに秘密の駐車場と出入り口があるかもしれない……だが、仮にそんなものがあっても、知る方法もない。ちょっとスマートフォンで検索して、と思った瞬間、トイレの外が急に騒がしくなった。

重いブーツを履いたような、複数の足音。硬い声。濱崎をここまで誘導してきた職員が、大声で話しているのが聞こえる。

「──それは、こちらへ──」

「案内して下さい」

チャンス。

現場を仕切る分隊か所轄の人間が到着したのだろう。しかも、一気に何人も。おそらくこれから、球場は大混乱に陥る。取り敢えずトイレを出て、どこかに身を隠していれば見つからないはずだ……濱崎は賭けに出た。

トイレを出ると、完全武装したESUの隊員と球場職員が話し合っていた。

「どうも」濱崎は職員に向かって手を挙げた。「勝手に外へ出ますよ」

職員が迷惑そうにうなずく。先ほどまでは、濱崎を外へ送り出すのがこの世で一番大事な仕事のように言っていたのに、今はそんなことはどうでもよくなったようだ。よしよし……後は上手く立ち回ればいい。

濱崎は、球場の奥の方へ向かって歩き始めた隊員たちの背中を見送ってから、出入り口に向かった。オートロックではない──人間によるセキュリティチェックはある──ので、一度外へ出ても中に入るのは不可能ではない。しかも今、セキュリティの職員はいなかった。どこか一か所に集められたのか、別の任務を任されているのか。

ここは落ち着け、と濱崎は自分に言い聞かせた。球場の壁に背中を押しつけたまま、煙草に火を点ける。煙が体に染みこむと同時に、頭が冴えてきた。

制圧に時間はかからないだろう。

ダブルHがどの程度の火器を持っているかは分からないが、ESUの装備を上回るとは考えられない。こういうのは単純に「戦力比」の問題だ。相手は一人、ESUは何十人もの隊員を送りこんでくるだろうし、しかも隊員たちは修羅場に慣れている。ダブルHは、不動産ビジネスでは大物かもしれないが、それ以上の存在ではないはずだ。

濱崎は、煙草を携帯灰皿に押しこんだ。ここに自分がいた証拠を残してはいけない。透明人間になったつもりで現場を見守るのだ。

すぐに球場内に引き返す。背中を丸めて姿勢を低くし、無人の廊下を小走りに急いだ。あまり奥へ進むと、また球場職員たちに見つかってしまうかもしれない。取り敢えずどこかに身を隠し、徐々に奥へ進む。

慌てて射殺しないでくれよ、と濱崎は祈った。もちろん、美里を無事に救出するためには、ダブルHを殺してしまうのが一番手っ取り早いが、それでは多くの疑問が謎のまま残ってしまう。じっくり時間をかけてやれ——ここはニューヨーク市警の流儀ではなく、警視庁の方針でいいはずだ。人質事件では、被害者も加害者も傷つけることなく、無事に救出せよ。時間と引き換えにしても構わない。

ゆっくり時間をかけてくれないと、自分は特等席で見物ができない。

ブラウンは、シティ・フィールドに到着するとすぐに、クレメンティに電話をかけた。

「一塁側の一階席最上部を作戦本部にしている。場所は分かるか?」クレメンティがきびきびとした口調で切り出した。

「ああ」シティ・フィールドには、年に何度も来る。

「そこへ顔を出してくれ」

「作戦は?」

「検討中だ」

むっとした口調で言って、クレメンティは電話を切ってしまった。それを聞いただけで、ブラウンは状況の難しさを悟った。同行してきた部下と一緒に球場に入る。既に警備は、球場側から警察に引き渡されたようで、バッジを見せただけですぐに中に入れたのは幸いだった。今のところ、平静は保たれている。

一塁側の一階席——年に何度も訪れる球場の内部の様子はすっかり頭に入っているので、ブラウンは部下をリードして先を急いだ。寒々とした気配……オフシーズンのスタジアムには、独特の寂寥感が漂っている。戦い終わった後と言うべきか。

しかし、客席の一部は、別の意味で戦いの場になっていた。

完全武装した十一分隊の隊員たちが集合している。武器も十分、相手は一人。制圧は時間の問題と思われるが、クレメンティは渋い表情を浮かべている。いつも通りの力強い握手を交わした──クレメンティはそれほど背は高くないが、厚みのある体型で握力が強い。

「どうだ？」

「よくない」

クレメンティが双眼鏡を渡してくれた。受け取ったブラウンは、ダブルHが立てこもっている三塁側ダグアウトを覗きこむ前に、球場全体を見渡した。

一階のスタンドは、前列の方は傾斜が緩く、上に行くに従ってきつくなる造りだ。これは旧シェイ・スタジアムと似ており、内野の最前列へ座ると、視線の高さは選手たちとほぼ変わらない。現在位置は、かなり高い場所にある。

双眼鏡を目に当て、三塁側ダグアウトを見る。まずい……一目で分かった。上の方からは、ダグアウトの中がはっきりとは覗けないのだ。試合中なら、選手たちは立って手すりにもたれかかっていたりするのだが、ダブルHは奥に隠れているようだ。今現在、彼の姿は確認できない。

「本当に中にいるのか？」

「いる」クレメンティが短く答える。「低いポジションで観察している隊員から報告が来た」

「死体は……」

かなり大柄な男が、ダグアウトの前でうつぶせに倒れている。

「身元の確認はまだだ。あんたの部下の報告では、日本のヤクザらしいが」

濱崎の情報だろう。あの男は無事に外へ出たのだろうか、と心配になる。あの男が、そう簡単に諦めるとは思えなかった。もしかしたら、職員の目を盗んで、球場のどこかに隠れているかもしれない……しかし今は、濱崎に気を配る余裕はなかった。

「人質は無事なのか？」

「ああ。怪我はしているかもしれないが、生きているとは思う。ベンチで拘束されているようだ」

「厄介な状況だな」

「ダブルHは人質のすぐ側にいる。人質を盾にしているつもりだろう」

「通路側からダグアウトに入れないのか？」

「鍵をかけられた」クレメンティがむっつりと言った。

もちろん、ダグアウトの出入り口に鍵をかけられても、どうしようもなくなるわけではない。いざとなったら、ドアを破壊して中に突入すればいいだけだ……いや、それもまずい。ドアの破壊に時間がかかったら、人質の命が危うくなる。早くも手詰まりになったとは言わないが、相当難しい状況なのは間違いない。

「どうするつもりだ」ブラウンは双眼鏡をクレメンティに返した。

「狙撃だな」

「角度が悪いぞ」

「下まで降りる」クレメンティがスタンドの下の方を指差した。「最前列まで行けば、向こうのダグアウトと高さがほとんど同じになる。それなら狙撃が成功する確率は一気に高くなるはずだ」

「お前なら、間違いなく一発で倒せるだろうな」

「まあな」褒められているのに、クレメンティの表情は冴えなかった。

「何が心配なんだ？」

「球場でこういうトラブルに遭ったことは？」

「まさか」ブラウンは首を横に振った。「スタジアムは、ニューヨークで一番安全な場所だよ」

「最近はそうとも思えないが……俺は、テロリストが怖いね」

それは間違いない。特にニューヨークでは、ヤンキー・スタジアムもシティ・フィールドも、ほぼ毎試合満員になる。テロリストにとっては格好の標的だろう。ただし今、ブラウンたちが相手にしているのは、テロリストではない。息子を失い、自棄《やけ》になって暴走しているとしか思えない金持ちだ。

ある意味、テロリストよりも厄介かもしれない。

「とにかく、条件が悪い。夜まで待つしかないだろうな」

間もなく陽が落ちる。暗くなれば、ESUが圧倒的に有利になるか……こちらには暗視ゴーグルなどの最新装備もある。ただし、ダブルHもそういう装備を用意している可能性がある。大抵の武器は、金さえあれば用意できるものだ。もしかしたら、こちらを上回る火力の武器を用意している可能性もある。

しかし、暗くなるまで待つというクレメンティの作戦は妥当だ。闇に紛れた戦いなら、間違いなくESUの方が慣れている。

「一度、電話をかけさせてくれないか？」ブラウンはスマートフォンを取り出した。

「電話番号、分かるのか？」

「ああ。話を聴いたこともある。こちらの電話には出るかもしれない」

ブラウンはスマートフォンを耳に押し当てた。呼び出している……だがすぐに、留守番電話に切り替わった。切ってしまおうかと思ったが、念のために名乗ってメッセージを起こす。話ができないだろうか――。

「出ないのか」ブラウンが通話を終えると、クレメンティがぽつりと訊ねる。

「ああ」

「ちなみに、ダブルHはベトナムにいたようだ」

「ずいぶん若い頃じゃないか？」

「戦争末期――撤退の泥沼の中だ」

「古参兵だな……そういうキャリアが、ここでは役に立つのか？」

「分からん。しかし、度胸が据わっていると考えた方がいいだろう」クレメンティはまったく楽観視していない。

部下の隊員が彼の元に歩み寄り、耳元で何事か囁いた。うなずいたクレメンティが、ブラウンに向かって顎をしゃくる。二人は通路の奥の方へ行って、ノートパソコンの前にしゃがみこんだ。

三塁側ダグアウトをほぼ正面からとらえた映像。

「これは？」

「スタンドの最前列にカメラを設置した。生中継だ」

薄暗がりの中、ダグアウトの様子ははっきりと見える。グラウンドを隔てるフェンス……目の粗い金網だ。ベンチは横に長い一列だが、グラウンドレベルからは掘り下げられているので、座っている人間の姿は胸から上が見えるだけだ。もちろん、狙撃にはそれで十分なのだが……この状態では無理だ、とすぐに分かった。

人質の美里はベンチに座らされている。両手首を何かで拘束されているのが分かった。ロープではなく、結束テープの類だろうか……顔色は真っ青で、恐怖のせいか吹きこむ冷たい風のせいか、震えている。

ダブルHがいない。

「ダブルHはどうした？」

ブラウンと同じ疑問を感じたようで、クレメンティが部下に訊ねる。

「屈みこんでいるようです」

「ズームしろ」

指示の直後、画面が大きくズームアップされる。やはりダブルHの姿は見当たらない……いや、いた。

「ここだ」ブラウンは、太い指で画面を指差した。彼の頭の天辺だけがちらりと見えている。

「クソ、隠れやがったか」

クレメンティが吐き捨てる。実際には隠れているというほどではない。ダグアウトの前方で、身を屈めているのだ。ダグアウト本来の意味――待避壕として利用している。

「ベトナムに従軍した経験は生きてるようだな」クレメンティが皮肉を吐いた。

「ああ。しかし、変だ」ブラウンは指摘した。「ダブルHは何がやりたいんだ？　具体的な要求はないのか？」

「今のところはない」

「自爆するつもりかもしれない」

「よせよ」顔を歪めて言って、クレメンティが立ち上がる。「何でそんなことをする必要がある？」

「自暴自棄」

「息子があんな事件を起こしたから？」

「そこはまだ、筋がつながらないんだが……」ブラウンも立ち上がった。「この球場を破壊することが、あの男の目的かもしれない」

「まさか、爆弾でも仕掛けたというのか？」クレメンティの顔から血の気が引く。

「分からない……だから、殺さずに捕まえたいんだ」

「いや、あくまで射殺が第一案だ。電話にも出ないし、説得はできないだろう」クレメンティがきっぱりと言い切る。「奴は人を殺して人質を取っている。排除するしかない」

「それじゃ、事件の全容が分からない」

「それは俺たちの仕事じゃないだろう……お前、ソーホーの立てこもり事件からずっと、ESUらしくないことをしてたそうだが」

「謎を謎のまま残したくないんでね」ブラウンは肩をすくめた。それが言い訳にならないことは分かっているが、好奇心は抑えられなかったのだ。

「とにかく、ここの仕切りは俺だ。射殺の方針に変わりはない」

「お前なら、無力化するだけで済ませられると思うが」

例えば、観客席の最前列から三塁側ダグアウトを狙うとして……距離はどれくらいだろう。おそらく百メートルほど、あるいはもう少し長いかもしれないが、クレメンティの腕なら、難易度は五段階レベルで一と言っていい。頭や胸ではなく、腕などを狙って、攻撃力を奪うのも難しくないはずだ。その際、近くに隊員を待機させておけば、すぐに制圧できる。

「もちろん、それは可能だ。ただし、そこまで気は遣っていられない」

「それは分かってる。しかし、何とか命は――」

「方針を変える必要はない。射殺だ。それ以外に手はない。お前、甘くなったんじゃないか？」

日本へ行って、日本人と深く関わってしまったが故に、自分は変わったのだろうか、とブラウンは思った。犯人も人質も傷つけずに解決――実際、日本の警察は、時間よりも安全を優先して、粘り強く解決を目指す。

そちらのやり方の方が優れているとは言えないが、一刻も早く解決するために、何でもかんでも犯人を射殺というアメリカのやり方に違和感を覚えることもある。しかし今は――

――ブラウンの考えを吹き飛ばすように、銃声が響いた。

「伏せろ！」

クレメンティの指示が飛ぶ。ブラウンも慌てて通路に伏せた。まだ治り切っていない足が痛む。目の前には監視用のパソコン――画面は真っ白で、ダグアウトの様子は分からなくなった。

「マーク！　どうした！」クレメンティが無線に向かって叫ぶ。

『カメラが撃たれました』低い声で報告が入る。

「何だと？」

『ダブルHが狙ったようです』

「クソ、ふざけるな」

通話を終え、クレメンティが通路の床を拳で叩く。

「難易度が上がったぞ」ブラウンは指摘した。「ダブルHの狙撃兵としての腕は、馬鹿にできない」

監視用のカメラなど、それほど大きなものではない。百メートル以上離れたところから、ピンポイントでそのカメラを撃ち抜く――オリンピック級の腕前とは言えないが、気をつけないと、歩いているだけでも標的になってしまう。

「全員、装備を再確認」クレメンティが無線に向かって指示する。「標的が姿を見せ次第、射殺」

その指示を覆すことは、ブラウンにはできそうになかった。

銃声——濱崎は思わず肩をすくめた。グラウンドの中で誰かが発砲したのは間違いない。この後、機関銃を乱射する音が続くのではないかと、濱崎は壁に背中を押し当てて耳を澄ました。しかし銃声は一発だけで、聞こえてくるのは自分の鼓動だけである。誰が撃ったんだ？　まさか、ダブルH？　美里を射殺してしまったのだろうか。

クソ、何とか確認しないと。

スタンドかグラウンドへ出たい。どこへ行ってもESUの隊員たちがうろうろしていて、つまみ出されるかもしれないが、自分の目で直接状況を確かめたかった。

せめて、美里の携帯電話の番号を知っていれば……知らない以上、何とか自分の目で確認するしかない。

濱崎は隠れていた部屋——アンパイアの控え室らしい——のドアを開け、左右を見回した。廊下の壁に、球場内部の案内図が貼ってあるのを見つけて歩み寄る。想像した通りここはアンパイアの控え室、そしてほぼバックネット裏の位置だと分かった。当然、近くのドアからはグラウンドに出られる。三塁側ダグアウトの正面ではないが、少しは様子が分かるかもしれないと思い、濱崎はドアをそっと押し開けた。

短い通路の照明は落とされているので、様子が分からない。ライターを点けてみると、十メートルほど先にもう一枚ドアがあるのが分かった。そこまで駆け寄り、ドアに手をかける。鍵がかかっていた——しかし内側からロックするタイプなので、すぐに解錠した。

頭の中で、球場内の図を再現する。この位置からだと、三塁側ダグアウトは左側にあるはずだ……しゃがみこんだまま、ドアを手前に細く開ける。顔を突き出した途端に撃たれるかもしれないと思い、できるだけ慎重を期した。

クソ、三塁側ダグアウトははっきり見えない。斜めの位置からでは、中を覗けないのだ。だいたい、既に暗くなり始めているうえに、また雪が降ってきて視界が悪くなっている。ブラウンたちは暗視ゴーグルでも何でも持っているだろうが、自分は暗くなったらアウトだ。

状況が何も分からないのが痛い。ダブルHは何をしようとしているのか……息子の恨みを晴らそうというなら、何もわざわざシティ・フィールドに立てこもる必要はないだろう。人質を取って何か要求するなら、とうにしているはずだ。

それに対して、ブラウンはどんな手に出るつもりだろう。アメリカの警察のことだから、強引に犯人を射殺してでも、事件を早く解決しようとするのが普通だ。しかしブラウンには、わずかに日本人的な感覚がある。人質を無事救出し、犯人も無傷で制圧、と考えてくれないだろうか。ダブルHは、濱崎にとっても「自分を撃った犯人」である。どうしても話を聴いてみたい。逮捕されたらそんな機会はなくなるかもしれないが、チャンスがあるならすがりたかった。

もう少し大きくドアを開く。雪だ……まだ視界が白く染まるほどではないが、雪が宙に舞っていて、三塁側ダグアウトは見えにくくなっている。しかし姿勢を低くしたまま、じっと目を凝らすと、ダブルHが銃――猟銃か狙撃用の銃身の長い銃――を構えてダグアウトの一番端にいるのが分かった。まさに塹壕に潜む感じで、誰かを狙っている。ここに集まった警察官を全員殺すつもりか？　自殺行為だが、息子の死は、ダブルHから冷静な判断力を奪ってしまったのかもしれない。

ダブルHは、どこまで視界を確保しているのか……低く構えたままスコープを覗いているから、濱崎がいるホームプレート付近は死角になっているだろう。ここから何とか接近して、制圧する――無理だ。こちらは素手で、どう考えても勝てるはずがない。

濱崎は座る位置を変え、逆サイド――一塁側を見た。ダグアウトに人影が見える。リズとアレックスが、ずっとあそこで待機しているのだろうか。視線を上に転じると、ぽつぽつと警察官の姿が見えた。ダグアウトの開口部の広さ、スタンドの高さと角度。濱崎は銃撃の専門家ではないが、警察側に有利な状況ではないと言っていい。ダブルHが屈みこんでいる限り、球場のどこにいても狙いにくいだろう。唯一、無防備になるのは真上だ。三塁側ダグアウトの上からなら、ダブルHを近距離から狙える。しかし、彼に気づかれずにそこまで接近できるとは思えなかった。

難問だ。

「ダブルHを無傷で確保」などとは言っていられない。それにしても……と美里の不運を思う。短期間に二度も、銃によって人質にされる経験など、滅多にないだろう。もちろん彼女には、そんなことをされるだけの理由があるのだろうが。

それをどうしても知りたい。そのために自分に何ができるか、濱崎は必死に考えた。

音を消してあるスマートフォンが振動する。こんな時に……と思って急いで引っ張り出すと、ダブルHの携帯の番号が浮かんでいる。慌てて、クレメンティに告げる。クレメンティの顔からさっと血の気が引く。

「ミスタ・ブラウン」

「ああ」

「電話に出られなくて申し訳ない」

やけに丁寧な口調が気になる。冷静でいられるわけがない状況なのに。

「銃を放して投降しないか？　怪我人が出るのは避けたい」

「もう死人が出ている」

「それは分かっている——しかし、これ以上の怪我人は出したくない」ブラウンは、異様な喉の渇きを覚えた。スマートフォンを口元から外し、一つ咳払いする。一段と声を低くして、「そちらの要求は？」と訊ねる。

「ない」即座の返事。

「だったらどうしたいんだ？」スマートフォンが汗で滑る。クソ、どうやって説得したらいい？

「何もない。私はこれで終わりにする。あなたは、親しい身内を事件で失ったことがあるか？」

「いや」

「だったら分からないだろう。この件は……全ての原因は金だ」

「メッツの買収問題が背景にあるんだな？」

「そこまで調べ上げているなら、私がこれ以上言う必要はないだろう。全てを終わらせるのに、これほど相応しい場所はない」

「おい——」

電話は切れてしまった。ブラウンは唖然としながらも、今の会話を頭の中で再生した。ダブルHの言い分は滅茶苦茶——もはやまともな精神状態ではないだろう。だからといって、即座に射殺していいとは思えない。

クレメンティに求められるまま、今の会話を説明した。彼の表情はこれ以上ないほど張り詰め、怒りが炎になって噴出しそうだった。

「とにかく、射殺だ」

「いや、それはまだ——」

また電話が鳴る。ダブルHが再度電話してきたかと思ったが、濱崎だった。何なんだ？　球場の外へ引きずり出されたはずなのに、様子を確認しようとしている？　そんな呑気な状況でないことぐらい、あの男にも想像できるはずなのに。

無視しておこうかと思ったが、きつく釘を刺す方が大事だと思い、ブラウンは電話に出た。

「殺すのか？」濱崎がいきなり訊ねる。

「俺には、この場の指揮権はない」中腰のまま後ろへ下がりながら、ブラウンは言った。クレメンティが疑わし気な視線を向けてきたので、首を横に振る。ダブルHではない。

「あんたが仕切らないで、誰が仕切るんだ」

「ここは十一分隊の管内だ。俺は流れでここにいるだけだ」

「相当な難敵のようだな」

「ちょっと待て」濱崎の微妙な言い回しに、ブラウンはピンときた。日本語で話しているからクレメンティたちに内容を知られる恐れはないが、思わず声を潜めてしまう。「もしかしたら、球場内にいるのか？」

「さあ？　私はどこにいるでしょう」

「ふざけるな！」思わず声を張り上げてしまい、クレメンティの鋭い視線を感じる。慌ててまた下がり、さらに声を低くする。「あんたは素人だ。こういう場所にいたら足手まといになる」

「こういう場所？」

「戦場だよ」

濱崎が黙りこむ。戦場という言葉の持つ重みを、ようやく実感したのかもしれない。さっさと立ち去れと忠告しようとした瞬間、濱崎の声が耳に飛びこむ。

「ダブルHは、ダグアウトの中でしゃがみこんでる。ただ、上ががら空きだ」

「ああ？」

「ダグアウトの上から狙えば、一発で仕留められる。そこまでどう接近するかは、俺には分からないがね。変な動きをしたら、すぐにばれるだろうな」

「君はどこにいるんだ？」

「バックネット裏——の通路の出入り口。多分、審判が使う通路だろうな」

「危険だ。立ち去れ」

「ダブルHは、まだ俺に気づいていない。距離も近いし、よく見える」

「ダブルHが、いつまでも気づかないわけがないだろう。とにかく、安全な場所に退避しろ」

「この球場に、安全な場所なんてあるのか？」

「だから、球場から立ち去れ」

「俺なら力になれるぞ」

「無理だ」この自信は何なんだ……濱崎がどうしても一枚嚙みたい理由は分かる。結局あの男も刑事であり、犯人逮捕のタイミングは逃したくないのだ。修羅場に居合わせたい――その感覚はブラウンにも理解できる。

理解できるのと許すのは別問題だ。

「そっちは、全員一塁側に散開してるんじゃないか？」

「それは言えない」

「作戦上のことか……」

「分かってるなら聞くな」

「とにかく、背後――上から狙う方法を考えた方がいいぞ」

ブラウンは、そのアイディアを検討した。難しい、と結論づける。確かに、唯一ダブルHが無防備になるポイントだが、球場全体が静かなのはこちらに不利だ。これが試合中でもあれば、誰が近づいても気づくのは難しいだろう。しかし今は……小さな足音が、ダブルHの耳には轟音のように聞こえるかもしれない。

いや、手はないわけではない。

「とにかく、早く撤収してくれ」

「最後まで見させてくれないのか」濱崎が食い下がる。

「駄目だ」

電話を切ると、クレメンティがすぐに話しかけてきた。

「今のは、誰だ？」

「ちょっと待ってくれ」ブラウンは右手を前に向けて彼の動きを止め、リズを呼び出した。彼女はまだ、一塁側のダグアウトにアレックスと一緒に潜んでいる。

「イエス」リズの声は緊迫している。

「ダグアウトの様子を教えてくれ」

「向こうのですか？」

「いや、一塁側だ」ホームとビジターの違いこそあれ、ダグアウトの基本的な造りは同じだろう。「上が空いているかどうか、確認できるか？」

「ちょっと待って下さい」

がさがさと音がして、通話が途切れる。リズが音もなく動き回っている様が容易に想像できた。リズはすぐに電話に戻ってきた。

「空いています。屋根の部分……というんでしょうか？　そこは、ダグアウトの最前部までは来ていません」

「屋根の上に上がったら、ダグアウトの中を撃てるか？」

「……相手が一番前にいれば。ただ、極めて素早くやる必要があります」

「ダブルHはそこにいるらしい」

「危険じゃないですか？　気づかれずにそこまで近づくのは難しいと思います」

「ちょっと考えたことがあるんだ。引き続き、警戒を頼む」

「了解」

電話を切り、クレメンティの目を真っ直ぐ見る。

「俺のアドバイスを聞く気はあるか？」

「もちろん」クレメンティが肩をすくめる。「俺は、自分が最高だなんて思っちゃいない。いいアイディアだったらどんどん採用するよ」

「お前の、狙撃の腕は役に立たないかもしれないが……」

「どういう作戦だ？」真剣な表情でクレメンティが訊ねる。

「接近戦だ。つまり――」

「お前の方が得意な分野だな」クレメンティがうなずく。「まさか、肉弾戦に持ちこむつもりじゃないだろうな？」

「いや、超短距離射撃だ」ブラウンは作戦――濱崎から伝授されたものだと考えるとむっとしたが――を伝えた。

「なるほど。それだけ近ければ、制圧できるかもしれないな」

「ああ。それに、殺さなくて済むんじゃないか？　武装解除できればそれでいいだろう」

「甘いな」クレメンティが鼻を鳴らす。「……しかし、それが一番確実だ。狙撃の場所を検討しているんだが、どうにも角度が悪い。一発で仕留められないと、面倒なことになりそうだ。シティ・フィールドの中で銃撃戦は、絶対に避けたい」

「お前にも常識が残ってるのか」

ブラウンがからかうと、クレメンティが睨みつけてきた。

「俺は常識人だ。一番可能性の高い、そして安全な作戦を取る。派手に爆弾を破裂させるつもりはないからな」

「よし、背後から忍び寄る作戦で行こう」

ブラウンはうなずいた。メッツのGM補佐がサポートしてくれて、シティ・フィールドの見取り図を入手しているので、どこからどう攻めていくか、計画はすぐに完成した。現在地からぐるりと回り、ダブルHがいる背後、一階スタンド最上階から素早く接近する。そして頭上から撃ち、攻撃能力を奪う――簡単、かつ効率的な作戦だ。

「人数は？」見取り図を眺め渡しながらクレメンティが言った。

「三人――いや、二人でいい」

「大勢で行くと、気づかれる恐れがある、か」

「ああ」ブラウンはうなずいた。「俺は志願する」

「当然、俺もだ」

「いや、お前は残った方がいい。指揮官は安全なところで状況を見極めて、万が一の時には次の手を指示しないと」

「おいおい、これは俺の現場だぞ」クレメンティが抗議した。

「俺が現場の指揮官だったら、後方に残る。それが普通だ」

しばらく押し問答が続いたが、結局クレメンティが折れた。

「だったら、うちで一番接近戦が得意な男を連れて行ってくれ」

「マイケルだな？」

「ああ、知り合いだったか」

クレメンティの表情がわずかに緩む。マイケル・チェン——台湾系の二世で、射撃だけでなく格闘技の腕も一流だ。かつてはブラウンの下にいたこともある。

「マイケル」

クレメンティが呼ぶと、チェンがすっと近づいて来て、ブラウンに向かってうなずきかける。相変わらず猫のような男だ。それほど身長は高くないし、筋骨隆々というわけでもないが、動きがすばしこく、気配も消せる。音もなく忍び寄り、背後から素早く止《とど》めを刺す男だ。

クレメンティが作戦の概要を説明する。チェンはうなずきもせずに聞いていたが、説明が終わると、「了解」とだけ短く言った。腕時計に視線を落とし、ブラウンに向かって

「決行時刻はどうしますか？」と訊ねる。

「ゼロポイントまで五分。そこからアプローチに三分と見ている」

「アプローチにはもう少し時間がかかるかもしれません」チェンが反論した。「ダグアウトの真上のシートは、メトロポリタンプラチナムとメトロポリタンゴールドですね？」

「ああ」ブラウンはシートの配置図に視線を落とした。確か、四百ドルほどもするクソ高い席だ。

「そこは、何列ありますか？」

「三十一」ブラウンは即座に答えた。

「上の方は傾斜が急で、グラウンドレベルに近い場所はほぼ平坦です……条件は悪くないですが、三十一段を相手に気づかれずに静かに移動するには、相当慎重にいかなければなりません」

「だったら、アプローチに五分見ておくか？」

「その方がよろしいかと」

「よし、十分後をゼロアワーにする。装備は……Ｍ４カービンでは大袈裟か」

一般的なカービン銃だが、接近戦では長い銃身が邪魔になるかもしれない。

「グロックでよろしいかと」

チェンの判断が適切だ、とブラウンは心の中で同意した。ＥＳＵの制式拳銃であるグロック17Lは扱いやすく、精度も高い。接近戦で一気に勝負をつけるには、これが最適だ。

「メトロポリタンボックスの最上部に、第二波の人員を配置する。こちらは狙撃銃を用意」クレメンティがてきぱきと指示した。自分たちが失敗した時、上空から狙撃してダブルHを制圧する予防策だ。

しかし、失敗はしない。

やるのが自分だからだ——まだ不自由な足には不安が残るが、そこは精神力で乗り越えてやる。

おいおい、あいつ、本気だったのか……濱崎は怒りと嘲笑、それに誇りが入り混じった複雑な気持ちになった。ブラウンは自分の作戦を受け入れ、上からの攻撃を決めた様子である。それならそれで、話した時にもう少し素直に同意すればよかろうに。

いずれにせよ、自分もダブルHの確保作戦に協力できたのだ、と考えることにした。もっとも、まだ作戦が成功したわけではないが。

濱崎は、ドアの細い隙間からスタンドの様子を観察し続けた。ブラウンともう一人の隊員が、一塁側の一階スタンド最上部に姿を現した。全身黒ずくめの完全装備。二人は膝立ちの姿勢になって周囲の様子を窺っていたが、すぐに急傾斜の階段を降り始めた——そこでいきなり、銃声が響く。一発、二発……連射。誰が撃ったのだろう。スタジアムはすり鉢のような格好になっているので、銃声が複雑に木霊《こだま》して、出所が分からないのだ。どこかで悲鳴。続いて銃声が立て続けに起こり、濱崎は思わずドアから手を放してしゃがみこんだ。ドアが閉じる寸前に、「やめろ！」と怒声が聞こえてくる。

濱崎は閉じかけたドアに手をかけ、再び隙間を確保した。どうやら、ダブルＨが撃ち始めたのに応戦して、撃ち合いになってしまったらしい。ＥＳＵというのは、もっと冷静なエリート部隊だと思っていたのだが……奴らは、ここを戦場に変えようとしているのだろうか。

銃声は止んだ。三塁側スタンドに視線を向けると、ブラウンたちは少し降りたところに停まっている。すぐに上に引き返してしゃがみこんだので、濱崎からは姿が見えなくなった。どうやら他にもバックアップの隊員がいるようで、何か相談し始めたらしい。

「さっさと突入しろよ」小声で悪態を吐きながら、濱崎はドアを閉めた。状況が分からない……ここにいれば球場全体の様子は何とか視界に入るのだが、作戦行動中のブラウンに電話をかけるわけにはいかないから、ストレスが溜まる。

よし、思い切って移動しよう。ダブルＨを正面から見られる位置——一塁側ダグアウトに移動だ。リズたちが張りこんでいる可能性があるが、彼女なら自分を無理に追い出さないのでは、とも考えた。

甘かった。

通路から一塁側ダグアウトに抜ける通路のドアを開けた瞬間、しゃがみこんでいたリズとアレックスが同時に振り返る。リズが何か言い出す前に、アレックスが濱崎の前まで移動した。まるで氷の上を滑って来たかのようなスピードで、それだけで彼の身体能力の高さが窺い知れる。

「しゃがめ！」

低い怒声に押されて、そのまま素早く膝を曲げる。

「撃たれるぞ」

言われてみれば……ここは当然、三塁側ダグアウトと高さが同じなのだ。ダブルHが、ダグアウトの縁に銃を固定して撃ちまくっているとしたら、ここは一番狙いやすい場所である。リズもやって来て、怒りの表情も露わに濱崎の肩を拳で殴りつけた。蹲踞《そんきょ》の姿勢を取っていた濱崎は、バランスを崩して倒れそうになった。

「何してるの？　球場から出たんじゃないの？」

「出そびれた」

「だったら今すぐ退去して。素人が手を出せる場面じゃないのよ。もう、球場関係者も全員避難している」

「ダブルHの武器は？」

「あなたには知る権利はない！」リズの怒りは頂点に達しようとしていた。低く静かな声なのに、濱崎の鼓膜をびりびりと揺らす。

しかし……濱崎は何とも思わなかった。ESUの二人は怒りまくって濱崎を排除しようとしているが、全員がしゃがみこんでいるのでどうにも様にならない。

濱崎は、二人の肩越しに反対側のダグアウト、そしてスタンドの様子を見た。どうやらブラウンの作戦は続行と決まったようで、二人がスタンドの階段を降りて来る。低い姿勢で、音もなく……二人が靴を履いていないのが見えた。わずかな足音も消そうとしている。やはりあいつはプロだ、と濱崎は感心した。

「さっきの撃ち合いは何だったんだ？」

濱崎は、二人の怒りを無視して訊ねた。リズが溜息をつき、「向こうが先に撃ち始めたのよ」と説明する。

「それで一斉に応射した？　あり得ないな」濱崎は肩をすくめた。「向こうのダグアウトにはミサトもいるだろう。人質のことを何も考えてないじゃないか」

「そう言われても、私たちが応射したわけじゃないから」リズが顔を背ける。

「ESUはもっと冷静かと思っていた」

「状況が状況なのよ？　仕方ないでしょう」リズが反論する。

「ダブルHの狙いは何だろう？　まるで自爆テロみたいじゃないか」

「自爆テロという言葉は、ニューヨークにおいてはタブーよ」

リズの表情が引き締まる。9・11を念頭においた発言であることはすぐに分かった。やはりあのテロは、アメリカ人——特にニューヨーカーに暗い影を落としたままなのだと濱崎は意識した。どこの国でも、こういう一件はある。濱崎にとっては、地下鉄サリン事件がそうだった。警察官になりたての頃に遭遇したあの事件を思い出すと、今でも冷や汗が流れる。

「いずれにせよ、もうすぐ解決だろう」濱崎は向かいのスタンドに視線を向けた。ブラウンたちは既に、ダグアウト上の屋根——屋根と言っていいのだろうか——の上に達しようとしている。間をおかずに発砲して、ダブルHを制圧しようとするはずだ。

だがそこで、ダブルHが動いた。それまでダグアウトに完全に隠れていたのだが、突然銃身が動くのが見える。体を捻って上を向いた？　ブラウンたちの動きに気づいたのだろうか……。

「危ない！」

叫んで、濱崎は二人の間をすり抜けた。アレックスが止めようとしたが、辛うじて腕を摑まれずに済む。ベンチの脇を通り過ぎ、短い階段を上がってグラウンドに飛び出す。

途端に、強烈な風に体を叩かれた。激しくなってきた雪のせいで、体が一気に凍りつく。

次の瞬間には、またダブルHの銃身が動き、こちらに向いたのが分かった。

全ての動きがスローモーションのようになった。しかし濱崎が認識したのは、動きではなく音である。銃声。体が固まりかける——しかし意思とは関係なく、体が反応した。前のめりに倒れてグラウンドに這いつくばる。ダグアウト前は芝ではなく土になっており、湿った匂いが鼻先で漂った。撃たれていない……顔を上げようとした瞬間、銃声が立て続けに響く。また撃ち合いになるのか？ 退避しないと、と思ったが、体が動かない。しかし、誰かに背後から足を引っ張られた。服が汚れる——だが濱崎は抵抗しなかった。抵抗しようにも、体に力が入らないのだ。クソ、情けないことに——今さらビビっている。

結局、アレックスに引っ張られるままにダグアウト内まで避難できた。その場に座りこみ、荒い呼吸を何とか整える。クソ、俺だって修羅場はいくらでもくぐってきたのに……しかしこれは、自分がかつて経験したことのない修羅場だった。銃弾が飛び交うグラウンドは、戦場になってしまった。

「——制圧、了解です」リズが無線に向かって短く言った。

濱崎は、自分の膝を叩いて何とか立ち上がった。ダグアウト最前列の手すりに両腕を預け、状況を見守る。

ブラウンはまだ、ダグアウト上の屋根に仁王立ちになっていた。もう一人いたはずの隊員は……早くもダグアウトに下りている。ダブルHはどうした？ 死んだのか？ ダグアウトにいた隊員がダブルHを引きずり出すのが見えた。生きているのか、死んでしまったのか……一応、ダブルHの暴走は止まったとは言え、彼が死んでしまったら事件の解明は不可能になる。結局俺は何もできなかったのかもしれない、と濱崎は苦い思いを嚙み締めた。

まさか、濱崎に助けられるとは。

ブラウンは吹きさらしの屋根の上に立ち、一塁側のダグアウトをちらりと見た。最前列で手すりにもたれた濱崎が、こちらを凝視している。

ブラウンたちは、ダブルHが動き出したのに気づかなかった。一塁側スタンドに陣取ったクレメンティたちは気づいたようだったが、一斉に無線で発信し始めたために、何を言っているのか、かえって分からなくなってしまったのだ。そんな中、濱崎が日本語で叫んだ「危ない!」だけが、はっきりと耳に飛びこんできた。あれがなければ、ダブルHと近距離で激しい撃ち合いになっていたはずで、自分たちもどうなっていたか分からない。

自分とチェン、どちらの弾丸がダブルHを倒したかは分からない。しかし、どちらでもいいのだ。ダブルHは胸に銃弾を受けたが、肩に近いところであり、命を落とすようなことはないだろう。

上で待機していた他の隊員たちが、一斉にグラウンドに飛び降りる。そこまで慌てなくても、もう危険はないのに……と思った瞬間、ブラウンは顔から血の気が引くのを感じた。ダブルHは、何も用意していなかったのか？　シティ・フィールドのダグアウトに籠城して、ESUと撃ち合いを演じ……それだけで満足するつもりだったのか？

「気をつけろ！」ブラウンは屈みこんで、ダグアウトの中に向かって叫んだ。「何か仕かけてあるかもしれない！」

隊員たちの動きが止まる。ブラウンは屋根の縁を蹴り、グラウンドに飛び降りた。まだ怪我の残る足に、結構な衝撃が響く。本当は、こんな荒事ができるような状態ではないんだが……チェンが、小さなバッグを手にしていた。制圧され、グラウンドに押し倒されたダブルHとちらりと目が合った。

笑っている。

顔は痛みと恐怖に引き攣っているが、目だけが笑っている。こいつは――。

「投げろ！」

命じられたまま、チェンがわずかな助走を利用して、ハンマー投げの選手のように、体を一回転させて横手からバッグを放り投げた。

「伏せろ！」

ブラウンは叫び、チェンとともにダグアウトに飛びこんだ。ダブルHが何を用意していたかは摑めていない。もしかしたら、球場全体を崩壊させるほどの爆発物……だが今は、どうしようもない。ダグアウトの中に伏せて、爆発をやり過ごすしかないのだ。

轟音。閃光。

ブラウンの耳が死んだ。

ショックを何とか乗り越え、顔を上げる。負傷者は……三塁側ダグアウトにいる人間は、全員無事なようだ。だが誰もが大きなショックを受け、動きが止まってしまっている。

クソ……。

シティ・フィールドのマウンドが消滅していた。そこには、まさにマウンドの大きさと高さをひっくり返したような穴が開いている。

「中をもう一度精査しろ！」

ブラウンは隊員たちに命じてからダグアウトを出た。足が震え、歩くのもおぼつかない。痛みもひどくなったようだ。この状態で、よく階段を降り、ダブルHを制圧できたものだと我ながら驚く。

ブラウンは、爆心地にゆっくりと近づいた。ダブルHが用意していた爆発物は何だったのか……それを調べるのは自分の仕事ではないが、危なかった。ダグアウト内で爆発していたら、中に入っていた隊員全員、それに人質の美里も間違いなく死んでいただろう。死の穴倉……嫌な想像がブラウンの頭の中を駆け巡る。

マウンドは、深さ二メートルほどのクレーターと化していた。ブラウンは慎重に穴を避け、足を引きずりながら一塁側ダグアウトに向かった。リズとアレックスが既に飛び出して来ていて、ブラウンを出迎える。ブラウンが足を引きずっているのを見て、アレックスが手を貸そうとしたが、首を横に振って断った。

「怪我人は？」

「全員無事です」リズが緊張した口調で答える。

「あの馬鹿はどうした」

その「馬鹿」は、依然としてダグアウトの手すりに両腕を預け、ぼんやりとグラウンドを見回していた。さながら、ひどい負け試合を見守るベテラン選手のように。

死ぬのが怖くないのか？　爆発の瞬間、濱崎が伏せていたかどうかは分からない。だが何となく、立ち尽くしたまま、平然と爆発を見守っていたような感じがした——どうでもいいことだ。とにかく全員無事だったのだから。

「美里はどうした」濱崎が訊ねる。

「無事保護した」

「危機一髪ってところか？　ええ？」

「ああ。全員死んでいてもおかしくなかった」

「無事なら、これから美里に話を聴くだろう？」

「すぐに病院に運ぶ。負傷しているんだ。外に救急車も待機しているはずだから」

「話を聴こうぜ。気を失っていないなら、話ができるはずだ」濱崎が強引に押した。

「そうかもしれないが、それは君の役目ではない」

「通訳をやってやるよ」濱崎は、それが当然だとでも言いたげに宣言した。

「彼女は英語を喋れる。俺も日本語が分かる」

「正確を期すんだ」濱崎が肩をすくめる。「……あんた、俺に借りがあるんじゃないか？　俺が叫ばなかったら、あんたが撃たれていたかもしれない。俺は、自分で囮になったんだぜ？　それで何とか解決したんだから、きちんと評価して欲しいな」

囮もクソもあるか、とブラウンは思った。自分の命を危険に晒すようなことじゃない……しかし何故か、逆らえない。抑えつけられるとは思えなかった。実際彼にも、真相を知る権利が——メディアを通じてではなく直に——あるのではないか。

濱崎が手すりから腕を離し、ゆっくりと組んだ。ブラウンと正面から睨み合う。ブラウンは視線を逸らさなかったが、既に自分は負けた、と悟っていた。いや、勝ち負けではないかもしれないが……とにかく、濱崎を臨時の通訳として雇うことを決めた。

美里はストレッチャーに載せられていた。濱崎とブラウンは、外で待機する救急車まで行くために通路を移動する途中の美里にようやく追いついた。ブラウンが、つき添っているESUの隊員に、「容態は？」と訊ねる。

「ショック状態ですが、大きな怪我はありません」

よし。それなら話が聴けるはずだと濱崎は思った。濱崎が知る限り、美里はタフな女である。救急車に運びこまれる寸前で、ブラウンが隊員に耳打ちした。

「いいんですか？」隊員が驚いたように目を見開く。

「五分でいい」ブラウンがぱっと片手を広げる。

後からやって来たリズが、ストレッチャーに載った美里の顎のところまで毛布を引っ張り上げた。ショックに加えて寒さのせいか、美里の顔は蒼ざめているのだ。なかなか気が利くな、と濱崎は感心したが、いつまでも感心してはいられない。ストレッチャーに近づき、わずかに腰を屈めて美里に話しかける。

「いったい何があったんだ？何でこんなことになったんだ？」

「ああ……あなた」美里が馬鹿にしたように言った。「ここにいたの？」

「君を助けに来た」

濱崎の台詞に、美里が鼻を鳴らす。少しだけ顔色がよくなっていた。濱崎は美里にとって目の上のたんこぶ、「仇敵」と言っていい相手かもしれないが、それでも知った顔を見ただけで、少しは安心したのかもしれない。

「相本は死んだ」

「そうね」美里が目を閉じる。

「まだ奴とつながっていたのか？いや、アメリカへ来たのも奴の指図か？」

「そんなこと、どうでもいいじゃない」

「よくない。何人もの人間が死んでるんだ。この事件は、いったいどういうことだったんだ？」

「そんなややこしい話、今ここで説明しないといけないの？　無理だから」美里が目を大きく開いたが、光はない。彼女の顔に、雪のひとひらが降りかかった。その冷たさを敏感に感じ取ったようで、一瞬顔をしかめる。

「概要だけでいい。すぐに証言できるのは君しかいないんだ。相本は死んだし、ダブルHもしばらくは喋れないだろう」

「あの人ね……まさか、息子のためにあそこまでやるとは思わなかったわ」

「自爆テロみたいなものか？」

「たぶん、そうじゃない？　全員道連れにして、爆死するつもりだったのかもしれない」

美里が身を震わせた。

ブラウンが、いつの前にか濱崎の脇に立っていた。静かな声で、「シティ・フィールドを選んだのは、今回の件の全ての根本に、メッツの買収劇があったからだ」と美里に告げる。

「分かってるじゃない。だったら私に聴かないでよ」

「いや、分からないから聴いてるんだ」ブラウンが食い下がる。

「相本は、メッツの買収に一枚噛もうとしたのよ」美里が打ち明ける。

「ハインズのグループとヒッグスのグループ、どっちだ？」

「それは決めかねていたわ。有利な方に接近して、上手くやろうと……」

濱崎は、美里の上に屈みこんだ。ここはブラウンに任せるのではなく、自分で主導権を取りたい。

「それで君も、相本の手先になって、スパイみたいな真似をしていたのか。ヒッグスに接近して、情報を取ろうとしていたんだな？」濱崎は二人の「密会」を思い出した。

「なかなか口を割らない人だったけど」美里の口元が皮肉に歪む。「私の腕もイマイチね」

「球団買収なんて、そんなに簡単な話じゃない。日本人がいきなり近づいて情報を取ろうとしても、上手くいくわけがないよ」

「最初から……あの件から、歯車は狂い始めていたのよ」

「それは、立てこもり事件のことか？」

濱崎の質問に、美里が顎を引くようにして認めた。

「私には荷が重かったかもしれないわね。上手く立ち回って、いいとこどりで情報を集めるなんて……」

それで濱崎はピンときた。彼女は——あちこちを飛び回り、情報を得ようとしていたのだろう。だが蝙蝠《こうもり》の運命は、残酷な結果に終わることが多い。どちらの陣営から見ても

「裏切り者」であり、ばれたら最後、もう生きてはいけない。実際彼女は、殺されかけたのだし。


「ハインズにも接近していたのか？　息子の方？」

「そう。あの投資家グループでは……ハインズは単なる駒だった。金は持っていたけど、ドラッグの問題があって、穴になりそうだったから」

「そこを突いて、情報を取ろうとしたんだな？」

「上手くいったのかいかなかったのか……まあ、失敗だったんでしょうね」美里が認めた。「ハインズは、私が両方のグループに接近していることに気づいた。彼にしてみれば裏切り者……というか、スパイ？　だから私を許せなかったんだと思う」

「それで君の店に押し入って、立てこもったわけか。あっさり殺してしまった方が、簡単だったと思うけど」


美里がぶるっと体を震わせた。今更ながら、恐怖を思い出したのかもしれない。ずっと気丈に振る舞っていたように見えて、心の底ではトラウマとして残っていたのではないだろうか。

「ドラッグで頭をやられた人間が何を考えているか、分かるわけもないでしょう。ハインズは、完全にいかれてたわ。私を店に閉じこめた時も、ぶつぶつ言って……何を言ってるか、全然分からなかった」

よく無事だったものだ、と改めて思う。ブラウンたちの動きが速かったためだが、いつ殺されていてもおかしくなかった状況だ。

「ハインズの父親――ダブルHは、どこからかこの状況を知ったんだろうな。彼は球団買収には噛んでいなかったはずだけど」

「情報は漏れるのよ。それで結局……こういうことになったんじゃない？」

「息子の死に対する復讐？」

「馬鹿よね」美里が溜息をついた。「親馬鹿？　もしかしたらあの男も、ドラッグ漬けだったかも。あなた、何か知らない？」

濱崎は無言で首を横に振った。あり得ない話ではない。今回の暴走については、通常の精神状態で起きたものとは思えなかった。真相はいずれ、ニューヨーク市警が明らかにするだろう。そこまでは、自分が首を突っこむ問題ではない……。

「君もいい加減、足を洗った方がいい」

「私は別に……」この期に及んで、美里はまだ何とかなると思っているようだ。

「相本は死んだ。君は上手く証言すれば、罪に問われないかもしれない――被害者だしな。でも、いい加減、ヤクザとは縁を切ったらどうだ？　連中は、一度受け入れてしまうと、死ぬまで食いついてくるぞ」

「知ってるわよ、そんなこと」

「相本が死んでも、別の人間がまた君を利用しようとするかもしれない。それを断れるか？」

「利用？　私があの連中を利用しているのかもしれないわよ」

強がりか？　あながちそうとも思えない。美里は間違いなく、強い女だ。相本の援助は受けていたかもしれないが、ニューヨークという世界一競争の激しい街で、一人で会社を動かしていたのは間違いないのだから。

自分が援助すべき相手ではない。

濱崎がいなくても、美里は一人で上手くやっていくだろう。そして濱崎は、自分には危険を察知する能力が欠けていることを意識していた。そうでなければ、こんなに傷だらけになるはずもない。

何より、彼女に近づくと自分が火傷をする。

ブルックリン・ブリッジ・パークは、文字通りブルックリン・ブリッジの南側にあり、この有名な橋を下から一望できる。濱崎の行きつけのピザショップ、グリマルディーズは、この公園のすぐ近くにあった。オールド・フルトン・ストリートとフロント・ストリートの角にある、いかにもイタリアをイメージさせる白い二階建ての建物。

家から歩いて数分のところにあるこの店に、濱崎はブラウンを呼び出した。断られるだろうと思っていたので、あっさりと誘いに応じたのは意外だった。

シティ・フィールドの一件から二週間。濱崎は事件から完全に離れた。しばらくはメディアも騒がしかったが、今は続報が伝えられることもない。ニューヨークのメディアは、世界一忙しいのだ。ウォール・ストリートは混乱し、世界のどこかで戦火の火ぶたが切られ、大統領候補が失言する。いかに、地元球団・メッツを舞台にした事件だったとはいえ、いつまでも記事を載せ続けることはできないだろう。

店内はさらにイタリアっぽい——赤白チェックのテーブルクロスがアイコンだ。まだ昼前なのに、店内は既に満員。テーブルが小さいので、客は詰めこまれた感じになっていた。

ここのピザは巨大で分厚い。これがニューヨークスタイルなのか、あるいは本場イタリアのピザもこんな感じなのか、いつも店の人間に確かめようと思うのだが、一度も聞いたことがない。すぐに分かることとはいえ、人生には小さな謎があった方がいいような気がしていた。

ラージサイズのピザに、トッピングはペパロニとマッシュルームのみ。濱崎はシンプルなピザの方が好きだ。飲み物は二人とも水。濱崎はビールでピザをやるのが好きなのだが、まだ傷が癒えていないことは意識している。ブラウンはもう、ほとんど足を引きずっていなかったが。

「あんたは、ピザみたいな動脈硬化の原因になりそうな食べ物は避けるかと思っていた」

「今のところ、その心配はない。だいたい、ピザは年に一回ぐらいしか食べないからな」

「ニューヨーカーの昼飯は、ピザかホットドッグぐらいしかないと思ってたよ」

「まさか。君はもうずいぶん長いこと、ニューヨークにいるんじゃないのか？　何を観察してるんだ」

「何も見てなかったのかもしれないな、俺は」

濱崎が認めると、ブラウンが目を見開いた。弱気な発言と思ったのかもしれない。

「俺は所詮、異邦人だから」

「イホウジン？」

「あー、エイリアン。フランス語で言えばエトランジェだったかな？」

「なるほど……一時だけ滞在して、すぐにいなくなる人か」

濱崎は肩をすくめた。浮草のような暮らしはいつまで続くのだろう。

この店のピザは、何故かアルミ製の皿で出て来る。割れる心配がないという商売人根性かもしれないが、味そのものは相変わらずいい。生地がぶ厚く食べ応えがあるし、塩加減も絶妙だ。アメリカ人の味覚は極端に振れがちで、辛いか甘いかしかないのだが、ここのピザなら日本で出店しても受けるのではないだろうか。トマトソースとチーズの載り方が乱雑なのもご愛敬だ。いかにもイタリア人が気軽に食べる下町の味……もちろんここはニューヨークだが、ざわざわした店内の雰囲気も含め、独特の感じが濱崎の好みだった。

二人でピザを一枚。それでもう、十分に腹一杯になってしまう。食べられなくなったものだと情けなく思いながら、濱崎は食後のコーヒーを頼もうとして、ブラウンに止められた。

「コーヒー、飲まないんだっけ？」

「持ち帰ろう。ここでは厄介な話はできない」

「まだ厄介事があるのか？」

「君に関わる話は、全て厄介だ」

まるで疫病神扱いだ……しかし、それも仕方がないと思う。濱崎は今のところ、一連の事件で罪に問われたわけではないが、当局がその気になったら、あらゆる理屈をつけて訴追するだろう。

ブラウンは、昼食代をきっちり割り勘にした。この会食の意味は……濱崎は、自分で払うつもりだった。その後の捜査の様子をブラウンから聴くための賄賂にしたかったわけだし、彼もそれについては了解しているはずだ。しかしどうも、彼の方では別の意図を持っているようだった。何か、バーターにしようとでも考えているのか。

持ち帰り用のコーヒーをそれぞれ持ち、店を出る。今日はよく晴れた一日――これもニューヨークの冬らしい。かなり重ね着しているのだが、濱崎には厳しい寒さだった。

何も言わず、ぶらぶらとブルックリン・ブリッジ・パークの方へ歩いて行く。あそこはイーストリバーを渡る風で、身震いするほど寒いんだがな……しかしブラウンは気にする様子もない。やはり、ニューヨークの人間は寒さに強いようだ。晩秋の浅草で、アメリカ人が半袖で歩いている光景をよく目にしたが、この街に来てみると、それも当然なのだと思えてくる。

この公園自体は、芝生も木立も広がる普通の公園なのだが、売り物はそれではない。ブルックリン・ブリッジに臨み、正面にはマンハッタンのダウンタウンの摩天楼――その景観が一番の名物だ。そしてマンハッタン見物に最も適しているのは、公園の北側、ボードウォーク部分である。

高層ビル街は、東京でもお馴染みだが、ここから見る光景に目を奪われるのは、イーストリバーのせいかもしれない。ビルがあまりにも密集しているせいか、まるで水面から直接ビルが「生えている」ようにも見えるのだ。この光景はマンハッタン独特――そして対岸のブルックリンからしか見られない。

独特の光景が人気のせいか、このボードウォークはいつも観光客などで賑わっている。相変わらずアジア系の観光客が多いが、明らかにアメリカの他の都市から来た人たちも目立った。アメリカは広い。一生ニューヨークを見ないまま死んでいく人も珍しくないだろう。初めてニューヨークを見れば、強烈な印象になって刻まれるはずだ。

もちろん、ブラウンにはどうということもない光景だろうが。

目の前を、ウォータータクシーが通り過ぎて行く。タクシーと言いつつ、実際には観光用の渡し船のようなものだろうが、ご丁寧に黄色に塗られているのが笑える。イエローキャブの水上版、というところか。

ブラウンは手すりに両腕を預け、コーヒーを飲んだ。濱崎は彼の横に並び、ブラウンとは逆向きに背中を預ける。金属製の手すりのひんやりした感触が、ダウンジャケットを通しても感じられる。

「ダブルHを狙撃する前、彼と話した」

「そうなのか？」濱崎は目を見開いた。初耳である。

「ああ、電話で……支離滅裂だった。やはり、息子の敵討ちをしようとしたんだろうが、メッツに対する憎しみも感じられた」

「球団を恨んでも仕方ないのに」濱崎は溜息をついた。追いこまれた人間は、正常な精神状態を失いがちだが、それにしてもあの男はやり過ぎた。

「で？　事件の全容は明らかになったのか？」濱崎は話を変えた――いや、これも一連の流れだが。

「まだ分からない。捜査は長引いている。ダブルHからきちんと事情聴取できていないのが痛いな」

「そんなに重傷だったのか？」

「まあ、それは……俺のミスだ。あんな近くにいたんだから、腕なり足なりを撃って、動きを止めればよかっただけだ」

「そんなに上手くはいかないだろう」

「上手くいくように、普段から訓練しているんだが」

彼の矜持《きょうじ》が滲む言葉だったが、どうしようもないこともあるのでは、と濱崎は思っていた。あの時、シティ・フィールドは間違いなく戦場だった。戦場では一秒ごとに、予想もしていないことが起きるだろう。

「メッツの買収工作に、裏で相本が絡んでいた——その構図は間違いないんだろう?」

「彼女——美里の証言によれば、だ。それも相本が死んだことで、裏は取れなくなっている」

「警視庁に捜査協力を依頼すればいいじゃないか。あいつらなら、すぐに情報を割り出す」

「もちろん、そんなことはとっくにした」ブラウンがむっつりした口調で言った。「どうもこの件は、組織とは関係なく、相本が一人で動いていたらしい」

「なるほどね」濱崎は髭の浮いた顎を撫でた。「巌本組の中で、相本一人が国際派だったわけか」

「ふざけた話だ」ブラウンが吐き捨てる。「野球を汚すとは……アメリカで一番メジャーなスポーツなんだぞ」

「国技だな」

「コクギ？」

「ああ、その国で一番人気のあるスポーツを、日本ではそう呼ぶんだ。日本で言えば相撲かな」

「相撲は、そんなに人気があるのか？」

「そういうわけでもないけど、日本人の精神性を一番はっきり表しているというか……」この件は、話しているうちに混乱する、と濱崎は確信した。「とにかく、野球がアメリカで一番人気があるスポーツなのは分かる」

「それを利用して、ろくでもない連中が金儲けをしていたのは許せない」

「相本は死んだんだから、もういいじゃないか」

「いや、まだ分からない。何か裏があるかもしれないし……それが分かったら、俺は絶対に責任を追及する」

「厳本組のことを調べに、日本に行くつもりか？　それは、あんたが好きな『管轄権』をはみ出すだろう」

「俺にとって、野球は特別なんだ……メッツはもっと特別だ。それを汚した人間は許せない」

ブラウンの話す事情に、濱崎は思わず目を見開いた。かつて野球選手だったこと、メッツのドラフトに引っかかっていたこと──四角四面のこの男にそんな過去があったとは、思いもよらなかった。

「ああ、あれだ……一つ忠告していいか？」

「君に忠告を受けるようじゃ、お終いだな」ブラウンが肩をすくめる。

「いいから聞けよ。あまり個人的な事情で動くと、ろくなことがないぞ」

「説得力がないな。君は個人的な事情で動いてばかりじゃないか。単なる興味で動いて、事態を引っ掻き回して。そんな人間に言われたくない」

「申し訳ない」

自分でも驚いたことに、素直に謝罪の言葉が出た。ブラウンは、ぽかんと口を開けている。

「人の庭で」濱崎は両手を大きく広げた。「騒ぎ過ぎたかもしれないな」

「最後は特にやり過ぎだ。君が死んでいたかもしれない」

「俺が死んでも、誰も悲しまないだろうけど」濱崎は肩をすくめた。

「いい加減、日本に帰ったらどうだ？　警視庁では、君を訴追しないんだろう？」

「大きなお世話だ」

「日本であんなことがあったからアメリカに逃げて来たのは理解できるが、逮捕される心配もないんだったら、いつまでもここにいる必要はないだろう。居心地が悪いんじゃないか？　ニューヨークで生きていくのは大変だろうし」

「俺は別に、スターになりたくてニューヨークに来たわけじゃない」

「イリノイあたりの田舎からグレイハウンドのバスに乗って、ポート・オーソリティ・バスターミナルに辿り着く女の子たちとは違うわけだ」

「何だ、それ？」

「夢見がちな若い女性の、典型的な転落の始まりだよ。ポート・オーソリティ・バスターミナルの周辺がどんな環境かは分かるだろう？」

「ああ」おそらく、今も昔もマンハッタンで一番治安の悪い地域の一つだ。一言で言えば「猥雑」。風俗関係の店なども多く、一歩裏に回れば、とんでもない悪が隠れていそうだ。濱崎も、なるべく敬遠している。「だけど、ニューヨーク全体はそういうわけじゃない」

「当たり前だ」

「何というかね……俺はこの街が好きになりかけているのかもしれない」

「それは、どうも」ブラウンがすっと頭を下げた。自分の住む街を「好きだ」と言われて、悪い気分になる人間はいないだろう。

「ずっとここにいて、こういう光景にも慣れてきた」濱崎は体を回転させ、ブルックリン・ブリッジに視線を向けた。実に完成は十九世紀。ゴシック風のデザインは壮麗で、この位置からだと全容がはっきりと見える。「東京には、こんな風に橋を見上げながら暮らす場所はあまりないな」

「そうか」

「橋の下で暮らす――悪くないと思うんだ。ブルックリン・ブリッジがニューヨークの象徴なのは間違いないだろう？」

「ニューヨークの象徴は、自称も含めれば百ぐらいある」

濱崎は思わず声を上げて笑った。確かに……それだけ、ニューヨーカーが誇り高い証拠なのだろう。

「この街を離れる理由がないんだよな。たぶん、好きになりかけているんだと思う」

「なるほど」

「あんたはどうして、ずっとこの街に住んでいるんだ？　警察の仕事が好きなら、ロスでもシカゴでも同じだろう」

「ニューヨークで警察の仕事をすることに意味があるんだ。上手く説明できないが」

「説明できないこと、世の中には多いよな」

「ああ」

濱崎は橋に沿って視線を這わせた。ブルックリンからマンハッタンへ……ふいに、自分はこの橋の下でずっと生きていくのだ、と確信に近い気持ちを抱く。

理由は分からない。そう、ブラウンのように、上手く説明はできないのだが。陽光が川面を光らせ、冷たい風が気持ちを鎮める。春はまだ遠いが、それもこの街の良さの一つだ。冬が長く厳しいが故に、春を恋い焦がれる気持ちが強くなる。

少なくとも俺は、ニューヨークの四季に馴染み始めている、と濱崎は思った。

解説

書評ライター
小池啓介

本書『under the bridge《アンダー・ザ・ブリッジ》』は、シリーズ前作『over the edge《オーバー・ジ・エッジ》』（現・ハヤカワ文庫）と表裏一体をなす作品である。読者はこの作品から読むことにためらいをおぼえる必要はない。『over the edge』に対する正統な続篇であり、時間軸で見ても前後の関係にある。けれども、本作は「続篇」や「第二弾」といっただけの表現を固く拒む。両者は二作で一対の関係を築いているのだ。物語に登場するふたり――濱崎とブラウンのように。

堂場瞬一『under the bridge』は《ミステリマガジン》二〇一五年七月号から二〇一六年七月号にかけて全七回にわたって連載され、二〇一六年十一月に単行本として上梓された長篇小説の文庫化である。元警察官の濱崎とニューヨーク市警の警察官ブラウンの〝二名を〟主人公とするハードボイルドものであり、二〇一二年十一月に刊行された長篇

『over the edge』の続篇としての位置づけになっている。

まずは前作の内容に軽く触れておこう。舞台は日本の首都、東京。ニューヨーク市警緊急出動部隊の分隊長にして日本語に堪能なモーリス・ブラウンは、失踪した旧友を探すという真の目的を隠し、視察の名目で東京を訪れるのだが、来日早々、正体不明の二人組から襲撃を受ける。彼の窮地を救ったのは濱崎と名乗る元警官の〝何でも屋〟であった。日本の警察の助力を得ることを躊躇するブラウンは、怪しげな濱崎につきまとわれながら、ひとり旧友の行方を探る。

単独行動を余儀なくされる黒人警察官と警察から追われた便利屋――孤独なふたりによる東京の街での捜査行を描いた『over the edge』と打って変わって『under the bridge』はアメリカ、ニューヨークに舞台を移している。

その幕開けは緊迫感に満ちたものだ。開巻劈頭《へきとう》、マンハッタンの街中にある旅行代理店に突入すべく「ブラウン班」が着々と準備を進めていく様子が描かれるのである。今まさに銃を手にした男が女性を人質に立てこもっているのだ。犯人から何の要求もないまま時間が過ぎていくなか、ついにブラウンたちの作戦行動が開始され、犯人は射殺、人質は無事に解放される。しかしその最中、ブラウンはささいな判断ミスから太ももに傷を負ってしまう。

マンハッタンでの事件を、かつてブラウンと組んだ濱崎は、現地の新聞で知ることとなる。彼は現在、ニューヨークに住み日本時代と同じく便利屋をして糊口をしのいでいたのである。濱崎がそのニュースに反応した一番の理由は、人質にされた経営者の女性を知っていたからだ。和田美里――彼女はおよそ十年前に警察から暴力団幹部の情婦としてマークされており、まだ警察官だった濱崎は美里と幾度かコンタクトをとったことがあった。

〝刑事の勘〟は濱崎に、事件の事情に美里が関係しているのではないかと告げる。和田美里と接触した濱崎は、ブラウンが負傷し入院していることを知り、見舞いがてらアメリカに来てはじめて彼のもとを訪れることにする。東京で交わったふたりが、こんどはもう片方の〝ホーム〟で再会するわけだ。

捜査が進むにつれ、命を落とした犯人は元警察官であり、なおかつ不動産業で成功を収めた『ダブルH』と呼ばれる資産家の息子であったことが明らかになる。ブラウンら警察が加害者の父を、濱崎が被害者である美里を、それぞれ独自に捜査していくうちに、あるアメリカを代表するスポーツにまつわる大型ビジネスの存在が浮かび上がる……。

前作では、組織からはみだした者と異国の地でひとり事件を追う異邦人――孤独な者同士の邂逅と共闘という構図が肝になっていた。本作でもスポットが当たるのはブラウンと濱崎のふたりの動向であるが、今回両者は別々の場所で、異なる人物を追うことになるのだ。

前作『over the edge』の解説で白井久明氏は、この作品を含め堂場瞬一の作品群をハードボイルド小説の一側面である都市小説の観点から論じられている。現実にある場所にとどまらず架空の街を舞台にした「汐灘」サーガを開始したり、他にも『沈黙の檻』（二〇一〇年。現・中公文庫）で地方都市「春木市」を創造しているように、堂場は犯罪の場に付随する地域性に敏感な作家だ。

本作でも異国を訪れた者――濱崎の目を通して、ニューヨークという巨大都市がその外観のみならず、気候、その地に暮らす人々の生態、そして食に至るまでつぶさに描かれる。白井氏の看破された通り、本シリーズは物語の背景となる都市の風情にも目を凝らしながら読み込むことでいっそう興趣が増していくのである。

さて本解説では、もうひとつの重要な要素である主人公コンビの関係の妙について掘り下げたい。本シリーズがいわゆる相棒《バディ》ものの定石をふまえた小説となっている点に着目してみよう。

海外ミステリ小説の愛好家としても知られる堂場瞬一は、小説に限らずさまざまなエンタテインメントの〝定型〟を熟知し、それを独自の解釈で自作に反映する書き手でもある。異人種のバディものといえば、古くはアパルトヘイト政策下の南アフリカを舞台に白人警部補とバンツー（バントゥー）族の刑事がコンビを組む『スティーム・ピッグ』（ハヤカワ・ミステリ）をはじめとする、ジェイムズ・マクルーアのクレイマー&ゾンディのシリーズ辺りに遡ることができるけれど、むしろニック・ノルティとエディ・マーフィによる映画『48時間』（一九八二年・アメリカ）のほうが一般的な知名度は高いだろう。

　人種、性別、年齢、身分、職業的な立場などから、同じ集団内にいても異なる性格や考え方をもつ者たちまで、バディものにはさまざまな組み合わせが存在する。事件、事態が異なる人間の価値観によって別角度から照射されることで多面性を帯び、ミステリであれば謎解きものとしての厚みや幅が加わるという効用がある。

　堂場の作品にはバディものが少なくない。たとえば——『虚報』（二〇一〇年。現・文春文庫）では新聞社のエース記者と新人を、『共鳴』（二〇一一年。現・中公文庫）では元刑事の祖父とひきこもりの孫を、『ラスト・コード』（二〇一二年。現・中公文庫）では刑事と天才的な頭脳をもつ少女を、『十字の記憶』（二〇一五年。現・角川文庫）では元陸上部の同期である記者と刑事を、それぞれ相棒として結び付けている。そしてこれらの作品は基本的に一作限りで完結し、シリーズ化はされていない。

「誰かの手助けが必要になっても、あんたの手だけは借りない」とは『over the edge』でブラウンが発した言葉だが、同じバディものでも〝対立〟の構図を物語展開上の関心のひとつとする作品は特にシリーズにはなりにくい。互いの受け入れがたい部分を理解することで絆を深めていくこと自体が、作品の主旨のひとつとなるからだ。物語の着地と同時に両者の間にあった壁が取り払われることで、緊張感のある関係性は〝決着〟するのである。

もしシリーズ化しようとするのであれば、一作目の構図は使えず——語弊はあるが——仲良しコンビものとして歩むしかない。現に、堂場は当初『over the edge』を一作限りで終わらせようと考えていたはずだ。作品のラスト一行を読めば、それは明白である。

それでは堂場はどのような手段を用いて『under the bridge』を前作に匹敵する〝緊張感をもった〟作品にできたのか。答えはふたつある。

もっとも大きな手立ては舞台をニューヨークにしたことだ。前作でビジターの案内役を務めた濱崎は、本作では異邦人となった。ブラウンはどうか。ここに書き手の上手さが光る。ニューヨークへ戻ったブラウンは心理的な意味で組織からはみだし——異邦人となっているのである。旅行代理店への突入において彼は密かに「日本流のやり方を試」そうとするし、その後もしばしば〝アメリカ流〟の警察の考え方に違和感をおぼえる場面が登場する。自分自身も戸惑いをおぼえるほどの、日本での事件を経たアメリカ人警察官の思考の変化は大きな読みどころだ。堂場は構図を〝反転〟させることで、前作の骨子であった孤独な男たちの相棒《バディ》小説のスタイルを復活させたのである。

もうひとつは彼らの距離感の妙だ。本作では、相棒同士が直接対面する場面が少ない。会えばつい言い合いになるブラウンと濱崎だが、この距離があることで続篇は、ふたりの異邦人が互いにしかわからない共通言語をもって心を通わせていく小説になり得ている。捜査小説、活劇小説の魅力とともに、両者の関係が生む情感は前作とはまた違った感触で読み手の心を摑むことだろう。

冒頭部の繰り返しになるけれど、『under the bridge』と『over the edge』は、シリーズというよりも表裏一体をなす、並み居る堂場作品のなかでも他にない試みによって生み出された小説なのだ。バディものとしても、このような性質をもった作品は珍しいと思う。

先に筆者は堂場の作風を「〝定型〟を熟知し、それを独自の解釈で自作に反映する」と書いた。濱崎とブラウンが活躍する二作の小説は、まさにその定型に新たな角度で切り込んで新味を加えたものといってよく、さらに付言するなら小説同士が〝相棒〟のような関係性をもった不思議な個性を発する作品たちなのである。

本書は、二〇一六年十一月に早川書房より単行本として刊行された作品を文庫化したものです。

ロング・グッドバイ

The Long Goodbye

レイモンド・チャンドラー

村上春樹訳

私立探偵フィリップ・マーロウは、億万長者の娘シルヴィアの夫テリー・レノックスと知り合う。あり余る富に囲まれていながら、男はどこか暗い陰を宿していた。何度か会って杯を重ねるうち、互いに友情を覚えはじめた二人。しかし、やがてレノックスは妻殺しの容疑をかけられ自殺を遂げてしまう。その裏には哀しくも奥深い真相が隠されていた。新時代の『長いお別れ』が文庫で登場

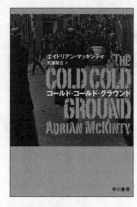

熊と踊れ（上・下）

Björndansen

アンデシュ・ルースルンド＆ステファン・トゥンベリ
ヘレンハルメ美穂＆羽根由訳

壮絶な環境で生まれ育ったレオたち三人の兄弟。友人らと手を組み、軍の倉庫から大量の銃を盗み出した彼らは、前代未聞の連続強盗計画を決行する。市警のブロンクス警部は事件解決に執念を燃やすが……。はたして勝つのは兄弟か、警察か。北欧を舞台に〝家族〟と〝暴力〟を描き切った迫真の傑作。解説／深緑野分

ハヤカワ文庫

ありふれた祈り

Ordinary Grace

ウィリアム・ケント・クルーガー
宇佐川晶子訳

〔アメリカ探偵作家クラブ賞、バリー賞、マカヴィティ賞、アンソニー賞受賞作〕フランクは牧師の父と芸術家肌の母、音楽の才能がある姉や聡明な弟と暮らしていた。ある日思いがけない悲劇が家族を襲い、穏やかな日々は一転する。やがて彼は、平凡な日常の裏に秘められていた驚きの事実を知り……。解説／北上次郎

ハヤカワ文庫

東の果て、夜へ

DODGERS

ビル・ビバリー

熊谷千寿訳

〔英国推理作家協会賞最優秀長篇賞／最優秀新人賞受賞作〕ＬＡに暮らす黒人の少年イーストは裏切り者を始末するために、殺し屋の弟らとともに二〇〇〇マイルの旅に出ることに。だがその途上で予想外の出来事が……。斬新な構成と静かな文章で少年の魂の彷徨を描いた、驚異の新人のデビュー作。解説／諏訪部浩一

ハヤカワ文庫

著者略歴　1963年茨城県生，青山学院大学国際政治経済学部卒，作家　著書『8年』（第13回小説すばる新人賞受賞）『雪虫』『アナザーフェイス』『逸脱』『壊れる心』『警察回りの夏』『over the edge』（早川書房刊）他多数

HM=Hayakawa Mystery
SF=Science Fiction
JA=Japanese Author
NV=Novel
NF=Nonfiction
FT=Fantasy

under the bridge《アンダー・ザ・ブリッジ》

〈JA1377〉

二〇一九年五月二十日　印刷
二〇一九年五月二十五日　発行
（定価はカバーに表示してあります）

著者　堂《どう》場《ば》瞬《しゅん》一《いち》
発行者　早川浩
印刷者　草刈明代
発行所　株式会社　早川書房

郵便番号　一〇一‐〇〇四六
東京都千代田区神田多町二ノ二
電話　〇三‐三二五二‐三一一一（大代表）
振替　〇〇一六〇‐三‐四七七九九
http://www.hayakawa-online.co.jp

乱丁・落丁本は小社制作部宛お送り下さい。
送料小社負担にてお取りかえいたします。

印刷・中央精版印刷株式会社　製本・株式会社川島製本所

ISBN978-4-15-031377-7 C0193

本書は活字が大きく読みやすい〈トールサイズ〉です。